作者简介

乔传藻,云南宣威人。教授。1964年毕业于云南大学中文系,并留校任教。散文集《太阳鸟》《哨猴》《一朵云》《文学的眼光》在中国大陆、台湾出版。2006年,获得"云南文学艺术成就奖"。

1982 年摄于云大会泽院

映秋院日记

乔传藻/著

云南出版集团　云南人民出版社

图书在版编目（CIP）数据

映秋院日记 / 乔传藻著. -- 2版（修订本）. -- 昆明：云南人民出版社，2020.12
ISBN 978-7-222-19325-3

Ⅰ. ①映… Ⅱ. ①乔… Ⅲ. ①日记－作品集－中国－当代 Ⅳ. ①I267.5

中国版本图书馆CIP数据核字（2020）第220502号

项目策划：苏映华
责任编辑：刘　焰
装帧设计：李乐乐　熊小熊
责任校对：姚实名
责任印制：窦雪松

YINGQIUYUAN RIJI

映秋院日记

乔传藻/著

出　版	云南出版集团　云南人民出版社
发　行	云南人民出版社
社　址	昆明市环城西路609号
邮　编	650034
网　址	www.ynpph.com.cn
E-mail	ynrms@sina.com
开　本	720mm×1010mm　1/16
印　张	22
字　数	318千
版　次	2016年11月第1版第1次印刷 2020年12月第2版第1次印刷
印　刷	云南精妙印务有限公司
书　号	ISBN 978-7-222-19325-3
定　价	59.00元

如需购买图书、反馈意见，请与我社联系
总编室：0871-64109126　发行部：0871-64108507　审校部：0871-64164626　印制部：0871-64191534

版权所有　侵权必究　印装差错　负责调换

云南人民出版社微信公众号

书生清澈（序）

汤世杰

　　世事盈沸之际，时见美丑混杂清浊莫辨，某日，便突然想起了乔传藻先生早先不时向我提及的会泽院的清越钟声。自打搬了家，我已好久没见到乔先生了，也不知他原先所居之处，那个晨昏皆能听到清越钟声的院子，是越发葳蕤了呢，还是已然有些荒芜？先前，先生住在校园里，我住得离他也不远，隔三岔五，晚间散步，会沿着会泽院的清亮石阶拾级而上，到他那里小坐一会儿，闲聊一番。话题其实家常驳杂，无非就着我们都在心的文字或艺术，细斟慢品一杯人生的苦茶。尔后，我便再一路穿过林徽因设计的映秋院、闻一多演讲过的至公堂、会泽院，慢慢踱回家去。其时，空气清新的校园，树影幢幢，花草漫漶，从巍然可见的那座古老钟楼上漾来的钟声，则润和清澈，总能叫人悠悠然放慢脚步，体味那钟声荡漾的夜空，有着怎样的清澈与明净。

　　日后读明人袁宏道的《满井游记》，尽管袁中郎言说的是那口"满井"，字里行间，倒正是我品味过的那种清澈。于是每读此文，就会想起乔先生，和他说过的清越钟声。一个人，从十七八岁开始，在那院里读书、任教直至退休，一住几十年，住出了感情好理解，待出了清澈却不易。记得我曾以短文《人心之钟》，记下当时听到那钟声的一点心得。孰知不久，我们便相继搬离了闹市，各奔东西了。电话尚不普及的年代，就那样莫名地断了联系。唯那曾经叫我凝神多思的钟声，依然会不时地在我耳边心头，悠然响起。

乔传藻先生那时所授，乃大学写作课程。我虽一直没听过乔先生的课，倒听几位出自云南大学的友人说，即便所攻非为文史专业，竟也选修过乔先生的写作课——或许那正是文学热的年代，更或许是乔先生的课讲得好听，就如会泽院的月夜钟声。他自己的文字，便是明证。乔先生以儿童文学作品名世，《哨猴》《醉麂》《山野之魂》等诸多名篇，恰如袁宏道所说之满井，"清澈见底，晶晶然如镜之新开而冷光乍出于匣也……凡曝沙之鸟，呷浪之鳞，悠然自得，毛羽鳞鬣之间，皆有喜气"。那只因误食了发酵野果而醉得晕晕倒倒的麂子，何其可爱！而那只忠于职守的小猴，又何其机警！明人吴从先曾谓："人生领趣最难，雪月风花之外，别有玄妙；人生相遇最巧，趋承凑合之内，别有精神。"称这位葆有童心擅于"领趣"，且"别有精神"的乔先生开创了云南儿童文学写作的新风气，由此而成为《太阳鸟》儿童文学作家群的领军者，恰是实至名归。而我一向以为，真好文字，如希梅内斯《小银与我》之类，是不分儿童或成人，尽可深读且反复读的。成人多心机太重而天机尽失，读读乔先生那些兴趣盎然的文字，如对明镜，魂魄也自会慢慢清澈起来——如此，我与乔先生的相遇相识，便也称得上是"最巧"了。

只是有时就想，于我，乔传藻先生恰是一汪清澈的水，然一介书生怎么就会那么"清澈"，亦有那样清澈的文字呢？相识之初究竟相知尚浅，一直不甚了了，终至成了我心中的一个谜。

直到有一年，相约同往滇西，出面招待与会者的主人，席间突然撇开客套，直奔乔先生举杯敬酒道：乔老师或记不得我了，但我至今还记得乔老师——当年，乔老师曾给我们上过课，我因此可算是乔老师的一个学生，乔老师自此也成了我们那帮小年轻的引路人！见众人惊愕，主人便说，是在"文化大革命"中，乔先生受校方指派，要将课程开到昆明近郊一个铁路企业。那样荒唐的年代，对一个大学教师，所谓"把大学办到工厂农村去"，实出无奈，敷衍敷衍，走走过场，并不为过。乔先生则不。在奇冷酷热的破旧铁路车皮里，他竟将一堂堂课讲得深入浅出万般有趣，更以文明的烛火，照亮了那些年轻徒工混沌的未来。于是那个礼节性的欢迎，便成了至今乔先生与那帮后来各自考上大学，早已是各界骨干的"学生"不时相聚的缘由。我因也在铁路做过事，认得其中几位，曾好几次忝陪末座，得以领略那段在非常日子里结下的清澈情谊。

也就在那之后，终于跟乔先生联系上了。去秋，前往滇南与众友人聚，谈及文学，先生禁不住众人之请，竟侃侃而谈两个多小时，令人大惊。原来先生平时虽寡于言语，倒是根器只在心中！说起幼时在家读书写字，母亲总是悄悄地为他抹干净了桌子，然后悄悄地走开，为他留下一方温馨的清静；讲到当年双亲居于滇南，自己独自在昆明求学，假日坐上小火车一路颠簸，下车便慌着去赶最早那趟班车时，早已哽咽不已。那是我头一回见先生在众人面前动情失态，终算听了一节先生的授课——不唯是文学的，也是人生的。

文之清，出于人之清。20世纪50年代，钱谷融先生曾因一篇著名文章《论文学是人学》而获罪。依我理解，所谓文学是人学，不仅说的是文学的写作对象是人，而文字之所生所出，来源也在于人。人是一切文字的出发点与归宿。很难想象，一个污浊不堪的灵魂，会写出清澈的文字。清澈不唯清晰明白，倒多了一点深邃，几能让人一眼看到底；清澈也不是清雅，更多了些率性自然，不是故作的风雅。真正的清澈，该是自然的沉淀，是天质的呈现。这世上，什么都可以装，唯独清澈，是装不出来的。

杜甫有句："大儿九龄色清澈，秋水为神玉为骨。"真让我了然乔先生那种清澈由来的，倒是乔先生年轻时留下的文字。先是在新浪微博上，读到他以网名"昆明老汉"发布的多则微博。每则微博限140字，乔先生就在那样逼仄的篇幅里，娓娓讲述他生活中的精彩往事，每段都是一个年轻生命对世事的洞悉。继而读到他的《映秋院日记》，更是于字里行间，屡屡发现一个质朴却高蹈的灵魂，曾经经受了时代怎样的淘洗与磨砺，终至历练出了那样的率真与清澈。日记，那种真正的日记，那种不是写给别人看的，深藏于心的，纯属记日记者每日的扪心自省，既映射出天光日影与月夜星辰，也记录着一个青涩学子，怎样如一株幼树那样，不分日夜地吸取着天地精华，锻造着自个枝干的结实与内心的充盈，直至捧出一树齐天的青葱。读那样的文字，如骤见一道从未打开过的生命暗隧，随清澈流水匀匀放走的，是一条幽缓漫长的时光河流，一条颠簸不已的生命小船，和一树开开谢谢生生不已的三春桃花。其间，当然也有礁石浅滩的凶险，卵石的创痕伤痛，贝壳的空寂落寞，但无论高唱与低吟、迂回与湍急、曲折与跌宕，都真实得像已然发黄却实实在在的图像，无声地灌注着我生命深渴的空杯。转眼之间，快乐装进了那么多，忧伤也装进了那么多，而我对那种清澈的淋漓浇灌，却一直地未见餍足……

年轻时，多少人，不曾用一册自己喜欢亦漂亮的小本子，记下自己青春的梦？我也曾是其中的一员，但终因眼见无数人因日记闯祸，因日记遭罪，便早早地一弃了之。那样连将记日记也视为畏途的年代，到底已离我们远去了。那天看到乔先生保留至今的几十本日记，先是一惊，继而一喜，深感弥足珍贵。当即想起一件事来：越战期间，一个美国男子每晚都点着一根蜡烛，站在白宫前表达其反战立场。即便雨夜，他依然拿着蜡烛站在那里。有记者忍不住问他，先生，你真以为你一个人拿着一根蜡烛站在这里，就能改变这个国家吗？他回答说，我这样做不是想改变这个国家，而是不想让这个国家改变我。

忆及此，不由得想长啸一声：书生清者自清，其奈我何？

2016 年 3 月 7 日　于昆明

"不许乱说,个人体重也是国家机密"
——读《映秋院日记》的片断笔记

张稼文

乔传藻老师的新书《映秋院日记》,起初,书放办公室,想蹭工作间隙阅读。当读到第七页,甘国裕同学的故事之后,觉得不行,还是要拿回家,晚上读。

在灯下安静地读,每晚几页,十几页,断续近五十天,逐篇读完。

"玉案山日记(1957—1960年)"是中学部分,"映秋院日记(1960—1964年)"是大学部分。作序的汤世杰先生说,这部日记体文字"既映射出天光日影与月夜星辰,也记录着一个青涩学子,怎样如一株幼树那样,不分日夜地吸取着天地精华,锻造着自个枝干的结实与内心的充盈,直至捧出一树齐天的青葱"。这个评介准确、精到、形象、生动。

20世纪50年代后期至60年代初期,乔老师用日记记述的自己艰苦求学与学工学农的经历,既是一部令人感动、唏嘘、沉思的《青春之歌》,也是一册珍贵、好读的社会文化风情录。

出生在60年代中期的我，对书中所述的一切，人、事、物，可以说完全不陌生，都是熟悉和亲切的。作为后辈，最幸运的是，"坐在会泽院柏树荫里背古文，已成习惯。在这个时段，有如与千百年前的古人聚谈，诸多乐趣，理科生是无法领会的。""不管我们走多远，钟楼草地上，每到黄昏时分，常常与月光一起来到校园的小白花，在我们这辈人的记忆里，是不会凋谢了。"随后同样成为我自己美好的青春记忆。

与上课、考试、阅读、学写作等"匹配"的，是没完没了、重复单调的沉重的体力活，因为要生存，因为"不愿意劳动，既是人民内部矛盾，也是阶级矛盾"。

小小年纪挑担："扁担的重量直往肉里扣，肩头火烧似的难受。腿也软了，腰也疼了，怎么办？出路还是：咬紧牙，大步大步朝前跑，什么也不要想，脑子里只留两个字：坚持。"稍大几岁，扛木料下山："……幸亏大脚拇指有抓力，抠得紧，能在坡坎上蹬出深深的脚迹窝。""在烂泥路上挑草……用大脚拇指抠紧地面……"还有，拓土墼、搬砖块、种甘蔗、盖猪圈、背松毛、灭四害、挖阴沟泥、掘老板田，"一身泥水、一脸疲倦，打招呼的力气都没有了"。体力劳动的辛苦，也是一代又一代人童少和青年记忆的重要内容。

与上学、劳动相伴的，是每天的吃饭，或者说饥饿。

"开学以来，我和我的同学，常常处于半饥饿状态。""总是吃不饱"，"饥饿，把我们变成了饿狗。""……除了饥饿，我什么也没有了。""……饿得书也看不进去。我讨厌自己：你的肚皮怎会这样大呀。""……饿得连抽紧裤带的力气都没有了。"

"你上街去，肚子饿了，再有钱，要是没粮票，也只得继续饿肚子。""食品好像突然被大风刮跑了，柜台前的大玻璃瓶里，装的是乒乓球、樟脑丸和口罩，满满的。水果店还在营业，卖的是萝卜。"

这种挨饿忍饥的场景和感受，也多多少少延续到60年代生人身上，于是自然而然读得懂下面两则日记蕴含的情感分量。

"大年初一。吃饭时间早到了,伙房还不开门,我们排着长队……就在这时,门开了,同学们一下呆住了,李广田校长系着白围腰,推着饭车,笑微微向我们走来。铁皮门外的埋怨,瞬间转化成感动。我递过饭牌,从李校长手里,接过比平时重了许多的饭盆。这一天,不会挨饿了。"

"四个多月,家里炒菜不见一滴油,铁锅快生锈了。父母亲在苦中等我回来。暑假,昆明读书的儿子到家。从这天起,灶台上有了油烟气,粗陶油罐也贮满了香油。我问,母亲说:'这些油是我们平时攒的,专等你回来再用。'"

虽然是年轻时候的日记,或青涩,却不流水账、不琐屑、不冗杂、不空洞、不单薄,年轻作者的眼光、笔力、感情、思想,都已经透出独到、强劲的力量。

"要不断地思索生活。不要让自己的眼睛、耳朵、大脑闲下来;观察,感受,体验,这是写作者的日常功课。决心与笔杆子结缘的人,应该让这种思索的习惯、感受的习惯,在性格中固定下来。"正是这种觉悟与自律,令其通过"……写日记,用一种没有声音的语言,在心里和自己大声交谈",与此同时"……生活内容,被他连根带土刨出来……"

没有亲身经历兼用心感受,写不出筇竹寺"石板院里的花香,含有青苔的阴凉",也写不出高考前"一头扎进书里,拖拉机也拽不出来"。当然也写不出"白兔爱吃味甜、多浆的草,每找到一种新的草,我都要先尝尝再割","工分像戥子上的准星,关系着每个人的温饱"。

没有细致、敏锐的感官体察,是不会瞧见"猪娃们瘦得扁着身子走路"的,也不会留意"她眼里涌出了泪水。旁边一个小男孩,幸灾乐祸叫道:怪呀,老师眼里淌汗了"。

还有,写书呆子放牛,"牛站着不动,他拍着牛屁股,商量着喊出两个字:'牛,走!'……"

方言、俚词、俗语的运用恰到好处:"考'秕'了""发点民族脾气""不合算""解溲""戳气""不得闲。要进城卖柴火"。又如:"第一次的作文写拐了，这回一定要扳回来。"

　　书中有大量关于风情风俗、人情世态、社会生活的精彩画面。

　　"青年小伙毕竟贪玩，他们歇下担子，忙不迭地直奔河埂跑去，站在埂子上，邀约妇女对山歌。女人们正在树荫底下摘辣子，不管大嗓门怎么吼叫，她们就是不理。挑战者只得没趣收兵。一路走一路回头张望，有人冒出一句：建议政府划出山歌区，对调子找得着人。"

　　"……信上有一句话：'家里的大娘大爷老老少少都饿死了。'这句话我只敢如实记下，不敢说出声。物理系的吴永汉高我两级，他在政治学习时，顺口说了一句：'我的体重减轻了六公斤。'当晚，支部书记找他谈话：'不许乱说，个人体重也是国家机密。'华叔叔老家来信上的那句话，更是机密中的机密，只敢告诉给我的日记本。"

　　"……老方在一旁看不下去，他冷冷插进来，数道老普说：'老普呀，你也不好好看看，队长忙了一天，你还让他站着骂，还不快些抬个草墩来，请队长坐着骂，哪有站着办公的道理啊。'一席话，说得生产队长鼓起眼睛，半晌出不得声。"

　　那位胸毛黑黑的屠牛人的故事，是另版的《庖丁解牛》。

　　有好些，俨然白话文的《世说新语》《子不语》。另有些篇章是散文诗。

　　此外，《映秋院日记》里几次写到契诃夫。其实乔老师年轻时的这些文字里，也读得出《契诃夫手记》式的犀利——

　　"班上一部分同学打针。只限工农子弟前去注射，出身不好的无法享受。真是好笑。"

　　"筇竹寺对门的山崖上，传来地裂山崩的声响，教官说，那是采石场的爆炸声。心头隐隐觉得不安：天天放炮，寺里的五百罗汉坐得安稳吗？"

　　"任务可以用'政治'管，灵魂该用什么管？我想。"

　　"他的情绪越坏，胡子越长。"

　　"……眼睛的构件中还有一个要件：德性。有什么样的德性，就有什么样的眼光。"

  细致、独到的观察，具体、鲜活的感受，准确、精练的用字遣词，简朴而又生动的描摹，以及"在文章的结尾处放一颗橄榄"，因而"举重若轻，语浅意深"，耐人回味。

  "好的书，具有很强的置换作用。置换环境，置换心境。"其实，《映秋院日记》何尝不是一部完整、独特、优秀的文学作品呢，有点像希门内斯的《小银和我》那类？！

  （涂记在纸上的片断，2017年4月12日晚整理）

目录：

001 玉案山日记（1957—1960年）

125 映秋院日记（1960—1964年）

309 一个人的历史（2017年2月9日）

321 附录：晚自习札记

玉案山日记
(1957—1960 年)

1957 年

7月15日

昆三中举行初中毕业典礼。校长讲话时，甘国裕坐在我旁边，他听也不听，低下头，自言自语总在重复一句话：糟了！怎么办，怎么办？同学嫌他窝囊，小声讪笑：干虾，怕什么，正好拿你下酒！干虾是甘国裕的绰号，我从来不这么叫，他还愿意和我同坐。

今年，昆三中毕业八个初中班，听说只有四分之一学生可以升上高中，剩下的，全都丢到社会上。甘国裕毕业考三科不及格，升学怕没有指望了。他确确实实碰到了"怎么办"这个难题。本想安慰几句，一想到自己的中游成绩，也就不好多说什么了。

7月16日

傍晚，南坝河温书回来，天黑了，教室的灯光有些怪异：一会儿亮，一会儿灭。就像有人在故意拨弄开关似的。升学考快到了，大家都在紧张复习，谁敢捣乱呀？

不等我推开门，教室里的灯，全黑了，迎窗的课桌上，有个人手里舞动一根棒棒，怪喊辣叫，课桌上跳来跳去。衬着窗格外暗蓝的天空，我认出了这个人瘦瘠的身影，有些面熟，他是谁呢？我找到开关拉线，一拖，照见了一张流汗的黄脸、鼓起的红眼睛，他恶狠狠地用木棒指着我，大喝一声：

"刘玄德在此！"

他是甘国裕，和我们一起同学三年的甘国裕，少言、憨直的甘国裕，今天，怎么一下成了这个样子？

玻璃窗破了一大块。窗外晃动着看热闹的人影。我叫着甘国裕的名字，告诉他我是谁。他睬也不睬，一个劲地大叫：我是刘玄德！没办法，情急之下，我接口说道：我是诸葛亮。神奇得很，他立马安静下来，向我一拱手，说：愿听将令。

我去到窗边，恳请教室外边的同学快些散去。

我拉着甘国裕的手，邀他坐下，他不坐，我说，我们要研究军事计划呀。他坐下了。我问，谁欺负你了？他的回答不得要领，东一句西一句的，每说一句就用木棒敲一下课桌，声响震人耳朵，好好一张桌面，被他敲出许多蜂窝。我发现，想要让他听话，必须先说自己是诸葛亮。一说诸葛孔明在此，他就连连点头，诺诺应承。

我的这位同学疯了。

甘国裕家在橡胶厂职工宿舍，离学校很近。我哄着他站起来，想送他回去。正要转身，他一把抓着我的胳膊，发红的眼睛，直瞪瞪望着我，问：你说，毛主席好不好？我揣摩着他的心思，反问，你说呢？他想也不想，接住我的话：好！世界上只有毛主席好。他见我手里拿着本书，又说：毛主席的选集你看过没有？我有三大本，明天借给你看看。够你看一辈子。

我们刚要走出教室，甘国裕一下记起了前会发生的事情，他盯着窗外晃动的人影，大叫着又想去追。原来，教室的课桌上还丢着课本、练习本，地上还有打翻的墨水。窗外的同学，正等着甘国裕快些离去。我说："我是诸葛亮，你敢不听从我的吩咐？"甘国裕收住脚步，不追了。

出得校门，十多分钟来到橡胶厂宿舍。甘国裕家住二楼，房屋窄小，却很干净。母亲是个贤德的人，看到一个陌生人带着儿子回来，没有露出丝毫的惊讶，说话，做事，全都顺着儿子。我在心头暗暗难过，作为一个母亲，怎会这样心硬？难道她真的是什么也没有看出来？我想把在学校发生的事情告诉她，又不想让甘国裕知道，正琢磨呢，看见墙上挂着一个算盘，取下来，递给我的这位同学，对他说：好好打算盘，打不好不要来见诸葛亮。他乖乖地接了过去。

我对国裕的母亲说，我是他儿子的同学，真不敢相信，甘国裕成了这个样子。

面前这个女人，宽慰的口吻不见了，满脸是哀苦的愁云。她小声地告诉我：她和国裕的爸爸，白天都在厂里上班，对国裕的关照少了，想起来就难过。初中毕业这段时间，国裕几科不及格，将来怎么办？国裕性格孤僻，别人说他几句，通通堵在心里，最后，筑成大祸。女人还告诉我：国裕的爸爸打算把儿子送回四川，路上要走一个多月。四川有个亲戚开药铺，可以更好地关照他。国裕主要是思想病，白天赶路，晚间他会睡得更好一些。不像现在，他整夜整夜瞪大了眼睛望着天花板，急死人了。走出家门，时不时还会听到熟人的闲话，这些，都会加重他的病情。

我们正说着话，甘国裕"哗啦"一声摔了算盘，木珠子滚得遍地都是。他说，算盘也来欺负我呀，咋个都整不对。他想喝水，提起茶几上的竹壳热水瓶，揭开盖子就往嘴里倒。许是水烫了，"乓"的一声，热水瓶掉在地上，碎了。他蹲下去拾起一片碎玻璃，镜子似的举在面前，照着，喊起来："妈耶，你快来看，我的头怎么变成方的了？"母亲垂下头抹眼泪，一边还要哄慰着他："不方不方，好看着呢。"

离开时，甘国裕的母亲送我出门，再三谢我，说了一大堆感激的话。她说，甘国裕明天要是去到学校，麻烦我帮着哄回来。她还告诉我，国裕的父亲见儿子这样，偷偷哭过几场。有一次，让甘国裕看见了，问：爸爸为什么哭？妈妈说：还不是为的你。国裕听了，先是一阵大笑，突然，他也扶着楼梯，抽动着肩膀痛哭出声。

往回走的路上，心情特不好。甘国裕搞成今天这个样子，我们都有责任。他性格内向不假，人也长得瘦弱，为什么一些同学偏偏还要欺负他呢？取外号，不和他玩，答错了题就公开笑话他；有时，又长时间不理他，由他整天绑在课桌上，教室里就像没有这个人似的。

愧疚，让我什么也说不出来。

7月17日

甘国裕的不幸，全班都知道了。中午，我们相约去看望他。

上楼梯时，他正在屋里小声哼着歌，隔窗一看，他一边唱，一边用麻线把每本书都捆起来，见了我们，神情淡漠，只对我们杂沓的脚步声感到新鲜，偏起头往我们的脚底下看。眼睛亮了亮。

同去的伙伴，不知道说什么好，转着头，想找点事情帮他做做。一插手，又担心他会生气。正犹豫，我们转头看见矮窄的门框两侧，有一副甘国裕自己写的对联，一边是：天为什么这样高；另一边是：地为什么长乱草。我们正在看呢，甘国裕过来，嬉笑着撕了。

平静了一小会，渐渐地，病人露出了锋芒。他烧所有的练习本，写过的，没有写过的，全烧。最后，脱下板板鞋，也要烧。他拿起火扇，扇得纸灰眯人眼睛。乐得大喊大叫：借东风啦。末了，他又一捧一捧地将灰烬放到纸箱去。

有一位同学，见他的纸火扇破了，答应明天送一把新的羽毛扇给他。甘国裕听了，若有所思地点了点头。

7月18日

雨为甘国裕压尘。他今天启程去四川。祈祷他一路平安。

班主任陈丽卿老师给我们介绍说：甘国裕的爸爸，实际上是他的叔叔。叔叔待他，视如己出，亲如骨肉。他的生父在四川行医，最近来信说：你考不起高中，对家庭不好交代。这封信，把他整个压垮了。另外，班上的一些同学欺辱他，乱取绰号，也产生了很坏的作用。

7月30日

升学考最后一科是数学。卷子打开，试场一片叫苦声。百分之九十九都被抽了卷。本人也不例外。归来路上，我校女生，一路抽抽噎噎的。男生狡猾，哪怕考"秕"了，脸上也不露出苦楚的神色。比泪水的表达还要刻骨的忧伤，深深埋藏在心底。时或，只在焦虑万端的眼神里，窥见内心的隐秘：失望和懊恼。

我们班的小莫没考好，他说，顶多得十来分。开头，他还绷得住，没走完半条街，哭了。越哭越伤心，劝也劝不住。他述说考试过程的最后一句话，总是：粗心呀，我考不上了。弄得像祥林嫂一样唠叨。他不敢回家，街头走到街尾，饭也不吃。望着街上的霓虹灯，看着看着，目光也会发直。

我有些害怕了：天呀，出一个甘国裕就够了。

8月7日

我报名下乡当农民，学校批准了。班主任帮着办完了户口迁移手续，她对我说：学校的意见是，考上了高中，你还得回来读书。我说：考不上，就在乡下种大南瓜给老师吃。

团市委在南屏电影院召开大会，欢送下乡务农的63个学生。会后，潘市长、市委书记和我们在电影院门口合影。书记意味深长地说：我们今天照相，人都在一起；以后，千万别少了其中的一个呀。说完，他指着一个十五六岁的同学说：我参军时，没有他大，枪杆子都扛不动，今天，还是熬过来啦。

63个戴大红花的下乡学生，昆三中占四个，我只认得15班的车继祖。他代表大家上台讲话。车继祖个高，脖长，头小，普通话说得不错。

8月8日

我和别的几个同学一起,在德胜桥上了船,顺水而行,不到一个钟头,船靠岸了,这里是乡政府,有同学叫了一声:到家了!

远近几个村的干部,上至村长,下至生产队的小组长,都来了。乡长要求我们要吃得苦,耐得劳,环境变了,我们建设新农村的热情不该变。跟着,宣布了各人的去处。我分配到陈家营,接管我的主人名叫李洪全,四十多岁,手里握一管尺来长镶玉石嘴的烟袋杆,他眼里堆着笑,见了我的第一句话是:你可来了,这太好了。

先到乡,后到村。和陈家营的村干部座谈。有一个老人,怕有五十多岁了,额头皱纹间就像夹杂有煤灰似的,发黑。老人心性活跃,像个少年人,也容易激动。他用自己的话重复乡长的嘱咐,告诉我们:这里和城市相差很远,城里人一出门就是电灯电话,路又平坦,吃的是机器水,不像我们这里,不单是卫生差,环境也不好,就像今日烧给各位喝的水,黄稠稠的,喝久了,肚子里会堆起个沙滩。村里人能过,我也能过,所有的不习惯也会变得习惯。这是我心里的话,没说。

陈家营像别的村子一样,土地联合经营,农民靠工分吃饭。工分像戥子上的准星,关系着每个人的温饱。村里识字人少,有时,全村二三十人打着火把,坐在公房里,专等一个识字的人来记工分。这个工分员认得的字也不多,耳朵还有些背,有时还会发点民族脾气,早早就去睡了,你说急人不急?

我暗自下定决心:往后,不单是我要挣够自己的工分,也一定要帮着社员记好生产队的工分。

分给我的住房,就在李洪全家院子里。

我住楼上。这间房子本来是留给一个转业军人的,他在附近一个村子上门,房子空闲下来,知道我要来,转业军人很慷慨地让给我住。楼板上堆满了粗糠、豆秸、稻草、水车龙骨,还有蜘蛛网,村里人称作老虎丝。将这些东西清理到一边,给我腾出一张床和一张桌子的空地来。楼上光线很暗,白天要想看书也得点灯。靠楼梯口有一个牛眼睛大小的窗子，这窗户要是开高一点犹有可说，它偏偏和楼板一般平，光线进来，全都照到床底下去了。

床板高低不平。几位大婶在院子里，不大一会工夫，给我打出了厚厚的草垫子。

主人家有个小男孩，九岁。我送他一张列宾的油画画片，他倒着欣赏，最后，送给妈妈剪鞋样去了。

晚饭后，李洪全叔叔带着我在村里转转。

陈家营有三个茶室。两个老倌茶室，一个青年茶室。村里的成年男子，轮流进茶馆当值，轮流进去烧水卖水。茶室门窗古旧，很有些年头了。门扇上，一无例外地贴着一张红纸，写着：虽是休息吃茶莫忘盘田。茶室里烟雾缭绕，老倌茶室的烟气更重一些。青年茶室气氛活泼，一到夜间，这里就会聚集大批戏迷，戏班里的乐器挂满一面墙：鼓、镲、琴、锣，一样也不少。

李叔叔带着我，在青年茶室下象棋，我在一旁当军师。

月亮升起来的时候，分在附近几个村子的同学，相约来看我。他们来到我住的楼上，严增辉说：这房子有鬼。杨宗敏赶忙接过话去：好人，你不要再吓他了。我只是笑笑。

送走了同学，我独自顺着河岸走回村去。月色很好，宽广无边的稻田浸在月光里，弥漫起银灰色的雾幔。小溪边的蛙声在为汨汨的流水做低音伴奏。我回望西山，映衬着绽放出璀璨星光的天幕，睡美人的轮廓特别清晰，不，应该说特别清秀。滇池和昆明坝子，都是她注目的对象。我明白了，千百年来，睡美人一直眷顾着我们。从昆明还是一个小渔村开始，她就在陪伴昆明人了。

8月9日

第一个劳动日。

李洪全叔叔交给我一把轻快的板锄，编入蔬菜组，组长名叫张标，一个朴实少言的年轻人。

青年小伙毕竟贪玩，他们歇下担子，忙不迭地直奔河埂跑去，站在埂子上，邀约妇女对山歌。女人们正在树荫底下摘辣子，不管大嗓门怎么吼叫，她们就是不理。挑战者只得没趣收兵，一路走一路回头张望，有人说了一句：建议政府划出个山歌区，对调子找得着人。

初初下到地里，我比上学时遇到化学老师提问还紧张。攥着锄头，我不知该从哪里下手，耳朵根直发烫。

张标很耐心，他教我说，锄辣子地的杂草，不要一锄一锄地挖，那叫翻地；另外，也得讲究姿势，下锄飘一些，骑着沟垄走，锄尖不要伤着辣子秧。听他这么说，我好像明白了一些，照着做，似乎也不难呀，心头一高兴，出事了，锄头一下"飘"到自家的脚拇指上，铲去指甲盖大的一块肉，出血了。

回到村里，大婶忙着打热水给我洗脚，帮我包扎伤口。她埋怨我，心疼我，末了，又叹口气，说：你们呀，就像我们当年出嫁，嫁过婆家来一样也不会做，做也做不像。

傍晚，全村都知道了这件事。搞得我很没面子。笨人害羞了。

8月10日

我们算什么呢，顶多在南屏电影院戴过半天大红花；一些人可不这样看，下到乡里，已经有人请我们出席座谈会了。

贾芸兰、杨宗敏两位女生是十二中毕业的，班主任请她俩回去介绍经验，临走，无论如何要把我捎上，还得发言。我讲了自己的务农体会，回村的路上，贾、杨笑话我的发言是咬文嚼字，气得我拓东路还没走完就和她们分开，早早回村了。

陈家营的社员真好，听说我要进城，他们从田里叫回财务委员，硬要我收下五元钱，我不要。村干部说：进城去怎能空着手呢。如今，我还什么事情也没做，草墩都还是冷的，怎能收社里的钱呢？回村后，五块钱原样交回。

8月11日

睡觉时忘了打开泥窗，天大亮了，楼上还是漆黑一片。幸好没有迟到，扛着锄头，出村时撵上了蔬菜组的队伍尾巴。

一整天都在辣子地锄杂草。

收工时雨从南边来了，驱赶着我们朝村里猛跑。脚底下只见路面往后闪，雨打在脸上，稻秧打在小腿肚上，不像是躲雨，倒像是在和风雨玩游戏。心底里充满了快乐。

晚饭后，下乡来的几个中学生，集中在乡公所听广播，电台重播南屏电影院的欢送大会。电波里传出车继祖代表下乡学生讲话的声音时，我们本能地朝夜空凝望，竖直了耳朵，好像有一个舞台就搭在那里似的。只有车继祖本人不好意思，低下头不停地搓手。

回村时天已黑尽，夜雨绵绵，大金汁河埂窄泥滑。朋友们知道我不会游泳，怕我掉下河去淹死，他们以瓜叶当伞，护送我回到村子。

8月12日

蔬菜组的村民，差不多都是娶媳妇大汉。在菜地里干活，用他们的话来说：长天大热头的，女人成了永久的话题。副组长李旺，手快嘴也快，他嬉笑着对我说：我们见天都要上一堂女人的生理课。他们对性的挖掘是那么大胆、粗野，随便抽出一句，都可以把我们的辅导员吓得半死。我们在田间壅土的时候，只要有一个女人从田埂边走过，哪怕只看见一个背影，这个背影稍稍还标致一点，发髻上还插着一朵花，这群放荡的家伙，他们的眼光和语言，当即将这个女人解剖殆尽。直到人家走出很远了，他们还在嗅着足迹，发挥各自的高见。

说老实话，我很喜欢这些伙伴，很想多和他们亲近亲近。可惜他们对我不怎么感兴趣，嫌我嘴笨、手笨，他们说得热闹，我只会在一旁呆呵呵傻笑。他们会唱山歌，会对调子，碰到不合心的事情，随口唱出来。昨天，村医带着他的老婆来地头摘辣子。这是个秀气女子,她往我们这边多看了几眼,男人不高兴了,扯着袖口要走,女人恨声骂道:乌龟头!李旺耳朵尖,听到了,锄头把一拄,拍了一巴掌大腿,昂起头,盛满阳光的绿野上,辣味十足的调子唱响了:一朵红花鲜又鲜,可惜插在牛屎边,有朝一日下大雨,剁烂牛屎花更鲜。医生听了,回过头来,恶狠狠愣了李旺一眼,拉着媳妇走了。

哗笑声里,也有我的几声嘿嘿。

8月13日
我真是个十足的大笨蛋,晚饭后,抢过钩担争着去井台挑水。二婶说,桶大,少挑点,我说,不怕,能挑。没想到这些天飘雨,村里的石板路,滑得就像抹了层油,我又打着赤脚板,快到家门口时,一步没踩稳,四脚朝天摔在地上,桶散了,水泼了,看热闹的娃娃似乎料到我会出事,他们早就等着了,只等着我摔下去,这才嚷嚷着涌出来,弄得我脸红筋胀的,屁股摔疼了也不好意思揉。

最心疼的是这副木桶。二婶家本不宽裕,我该怎么赔啊。

8月14日
蔬菜组的社员,撑着船,进城运大粪。他们不要我去,派我到芹菜地拔杂草。这活看起来轻松,弯弯腰似乎就能完成。错了。油菜苗混在芹菜苗里,又都是它们的童年时代,外形相似,好难甄别呀。

隔壁一塝地里,青年妇女组顶着花头帕也在薅草。她们说,你一个人太孤单了,独个人蹲在太阳底下多没意思,不如到我们地里来,一起做。我说,交给我的这块地咋个整?她们说,没关系,大家帮你,一下就完了。我入伙了。

女子很大方,开头,还有话说。不一会,话也掏完了,我乐得意低头干活。她问我:你咯有对象了?我说:没有。她说:你瞒着,不说实话。我说,真的。为什么是真的,我编出一套话骗她:初中生功课紧,功课不好你就难毕业,谁敢谈恋爱呀。

这些话,朴实的她,竟也信了。

唉,自打知道人世间还有"恋爱"这个词以来,悄悄地,我不知暗恋过多少个女孩子。收场都是自家倒霉,自家对着月亮叹气。想想,真不合算。

8月16日

独个人在芹菜地薅草。太阳毒,整天蹲着,小腿肚似要裂开,生疼。比挖老板田还累。

两天时间,我薅了四丘地里的杂草。下午,最难耐的时候,挺住了,没有逃跑。收工时,和蔬菜组的人一起回村吃晚饭。

二婶还在做饭,桶空了,我拿起钩担出门挑水。回来,又帮着剁猪食。抱起一捆捆新分得的麦秸草送上楼去。做完这些事情,除了身上的皮肉,我真的是什么也没有了。连下楼吃饭的力气都没有了。不过,心头很愉快,我想,周围的人也会很愉快。

8月17日

昆三中老师来信说:学校揪出了右派分子孔宪书,大字报贴满了校园,"你过去和他有过接触,快写揭发材料送来"。

孔宪书有三年多没上课了,拄双拐,行路非常艰难。平时,就在教务处刻蜡纸。他知道我喜欢看书,路上、办公室里,碰见了总要站下来聊聊。他告诉我一定要学好古典文学。孔宪书的旧体诗也写得好,他有一首七律,写中苏友谊的,其中有两句是:北京紧连莫斯科,路不扬尘海不波——这有什么问题?要说喜爱唐诗宋词就是右派,街街巷巷不知会划出多少右派分子。

我在心里,还是愿意尊他为孔老师,也不打算写什么揭发材料了。

8月18日

交公粮。天不亮，村南村北铜锣响了，炊烟在夜雾中升起，太阳刚露红，早饭做好了。吃过饭，村中除年幼孩童和白发弱体的老者外，全都出动了。村庄一下安静下来。村里村外，静得唯剩水荫处鸭子的嘎嘎声。

村主任说：交公粮路远，你挑不动。不让我去。他说：你的头发，旺得像田里的草，该剪剪了。

没办法，自己给自己放了一天假。

去六甲理发。好些天没照镜子，今日出现在大镜框里，这才发现，我的这副尊容，确实该打理了，头发胡子连在一起不说，它们更嚣张地四处扩张，头上顶着的，像个大雀窝，下边粘粘连连的，是一蓬乱秧草。怪不得遇见一位老同学，他看了半晌才认出我。

推剪嚓嚓作响。镜子里的我，先是三十岁，后是二十岁，渐渐的，还原成现在的模样。顷刻之间，我又返老还童了。

8月20日

病了。夜间掀被窝受凉了？薅草时太阳晒昏了？不知道。响午蹲在地里，拔了一阵杂草，上下牙捉对叩响，太阳底下也会冷得发抖，瑟瑟的。不过，我还是坚持薅完一塸地才回来。

天黑了，坐在小天井方凳上。仰头看天，夜愈深，星愈密。我在每一颗星星上，看到的都是孤独和寂寞。

8月24日

城里人白天黑夜都在批斗右派分子，我们乡下的批斗会也跟着开展起来。晚间，农协召开大会，在公房门口，点亮汽灯，批斗不法富农张兴发。好长时间都没有见过地主富农的样子了，过去，只在周立波的小说《暴风骤雨》里见过他们。今晚，一个实打实的阶级敌人站在我们面前，只是，他怎么像个叫花子似的，五十多岁，赤脚，乱发，青布衣襟，前些天在井台上，还帮我提过桶。幸好没和他讲话。口号声里,张兴发低头弯腰,交代自己的反动言行时,尽讲一些鸡毛蒜皮的事情。农协主任很生气,说是汽油熬完三斤,你还不坦白,明晚接着斗。

夜间,打雷扯闪,茅草房顶上,响着急骤的雨声。正是稻谷扬花时节,田里的吊谷,盼的就是这仗大雨。再不下雨,谷子就会一穗一穗瘪掉。多及时的雨水啊!

8月26日

挖土垡、草饼,在菜地砌成大方堆,用来焐黄芽韭菜。干了一整天。

太阳落山时,汗水也干了。晚风吹拂着敞开的胸怀,甜美的凉意沁上心头。劳累也让晚风带走了。天色暗了下来,村庄、田埂上的小路,渐渐模糊了。谷穗被风摇出如水洗石子的潺潺声。晚归的我们,篾帽压在眉梢,裹紧蓑衣,顶着风,快步朝村里奔去。路前边有风雨,风雨的前边,就是陈家营的炊烟。

今天在地里,农民们喊我"老乔":"老乔,地气潮,不要睡在地上。""老乔,递烟筒给我。""老乔,金汁河泡澡去!"听到这些称呼,我这个半制成品的农民,还是很高兴的。

8月27日

收工回来,饭桌上收到老同学辛勤的来信:

白果:

    我向你报喜,你光荣的考取十四中(考号:33835)

    上学吧,多不容易啊,全校毕业8个班,才考上100多人。很可惜,昆明街上买不到一张宜于贺喜的信笺,很遗憾。

辛勤
8.26

读初中时在报刊上发表过几篇东西，用的是"白果"这个笔名。熟识的朋友爱这么叫我。昨天，升学考录取名单公布了，辛勤在学校看榜，见到我的名字，当即写了这封信。下乡20多天，说是当"新式农民"，对我来说，更像是一次劳动体验。昆三中出来的这个家伙，又要读书去了。心情还是很激动的。老同学怕我窝在农村，信上多有劝勉之情。他高看我了。

晚饭后，我们在金汁河埂下焐黄芽韭菜。人还没来齐，有的在咂烟，有的站在河埂上，和他们的"邻亲"对调子。田野是他们的舞台，天幕是他们的背景，循环往复的日月星辰装点着演出的气氛。一辈一辈，他们就是这样唱过来的。滇池边的睡美人，至少也听了一千多年了。

我喜欢这些朴实的人。我会记住他们的。

8月29日

傍黑，车继祖、罗华林来访。进门时，每个人手指上都夹着一支烟。来到小楼上，将一包"红大运"抖散在桌子上。两个人躺倒在我的被窝卷上，唉声叹气的，后悔升学考的失误。他们喷吐出的烟子，霎时模糊了自己的面目。前些日子，团市委邀请罗华林到学代会做报告，他到处收集材料，还托我帮他买《从＜勇敢＞里学到什么》这本书。他们不甘心抹锄头把的生活，面对我的升学，一种突然折断了翅膀的颓唐，一下搅乱了自己的心绪。

送走两位下乡的学友，我在小院里，独个人坐了很久。

9月8日

进城买了些月饼，和二婶家一起过中秋节。

团簸箕里点着一对红烛，一炉柏香，青毛豆、青苞谷、煮板栗，簇拥着荞麦红饼，边上点缀着街上买来的洗沙、云腿月饼。食物的香气早已透过油纸，在氤氲的柏香烟雾中弥漫开来。小才、二狗，大人叫他们跪拜月亮，求月亮公公保佑平安，快长快大。二狗贪吃毛豆，最忙活的是他的眼睛和手，任妈妈怎么催促也不动。小才只觉得好玩，出节目似的在草墩上拜了几拜。

村巷里月亮当空。去青年茶室喝了公茶，听了一阵滇戏就回来了。

9月12日

听说，昆明的中学老师，全都集中在什么地方反右派，没有半点开学上课的迹象。整天看书，各种姿势都用过来了，看了一本又一本，还是没等来开学通知。

《哥萨克人》，了不起的杰作！托翁的其他著作，我没机会接触，《哥萨克人》也算不上是他的重要作品；但就是这么一本书，已让穷小子大开眼界，内心有一种牵动神经的赞美。从此，在文学的万神殿里，我要做托尔斯泰永远的香客。

哥萨克美人玛丽安加，勇士卢加施加，老猎人蔼洛施加伯伯，俄罗斯青年绅士奥莱宁——凡读过这本书的人，怕都有这样的感觉，这些人物，呈现在我们脑海里，浮雕一样清晰，这辈子你是难忘记了。你要是会喝酒，与蔼洛施加伯伯醉饮通宵的感觉，一定还留在你的记忆里；你要是会骑马，与俊美豪放的卢加施加并骑驰骋的经历，也会令人畅想不已。

奥莱宁迷恋玛丽安加，他的爱情独白，常常会引起东方小子的共鸣：我已经离开的世俗见解与偏见，在我心中依然活跃。所以我不相信我配爱她。我之欣赏她的美丽，正如我之欣赏群山与天空的美丽一样。我赞美她，因为她和它们是一样的美丽。

无望的恋爱，这是精神的刑罚。中国的、外国的奥莱宁们，记住这句话吧。

9月23日

到底等来了开学典礼。校长的讲话，主要谈反右。他说：反右斗争取得了决定性胜利，斗争还要继续下去，要对右派分子穷追猛打，不获全胜，决不收兵。接下来，介绍老师，一个一个念名字，念一个站起来一个，名字后边加上"老师"二字，转过身对着学生颔首含笑的，这是革命教师；只念名字，身子背着我们，又低垂着脑袋，听见叫自己的名字只是欠了欠身的，是右派分子。我们的猜测没有错，散会时，老师们照例先离开会场，他们从正门走出大礼堂；正门之外，还有左、右两道侧门。先前低垂着脑袋，没有转过身和学生照面的，他们不跟随同事走大门，宁肯多绕几步，从左边的窄门匆匆离去。

老师们退席后，校长留下我们交代说：开学了，一些右派分子还会给你们上课，同学们要宽宏大量，课堂上，一切礼节照旧，等到党对他们处理了再说。

9月24日

刘绍祖上我们班的代数课。他低着头走进教室，二十六七岁年纪，长长的额发遮住了面孔，站上讲台时，一扬头，长发甩到脑后。开头，他的嘴皮动了动，吐出几个含糊不清的单字。我们站在下边迟疑了几秒钟，还是喊出声：老师好！

他的长相，让人想起教室外边的漫画：扁平的脸庞，威严的鼻子，上唇的唇沟，很像是兔子的嘴唇。眼瞳深处，藏有一股傲气、冷气、不平之气。作漫画的人，把他的外貌特征全都抓拍下来了。教学大楼的走廊、外墙，贴满了批判右派分子刘绍祖的大字报；一张大字报，就是一记响鞭。从宿舍到课堂，一路也不知有多少道鞭子向他挥来。这个右派老师的应对办法就是低头赶路，一路怀揣他的数学讲义，生怕岔开了他要讲授的课堂内容似的。

我的猜测没有错。他的课讲得非常流畅，逻辑性很强，大概念套小概念，钟表一样严密。看得出来，他在努力避开数学以外的话题，他把自己，也想把面前的学生，带到一个纯数学的天地里去，以至我们都有这样的感觉，他是在背诵一篇数学论文。你必须专心听，脱了节，下边很难续上。

刘绍祖没有半句多余的开场白，更没有通常的寒暄，他开口说出的第一句话是:"我们知道,代数中相同文字的乘方,可用其因数上的指数相加。"等等。他就是这么讲课的。不知是什么缘故,在课堂上,我害怕和他的眼光相遇,时不时还会有意闪开他的目光。这个右派老师倒无所谓,一次,他望着我,说:请第三排左边一个同学回答问题——他点的正是我。本人害怕代数,站在课堂上,张口结舌的,什么也答不上来。

9月29日

学校请来一位干部,在大礼堂给我们做报告,讲目前形势。讲了不到半个钟头,我们发现,他所讲的内容,全都是报纸上汇拢来的,声调平板,整个声音频率,只在一条直线上震动。听着听着,耳朵本能地发布拒绝令,他的声音一传到耳边,立即滑走了。你时时可以感觉到此人江浙口音的存在,思维的触角却怎么也抓不到一个囫囵的词。渐渐的,坐在我们后排的高年级学生耐不住了,他们最先发出嘘声。这是我读昆三中时从没有经历过的,觉得很新鲜。

9月30日

周末,昆明有家的同学,差不多都回去了。我也给自己找了个好去处:筇竹寺看书。山脚石拱桥,上过《山间铃响马帮来》的电影镜头,站在桥上看东侧陡峻的石山,山势如猛虎,吓吓人而已,再过一千年它也扑不下来。

筇竹寺喜欢读书人。还没走进山门,馥郁的桂花香早已迎出几道院子。整座寺庙的情意,全都包含在桂花的香气里了。

10月4日

和同学相约,游海源寺。

海源寺就在玉案山脚下,离我们学校很近。这里,有三样东西值得一看:洞、水、湖。走进半圆形的神仙山洞,你可以感觉到龙王的气息,这是离龙王的居住地最近的位置。早年间,天旱无雨,远近村民常来山洞求雨,香烛熏黑了洞壁。据说，很灵。海源寺的另一个出奇之处是它的水。这股从山肚子里喷出的冷泉，水色碧青发绿，一抱粗细，千百年不见衰竭。

有泉就有湖。湖虽小，却装下了整个蓝天。太阳，云彩，蓝漾漾的穹窿——这些，水底都有。我们去时，恰逢一位老者在湖边垂钓，他甩出的鱼钩，正好落在太阳燃烧的位置。金晃晃的轮子荡漾在碧波上，垂钓者那么专注，莫非他也想钓起水底的金盘么？

10月10日

我们的代数老师突然换了，新来的老师名叫陶正培，听说也是十四中新划的右派分子。他走进教室的第一句话是：原来的老师在课堂上散布反动言论，不要他教了。

他说的"原来的老师"，指的就是刘绍祖。我想起了刘绍祖上的最后一节课，讲到开方时，借一个求方根的细节，他引申开来说：许多东西现在看来没有意义，在时间的进展中，历史自会给它做出结论。那时，才会被发现出来——他的这些话，说不定被谁汇报上去，于是，刘绍祖又有了新的反动言论。

陶正培老师的课教得好，好就好在他讲起课来，一下就忘记了自己还戴着右派帽子，讲得很投入，结合课堂内容，不时插进来一些有趣的生活实例，我们笑，他也笑。在笑声里，大家忽略了他的老右身份。他站在讲台上，眼睛也小，下边的学生心里想什么，摸得清清楚楚，课堂提问时，他反复启发我们的思路，像我这样的笨人，也不怕叫到自己的名字。听他的课，莫名其妙的敌意不见了。

11月9日

帮农民背麦秸草。日子久了，我们摸出一条经验：不要空着双手去，带一根绳子，它比胳膊管用。

在田间，有同学逮到一只田鼠，取出钥匙串上的小刀准备解剖。我央求说：放了它吧。同学不听。我想夺刀，他们躲开了。我又说：不要杀了，一个小精灵，拴着脚，还是很好玩的。我的声调几近哀求。无奈人多，我是少数，怎么也犟不过他们，我走开了，头也不回地走开了。那一刻，一个小动物的命运，竟是如此牵动人的心。

回学校的路上，我想：我这个人的举动，在别人眼里一定很可笑，这人还像一个男子汉么？我想，这正是我的弱点。我没有勇气在这场杀戮中做个目击者，没有勇气正视血，哪怕是一个微不足道的小动物的血。

11月25日

晚读报临时取消，全校九百多人到大礼堂集中，廖主任站在台上说：

"我们要处理一个同学，不，一个反革命！"

此人是高三年级的，名叫朱承德，十九岁，个高，黑发，人长得清秀。他的反革命罪行是：一、吹捧大右派龙云，称他是"勇敢的表率""民众的旗帜"；二、与右派分子刘绍祖勾勾搭搭，刘被揪出后，朱承德写信给刘，从刘的后窗塞进反革命信件；三、污蔑我们的伟大盟友苏联，说苏联并没有真心实意帮助中国；四、攻击社会主义新中国。有一天，他胆敢指着停在黑林铺饭店门口的一辆解放牌汽车说：瞧，还不如十八世纪的老牛车，从昆明开出不多远就抛锚了。等等。

主任宣读完朱的罪行，跟着，两个佩小枪穿军装的公安，走上台去，拿出手铐，当场把朱承德带走。那一刻，全场都听见了手铐的咔嗒声。

散会后，各班回到教室，继续开会批判朱犯。

1958 年

1月6日

清晨,大雾。太阳像个红灯笼,雾气涌进窗来,似乎衣袋里也有雾,伸手就能掏出一把。

昆明少有这样的浓雾。

1月7日

写劳动总结。抽空写了几句小诗:

　　太阳在湖水里燃烧,
　　荡漾的涟漪是红色的火苗。
　　迷路的秋风传来询问,
　　啰唆的言语是浪痕千条。

1月9日

收到《边疆文艺》稿费 24 元。打算保价寄 15 元回家。剩下的买只箱子,买几本书。

前些日子,家里从把边江渡口给我带来一罐油炸肉,就放在床底下,不知是谁，把猪舌头偷吃了。咳，你说一声，我可以连罐子都送给你，干吗要偷啊，真不好。

1月10日

夜色褪尽，露出了草地上的银霜。

仰头看月，竟像一枚鹅卵石，上面还有河水冲刷留下的纹印。

起床钟响了，大宿舍热闹非常。有的人忙着讲自己的梦中经历，有的人掀开被子就唱歌，有的人揉着睡意惺忪的眼睛说："把早操删掉就好了，那样，我多得睡一会。"

做劳动鉴定。吴开英个子小，力气小，挖地用"袖珍锄头"，别人埋怨，她气得掉眼泪。叶尔聪大大咧咧的，他有胃病，一走进校医室，医生不问姓名不问病情就知道他是来领胃药的。红药水医生差不多每天都为他准备有胃疼的药。他整天嘻嘻哈哈的，吃不完的酵母片还和我们分享。

生病的女同学也没有闲着。帮我们洗被单、洗衣服。

1月11日

"不让四害过春节"，这是学校提出的口号。党支部明确要求我们："处处搞运动，人人齐动手。"我们要在1958年消灭四害。

全班同学去到黑林铺街上挖阴沟泥。我挑泥时，绳子断了，臭水溅进眼里，又辣又痒，找到红药水医生，他两句话就把我打发了："没有硼酸水，没有蒸馏水！"

晚间，同学说我的眼睛肿了，还发红，好难受。

1月15日

每个人一天打了多少只苍蝇，都要在班里登记。我完成得不好，只好加班了。

举起苍蝇拍，憋着气，瞄准了墙上一个大家伙，快速出击——飞了，拍起一大团尘灰。不怕，再来。环顾四周，仔细搜索，眼睛没有发现，耳朵却听见了嗡嗡声，还是一架重型轰炸机呢，目光跟着它上下盘旋，心想这家伙怎么还不着陆呀……好了，停了，可以打了；不行，再走近一点……哈，击中了！

黑林铺蔬菜站，特别是卖肉的案板上，苍蝇多得很。不一会，我手里的火柴盒就装满了，足足两百个。以后再多约几个同学出来，人多势众，吼一嗓子，也将这些家伙吓死。

1月16日

寄15元稿费回家，给爹妈买点吃的，给小弟缝套衣裳。

进城看话剧《白日梦》。

心头的幻影是意识的折光。剧作家将这些影像连缀成情节的链条，这样，我们就有了戏剧。

1月18日

太阳快傍山时，去黄土坡麻园小学找罗申取书，未遇，听说修水库去了。学校的教室、办公室，住的全是各个机关来的人员，跟我们一样，身上尽是泥巴。从这些人编的黑板报来看，他们也是调来修水利的。

回校时，太阳已落到山背后。公路上汽车来来往往，行人全都卷进黄灰里去了。

1月27日

十四中举行足球赛。我们班对28班。以2:0获胜。我队一进攻，大家情不自禁就会喝起彩来。整个身子都会跟着运动员一起摆动，我们的点球打中时，同学又吼又叫，有的人激动得直搓手掌，有的人挥着帽子，眼里涌出泪水。奇怪的是别班的同学并不感兴趣，瞟几眼就走开了。

1月28日

　　两道物理题，难死了我。可一经老师点拨，又是多么简单啊。就是这么几个数字，整整磨去一个下午。我费去一搭草稿纸还没算出的答案，只用二指大的一帖纸就算出来了。

　　一尺多宽的桌子是我的战场。四周静得听得见蜜蜂碰响玻璃窗的声音。可在我的心头，听到的，是嘚嘚的马蹄声，是隆隆的枪炮声，两军厮杀的紧张情景，令握笔的手也会颤抖。

　　此刻，我独自坐在灯下，手指轻轻地点着书桌，心里在唱歌呢。我把所有的作业都做完了。

1月29日

　　团市委号召我们：捐献共青团员号拖拉机。全校都动起来了。宿舍楼梯口，成立了理发组，一角钱剃一个头；女同学成立了洗衣组。我们这些力气大的，上玉案山挖排洪沟。劳动委员说，挖成了，可得两百块钱。土太铁了，挖下去，锄头会弹起来。汤淑华干累了，我接过他的工具，十字镐木把上，浸着红糊糊的血迹，他的手掌全磨破了。我埋怨他：你怎么不早说。他笑笑：挖着也不觉得疼。

　　吃晚饭时，天已黑尽。

2月8日

　　接到通知，明天下乡宣传。各班紧张投入，排节目，写大标语。团委给的标语是："让四害断子绝孙！""决不让四害过春节！""城乡动手，雷厉风行，镇压四害！"

　　晚间，我路过大礼堂。有人一板一眼说着昆明话，挨近窗台望去，23班正在排练单璜。男同学说："大婶，咯请早点了——"另一个声音打断他："不对，你说的不通俗。应该这么说：大婶，咯请好好勒。再来一遍！"表演者遵照导演的要求，重新在舞台上作出跨"门坎"状，说："大婶，咯请好好勒，我们今天来你家串串门子，讲讲爱国卫生……"他一边表演，站在一旁的女同学一边点头，像是在验收。她是那么认真，看去，神情更像是村里的大婶。

回到教室，我帮着写了一阵大字标语。我的毛笔字不好，折腾到熄灯铃响了才写完。我笔下的那个"鼠"字变成了一只大老鼠，跳进了我的梦境，吹胡子瞪眼的，怪我把它的尾巴画得太长了。

2月9日

大普吉有三百多户人家。我们必须一家一户进去宣传爱国卫生，不得留一处空白。

其实，同学对村口一窝小猪更感兴趣，七八头小胖猪挤在一起晒太阳，呜呜叫，怪可爱的。班长催了好几遍，我们才站起来。

宣传真不顺利。有一位老大妈，头发全白了，嘴也瘪了，严重的白内障，眼神也昏了。我们的几句开场白之后，很快转入爱国卫生的主题。她定定地看，呆呆地听，一边还点着头。过后我们才知道，老人耳朵背，我们说的话，她一句也听不见。临去时，大妈望着我，说："你家妈原先就住在隔壁呀。"她把我错当成邻居了。

我们走进了第二家。叩门进去，小院很安静。一个人也没有。又过了一阵，楼梯上响起脚步声，下来个中年男子。见了我们，劈头就问："你们找哪家？""我们是下乡宣传除四害的学生。""不得闲。要进城卖柴火。"

我们找到了第三家。又是一个老太婆，牙齿都掉光了。她坐在草垫上晒太阳。我们班的祝福同学扛着班旗，穿一件红球衣，老人以为我们是进村卖膏药的，伸着干瘦的手掌，向祝福讨要膏药。

我们有些泄气。退出村子，围坐在石碾子上商量对策。这时，走来一位农民，他是我们见到的唯一壮年人。他浑身泥浆，正在地里拓土基。此人是村里的治安委员。他告诉我们，村里人都上山砍柴撸松毛去了，要等天黑才回来。他还说，农民比你们会讲大道理，你才说上句他就讲出下句，空讲道理是没用的。

这一席话，是我们今天的最大收获。

2月13日

高一年级，全都派到玉案山修水库。这座水库三面临山，一面朝向公路。我们的工作就是从山上取土加固堤坝。挖土的同学说："我们有移山倒海的本事。"挑土的同学说："不错。海，你填得满，我肩上这对撮箕，你倒不满。"小班倌爱幻想，他说："我敢保证，地球再也不是圆的了。"我问为什么？他说："被我们挖缺了。"

天黑了才收工。

2月14日

美丽的春天，灿烂的阳光，芬芳的花朵——可惜我的代数没考好，2分。害羞死了。

弟弟来信。有一句话是："爸爸妈妈一年才见得着你一次，放寒假一定回来。"

回家，还是留校劳动？这两个问题苦恼着我。

下午，学校发出通告：春节不许回家，留在学校，挣钱献给国家。大标语贴满了学校："拼命三年，争取十五年赶上英国！""春节不离开岗位！"

课外活动时，一些人到街上打苍蝇，一些人忙着在教室写家信，安慰远方的亲人。我属于后者。

2月15日

学校派我们到羊方凹砖瓦厂做工。明天出发。校团委召开团支书联席会议，会后，支部书记传达说："原先，他只敢提出一百元的捐献指标。他在心头盘算许久，这是最有把握完成的数字。他拼了好大的勇气才说出来。谁承想，别的支部报出的捐款是六百、七百，声音震耳，豪气冲天。他报的一百块，保守了。"最后，我们班的这位团支书，脸红筋胀报出四百二十五元，这才获得通过。

小班倌住在大观楼造船厂。他连夜赶回家去，蹬来一辆三轮车，帮着力气小的同学运行李。

2月16日

我们背着行李出发了。黑土凹出来，有个名叫五公里的路边小镇。我们家在这里住过几年。只是，父亲盖的茅草房，早就被人撤了。我读小学时栽的一棵大叶杨还在，仍旧立在老房子旧址前边，差不多有水桶粗了。

砖瓦厂的干部介绍情况。他先带大家走进搬空了的砖窑，热烘烘的，怪舒服。出来，他要求我们说，你们每个人每天都得选择一个合适的出窑挑数，能挑一块砖，整天你就挑一块砖，这样，不单是便于计件，更重要的是，厂里要有原始记录，根据窑中的砖块，适时调节温度，增添或减少燃料。

他的这番话，我们听得很认真，还有人掏笔记下。

2月18日

天冷了。瓦沟、坯场的草席上，罩着一薄层雪。大烟囱里喷出的烟子，阳光透过，像是粉团花花粉做成的，很好看。

一整天都在挑砖坯，一担一担送进窑里。空着担子往回走的时候，村路上，见到一些衣服簇新的人，胳膊上挽着篮子走亲戚。这幅图画提醒我们，今天是大年初一。农村来的同学说："过年了，真想抱个米花糖，躺在青松毛上好好打几个滚。"他的话，说得大伙直咽口水。

2月19日

他姓殷，我们爱叫他"老鹰"。老鹰干活磨洋工了，班长形容说：老鹰打个哈欠两分钟，伸个懒腰五分钟，蹲个厕所半小时。上工的汽笛响了好一阵，他这才揉着眼睛，有气无力地走来。大伙都很气愤，准备晚上开班会批评。

班上的共青团员提出挑战口号：每天挑一千块砖。天天都要超工时干活。女同学力气小，挑得不多，她们说，我们也要多做贡献，每天的伙食费不超过两角，劳动力差就少吃点，只吃男同学的一半，省下的钱，用来捐献拖拉机。

2月21日

昆一中也派出一个小班来砖瓦厂劳动，他们有十多号人。清晨，两边在砖窑门口相遇，差些动起武来。他们用板车推来的砖坯不许我们搬运，说是只准自己人挑。我们说，装车的时候，我们也参加了，那时，你们为什么不说只准自己人装？两边吵得不可开交，有几个男生，叫了声"先下手为强！"撸起袖子拿着扁担，要打架的样子。这时，幸好两边的团支书赶了来，争吵平息了。

我真不明白，大家都是在响应党中央的号召，支援农业大跃进，都是为了"十五年内赶上英国"，都是为了用我们的汗水凝成的人民币去买拖拉机——为了实现这个目标我们来到砖瓦厂，为什么还要吵，还要干仗呢？

2月22日

全班47人，在砖瓦厂劳动五天，苦得弓腰驼背的，所得报酬250元。厂里扣除我们的伙食费，还剩125元，全部交给国家买拖拉机。

回到黑林铺。校长室贴出通知：推迟一周开学。

晚间，学校文工团在大礼堂演出。节目有话剧《中秋之夜》《凯旋》，还有舞蹈《阿细跳月》，独唱《草原之歌》。来看演出的有工人、农民、军官、学生（昆四中）。听说，甲等票提前三天就售完了。卖票的钱，也是捐给国家。

一到天黑，我们的学校就像城里的大戏院一样热闹。

2月23日

寒气逼人的早晨，消息传来：明天去安宁钢铁厂劳动。很多同学头天夜里就回家去了，留在校内的负责进城通知。我的鞋子洗了，脚上套的是木板鞋，老师没派我去。

突然之间，心头说不出的烦闷，书也看不进去。

2月24日

捆好行李，勒紧背包，安宁那边打来电话：钢铁厂人手已够，我们不用去了。

班委有的骑车，有的跑路，他们四处打探，怎么也找不到做小工的路子。回来时，相互摇头叹气。不过，讲到一路碰到的趣事，还是惹得一阵好笑。

男女同学集中在我们宿舍，开临时班会。同学告诉我，昆明市的小学生、中学生、大学生，统统动员起来了，都在为农业大跃进出力。白天进城，你想找个熟人见见，那是不可能的事情。大家都在工地上忙。

讨论有了结果：一、女同学揽毛线活来做；二、男同学出去抹土基卖。

3月3日

校长说：昆钢要大发展，要变成昆明的鞍钢，我们还是要去支援，开挖轧钢车间地基。

高一年级，全体步行去安宁。幸运的是，过了车家壁，拦到了一辆运钢筋的卡车。师傅真好，有人招手他就停车，陆陆续续又上来二十多人，都是十四中的。车上人多，钢筋被我们压得服服帖帖的，坐上去再也不敢弹跳了。

终于见到昆钢。大烟囱冒出蓝色的烟子，在空中散成两个字：欢迎。

伙食太差了。蒜苗炒胡萝卜，吃起来有一股铁锈味。更怪的是开水房就在五步开外，端着碗去打开水明令禁止，你必须交出汤匙给门卫暂且保管，这才可以走过去接水。

红砖墙上，工人写的大字报被人撕了，标题还在："警告食堂"。

3月4日

太阳火辣，阳光炙人。分给我们的工作是：围着木料加工厂，开挖一条宽一米、深两米的沟。

昆钢子弟小学拨给六间教室上课。听说晚上还要考几何，吓死人也。心，嘣嘣乱跳。为了安抚自己，习惯性地又在本子上画起来：

> 心啊，
> 请不要这么跳，
> 学打盹的白兔。
> 静下来，静下来。

> 心啊，
> 请不要这么跳。
> 每个细胞都打开门窗。
> 听小草吹响的口哨，
> 静下来，静下来。

哈，写完这些句子，胸膛里那个家伙，果真老实了。

3月6日

几何课改在白天上，借用子弟小学的教室。课桌是食堂搬来的条凳，座位是砖头上垫块木板。老师尽量联系生产实际，譬如，讲自变量和因变量的时候，举的例子是我们的送土量和马车车厢的关系。大家都听得有趣，一节课，似乎只有二十分钟那么短，木板上的水气还没捂干就下课了。

半天上课，半天劳动。干活之前，学校的廖主任把我们集中在大食堂，做动员报告。他说：你们半天是学生，半天是工人。大家必须懂得，不愿意劳动，既是人民内部矛盾，也是阶级矛盾。道理很简单，阶级敌人的特点就是偷懒，这是和社会主义道路背道而驰的。翻翻报纸看看，全国都在拼命干，我们也要拼命干。有的班级提出，竹筐不够就用自家的脸盆抵上；有人会问，脸盆坏了呢？我告诉你，命都不要了还要脸盆作甚？

廖主任还给我们讲了一位老革命的故事。他说，这是一位长征干部，当了二十多年团长、大校，五十多岁了，他带领一家人在工地上种菜，种出两百多斤蔬菜献给国家。老红军都要锻炼，你们这些不经风霜的学生，更需要锻炼了。

廖主任讲完了。大白天的，会场却像深更半夜那么静悄。

3月7日

正挖着排洪沟，临时又被调出来推小板车。二十辆小车，只有三把铲子装土；推小车的，可以暂时歇下来享受享受，躺在车兜里说："这是我的安乐椅。"老师带着王勇赶来了，他们负责修整小车道。路平好，秩序也好了。大家都有事做，推着小车疯跑，真好玩。车轮碾着碎石子，吓得家属区的鸡子乱飞。

3月9日

来到安宁六七天了。这些日子，仅靠一元一角钱支撑自己。钱是向赵明借的。今天中午，当我把最后一张吃饭的门票交出去时，除了饥饿，我什么也没有了。

玻璃汤泡饭也不怕。在我看来，吃饭，有时就是为了敷衍自己。只要能填饱肚子，菜不菜也就无所谓了。脚瘫手软真是难受。没有钱，再向同学借？开不了口。过去几次，都是迫不得已的，是肚子逼的。傻小子，再忍忍吧。

没吃晚饭。同学走进食堂，我独自去湖边看水。

3月10日

何家华是我初中同学，他在27班。向他借了一元四角四分饭票。

干到今天，排洪沟的工程规模，总算显现出来。我们挖起的新土，像一座高高的城墙，绕着木材加工厂堆起来。计算土坡角度时遇到困难，三角函数也解决不了。我的数学太差了。

3月12日

我们班的劳动委员由三个人担当：一个管劳动调配，一个管工具，一个管分工。消息传来，排洪大沟不要我们挖了，大工地更缺人手，指挥部调我们前去支援。同学们没说什么，爬上沟来，跟着劳动委员走了。到了现场，这才发现工具不够，劳动委员找到二工段长借撮箕，小组长四处收集板锄、铁铲，忙活半天，只装了两百马车。别的班最高纪录是五百车，我们落后了。

3月13日

"千方百计，鼓足干劲，削平荒山，扩建昆钢！"

这些雄赳赳的大字，巨人似的站在山岗上，大老远也看得见。

太阳晒裂了皮肤，汗水流下，热辣辣的疼。

装有挡板的马车，一辆接一辆来到我们面前。我们的工作就是不停地往车兜里送土。忙得直直腰杆的时间都没有。渴了，刚想去喝口水，空马车又赶到你的面前。只得忍着。弓腰，挥锄，铲土。

耳朵里灌满了推土机、挖土机的轰隆声。相互间说话也要提高嗓门吼，生怕对方听不见。

挖土机真是一个怪物大英雄。一口兜起1.6吨泥土,两口装满一辆汽车。这家伙的缺点是身子笨,转一个身就得一分钟。

3月16日

放假一天。昆明有家的,忙着往家里赶。安宁至昆明,乘车,一个半小时;走路,半夜3点钟到家,捶门时惊动街坊,有个老头掀开窗子问:"天亮啦?"

没回家的,很多人都去了温泉。本人囊无分文,跟着段英华去到安宁街上"蹲茶馆"。

清晨,半街阴凉,半街阳光。茶室还清静。三五个闲人跷起二郎腿,在裹叶子烟。挨近中午,渐渐热闹起来。茶桌边响起各种声调,月琴声透过烟雾、汗气沁了出来,不多久,嘈杂的人声将它们湮没了。

笔尖抹着夕阳,坐在茶馆里写了篇小文章。

3月17日

昆明召开"文教工作者大跃进誓师大会"。老师们都进城去了,他们要到20号才回来。原有的一点上课时间,统统改成做工。

晚间到炼铁车间帮工人写大字报。

3月22日

钢厂每个星期六晚上都要放电影。今晚放映《如此多情》。坐在我旁边的一位姑娘,就像大家选她当代表似的,对着银幕,笑得特别夸张。不知是什么道理,我一点也不想笑。都说漂亮的人儿是阳光,电影里那个名叫胡萍的大美人,在我眼里更像一个酸酸的悲剧人物。对这种人,不皱眉头就算客气了。

3月25日

收到母亲寄来的15元汇票。

最近几天,没休息好,不管往哪里一坐就想打盹。

来到钢铁厂,第一次见到出铁的场面。

18个春秋,自走进校门那天起,一提到"辉煌"这个词,想到的是太阳、灯火、霞光。今天,站在炉门前看到的场面,"辉煌"有了最确定的意义。铁水奔流的景象,当得起这个词。在这里,字与景融化在一起了。

宿舍里,同学的鼾声此起彼落。再过五六个小时天就要亮了。兴奋不能代替休息。我也该合上日记本,理好床铺,睡了。

3月31日

校长做动员报告。他说:"百分之八十的学生,立场、观点、思想感情,都需要改造。"他指着我们说:"你们不能悬在半空中!"跟着,校长又告诉我们,十四中以后招收的学生,要以劳动技能为主。学校除组织服务性的劳动小组外,还打算养一百头肥猪、五千只兔子、八十只山羊,嫁接果树一千株。校长讲到这里的时候,全场响起长时间掌声。

晚间,第一次享受公民权利:选举。长这么大,只填写过学生会、少先队的选票;选人民代表,还是头一遭,心情格外激动。

选票刚刚统计出来,已是满天繁星,不等我们回宿舍,市委的电话通知传来了:苦干一夜,搞好清洁卫生,昆明市要在三天之内宣布为"四无"城市。校长说:如果从我们手里放走一只苍蝇,"四无"城市的荣誉就会受到玷污。哪个单位做不到,就在近日楼向全市人民检讨。多阵搞好,多阵将其名字抹去。

班长带着我们去到二工段领石灰。沿途锣鼓震天,随到随领。

扫帚不够,十个人分不到一把。不是公司小气,他们早就派人到县上采购,谁知县里的人也像我们一样,大搞爱国卫生,扫把成了紧缺物资。

太累了。干劲没有别的同学大。站着就打盹。看见墙、门、柱就想靠上去，一靠就能做梦。不，应该说，今天晚上发生的事情，感觉中，迷迷糊糊的，都像做梦。

4月7日

轧钢车间的基建工程基本就绪。下午，差些出了大事。

挖土机、翻斗车，在我们面前堆起了一座大山，这座山，随时都在移动。我们弓着腰，缩在山脚下，不停地往马车里装土。唰啦一声，站在我跟前的小包不见了，从坡顶垮下来的红土，转眼之间把他埋了，只露出脑袋，露出骨碌碌乱转的眼珠。坡头上的石头正在往他的脸上滚，"塌方了！"我叫着，扑上去用胳膊护住他的头。"来人呀！救命呀！"嚷声一片。有的人吓呆了，有的人手慌脚乱，提起锄头就要刨人。这时，幸好赶马车的几个师傅在场，看着我们忙乱的样子，他们说："不能从上边挖！"师傅不慌不忙走来，先把小包身子侧边的泥土刮开，锄头不好施展，有位工人师傅蹲下去，用双手去刨，不一会，手指甲裂开了。渐渐的，小包的半个身子露了出来，他埋在土里，似乎也看到了希望，身子一扭一扭的想爬出来，师傅喝住他："不要动，越挣越紧！""小心挣脱了脚！"

小包得救了。瘫坐地上，他说，埋在土堆里，只觉得胸闷，脚麻，血管突突地跳。好一会他都是呆呆的，连感谢的话都忘了说。

工段长赶过来，拍着小包的肩膀说："小伙子，记住了，休息时，不要背对土堆。也不要爬上坡挖虚土。"

紧张的心情刚刚平复，有人大叫一声："清点现场人数。"我是小组长，闻声站起，点起手指，数着数着，还少一个，看看眼前城墙高的土堆，心底发凉了。就在这时，身旁的同学发话了："瞧，那边！"

我们小组的一个女生，姓梁，就在大家忙着救人的工夫，她抽空溜出去找水喝。这会，悠悠坦坦回来了。咳，世上还有这么冷漠的人！

4月8日

我们班昨天出了生产事故，不要我们装车了，调回来再挖排洪沟。

我没有干劲了，软软绵绵的，握起锄头把就想打盹。心头老想着写好的一个短篇，刊物写信来要了，没有时间誊改。真急人。

入春以来最热的一天。心里的热情冷了下来。周身剩下的就是疲倦。光想喝水，拼命地喝。对于葡萄藤、大西瓜、糯米冰棒的想象，弄得更没力气了。

我负责挖土。土堆垒起来，该别的同学往竹箕里装了，这时，总有一分钟的空当。一分钟，我也能阖上眼睛睡睡。多么幸福的一分钟啊。

收工回来，冲了个冷水淋浴。人又有了活气。

4月12日

哈，我们来安宁劳动，原来还是有报酬的。学校给每个人发了钱，干了一个多月，我分得七元。领工资的头天晚上，一些人翻来覆去睡不着，有的人想买回力球鞋，有的人想买漂亮的猪皮钱夹；有的人告诉我，温泉的西餐真不错，打算前往"领教领教"；还有的同学早就瞄上食堂的红烧鲤鱼，口号是："为鲤鱼奋斗！"

我有些懵了：这就是我们的勤工俭学？

4月25日

挖排洪沟。扑在脸上的灰也是烫的。天太热了。好几个同学流了鼻血。云彩，树荫，山肚子淌出的泉水，成了我们最美好的想象。不知谁带的头，山坡上掰来麻栗树叶，做成一圈绿叶密实的帽子戴在头上，可惜只有三分钟的阴凉，一弓腰帽箍就掉了。我们班的赵明，大家叫他"照明弹"，他的理想是当骑兵，今天，当着全班同学的面，"照明弹"郑重宣布：他不做骑兵，要当海员了，波涛，浪花，一望无际的大海……多好啊！听他这么一说，有好几个人当场也跟着要当海员了。

烈日底下，整整干了8个小时。

4月26日
歇稍时，歪在推土机的影子里，写了几句话：

　　春雨蜜水一般甜，
　　不信？
　　伸出舌头尝尝。

　　春雨给人希望，
　　也给我满袋的幸福。
　　真喜欢春雨。

4月27日
上班钟敲响了。我们例外地没走向工地，排队进入大礼堂，听三十二处主任李万富讲当年的红军故事。他是红军连长，一个冷静、沉毅的人。

中午打扫第二食堂。搬来消防用的水枪，喷水，洒水，冲洗桌凳地面。可以收工了，我们还不想离开，桶啊瓢啊水枪啊，全都用上了，痛痛快快开打了一场水仗。

班主任告诉我们，29号回学校，三十二处派车送我们，用不着掼脚板走路了。同学们一片欢呼，又唱又跳，有的还把帽子扔起来。

在昆钢的水塘里洗衣服。

4月28日

早上5点半钟,电铃准时喊醒我们。岑寂一夜的大房间,灯光一亮,热闹起来。

窗外的绿树,模模糊糊的,淡淡地裹着夜色。星宿陆续隐去,云彩透出亮光。山尖尖上,独独长着一棵青松,梢尖染有暗红。昆钢的黎明是它最先迎来的。

十四中在昆钢劳动的学生有六百人。五十多天了,好多同学还不知道温泉是什么样子,学校特意安排我们去玩玩。

心急的人最想抄近路。听人说,去温泉,走大路七公里,走小路,可以省掉三分之一路程。我们多想快些见到温泉呀,钻刺棵,爬陡坡,最终还是走不赢涂老师。涂老师教政治,他和同事背抄着手走在我们前边,等我们翻过山岗,绕下坡来,涂老师还是走在我们前边,不紧不慢的样子。看看我们汗流水爬的样子,涂老师笑笑,说:"蛮干不行,走路也得动脑筋。"

螳螂川清得爱人,鱼在水藻间钻出钻进。真羡慕水边人家。只是我们走到河西岸来了,没有桥,怎么过河呢?聪明的温泉人帮助了我们,两岸碑石上,牵有一根粗铁索,索上套有铁环,铁环用链子拴在荡来荡去的小船头,不用摆渡,过河的人站在船上,扽着铁索,一把一把地就能移到河对岸。

螳螂川与温泉相依相伴。走近了,看见一座青石,那是建温泉的警察局长纪念碑。旁有一石,状如青牛,镌有"石梦"二字——石头也会做梦?

沐浴出来,全班合影。磨蹭了半个多小时才换来"咔嚓"一声。

4月29日

学校开展"三歌"运动。《红色的祖国奋勇前进》这首歌,我们记不熟歌词,唱起来左声左气的,生怕点我们上台唱。幸好时间不够,侥幸躲过了。

下午排练五一节队列。分三个方队:文工队,跳大型的《阿细跳月》;体育队,表演体操;劳动队,显示我们勤工俭学的成绩。有的同学穿上理发员的白罩衫,手里拿上剪子推子;有的同学扛把锄头,一路做挖地状;有的同学抬上大肥猪的模型;有的捎上锁兔笼子,说明我们真的养过兔子。

一些同学,特别是女同学,宁愿扛红旗也不愿参加劳动队。我是小组长,怎么说她们也不听。

5月1日

一夜没睡好。常常被楼下的嬉笑声吵醒。不知是哪班的同学,开夜车准备节目。

学校远在玉案山脚下,早上4点半钟我们就起来了。

银河浅浅,繁星点点,寒气逼人。水池边洗漱完毕,忙忙地向食堂奔去。接过馒头,天色亮开了。女同学从花坛边经过时,分不清哪是花、哪是人了。她们都换上了盛妆。

6点钟,东山刚刚现出曙红,我们出发了。

我参加劳动队。我身边的同学,有的举一束稻穗,说是我们培育出的粳稻新品种;叶尔聪双手擎起一个木牌,上边画的是大白兔。街道观礼团的小朋友拍着巴掌说:"看啊,小白兔也来了!"我扛着铁铲,唱着歌,腰杆挺得格外精神。

昆明的大街小巷飘满了红旗。人们从四方八面涌向检阅台,歌声锣鼓声填满了耳朵。工人乘坐卡车,农民耍着长龙,龙身长达数十丈,身上金花万朵,很有乡村风味。

我们的队伍到下午1点钟才散。昆明的同学回家了,我扛着铁铲在人群中挤。回到学校时,天黑尽了。

5月2日

受寒,病了。头疼,眩晕,打喷嚏如放机关枪,一阵一阵的。

校医室的小医生很和善,一辈子怕也不会大声说一句话。只是,他开给的阿司匹林一点作用也没有，头照样疼。今上午又去，换了个医生。他很少说话，说也只是几个字。比较起来，他的目光更专注。我说："头闷疼，鼻阻塞，咳嗽频繁，牵引胸部疼痛。"他一语不发地听着，末了，又一语不发地写着处方。量体温，听诊，张开嘴看"天花板"，末了两个字："打针。"临走发给三包药。

中午躺在床上，喷嚏不打了，嗽也不咳了，头也不疼了。学校大礼堂正在贴"兴无灭资"大字报，我请假猫在宿舍休息，独个人对着窗子唱起来：

　　我的头不疼了，
　　我的脚步轻快了。

偏头看见窗外蓝天上的白云，无腔无调又唱道：

　　我要骑着白云去旅行，
　　红脸膛的朋友对我笑。

5月6日

学校开展"兴无灭资"运动，校长做了动员报告。礼堂贴满大字报，浓浓的墨汁气味，从门窗间飘散出来，隔老远都能嗅见。我忐忑不安地进去看了一遍，幸好没人贴我的大字报。我们班的张同学问题严重，他是班上的体育积极分子，去安宁劳动，资产阶级思想表现在这些方面：一、进一转城，要用二十多元钱，吃鱼皮花生要用口袋装；二、"只要他一发脾气，小食部的生意就会好起来，"没有钱，借钱也要买。他借了八十多元买零嘴；三、挖排洪沟时怕苦。晚自习时，张同学在班会上做了检查，一把鼻子一把眼泪地说："我有决心、有信心改正。"

5月7日

学校盖猪圈，派我们抹土基。天气热，阳光炽烈。有一分绿荫就能治愈一分灼伤。

我们卷高了裤脚，站在泥巴塘里劳作。腿肚上的稀泥，不一会就被太阳烤干了，一片片的，就像鱼鳞。

杰克·伦敦的《深山猛虎》引人入胜。有时，情节一赴八百里，浩浩荡荡，忽一转，线头消失在窄巷中。平和中暗藏跳跃，简单中包含复杂。翻开这本书，你的心情再难平静。我是晚饭时得到的，读了几节就不能停下，熄灯铃响后，站在走廊路灯下看完。

以前，读过这位作家的《哈克·贝里芬历险记》。从此记住这个美国人的名字。

5月8日

下午，派我们到黑林铺后街挖阴沟泥。工具不够，只有几条缺牙齿钉耙，几件木把断裂铁铲。劳动委员熊万兴会动脑筋，他说，全班四个组，每组干四十分钟。干活的先后次序，听从手指头安排。他避开众人，在自家的手指尖标出1、2、3、4，握起拳头走到我们面前，让小组长任挑一个指头。

办法果然不错，劳动秩序一下好起来。

理发。店里打杂的女子问一位农民："你家的地在哪里？"理发室一片哄笑。农民回答说："全中国的土地都是农业社的。"

5月9日

停电。教室点起一盏盏墨水瓶煤油灯。跳动的灯焰下，我向小组同学汇报今天的劳动情况。

"本人今天放羊。放出去四十九只，赶回来四十九只。赶回来比放出去胖了些。"

放羊是我的愿望，承蒙劳动委员恩典，梦想得以实现。可惜同去的两个女生，比我还笨，怎么也跑不过羊。山岩陡峻，让她们犯险爬上岩子，想都别想。一切都得本人亲自出马，羊司令还真不好当。

下雨了。淋了雨，怕羊群生病，我们赶着羊躲到石桥底下。上涨的溪水里窜出小蛇，羊倒无所谓，两个女生吓得惊叫。本来我也是怕蛇的，在这种情况下，也只得咬牙上阵，用棍子把蛇挑丢了。

雨没有停的意思。往回走的时候，根本用不着我们操心，黑山羊们纪律严明，一个跟着一个，乖乖地上路。用不着我们指点，羊群自己就知道昆十四中在南边，在黑林铺那个方向。它们顺着高高低低的毛毛路，走得可稳了。

羊最爱吃刺槐叶，不管长在什么位置，它们也要蹿上去掳两嘴。吃饱了就抵架，前脚立起，低昂着脑袋向对方撞去。"撞羊头"原来是这么回事。

回校时路过团山钢铁厂，浩浩荡荡，烟尘四起，工人见了，开玩笑说："哈，放羊放到我们钢铁厂来了。"

5月10日

羊也有羊的脾气。有一只戴乌纱帽的白鼻子山羊，性情特暴躁，圈门稍稍开得慢了它也等不及，那架势，羊圈顶出个大窟窿它也不怕。出了围栅，它心里早有目标，目不斜视地直奔玉案山而去。哪里有苦刺花，哪里有肥美的青草，它最明白。一群羊里边，数它最先吃饱；吃饱了就抵架，从太阳当顶，可以打到太阳西斜，我真担心这家伙会把羊角撞折了。往回走的路上，它也特别跋扈，劝它两句，抬起下巴白你一眼，好像是说："你也配管我呀！"

还有一只黑山羊，肩背上有几团白花，它就像披着龙袍一样尊贵，找到一丛刺槐叶，它会扬起头来，发出嘹亮的宣言："我多行呀，我多行呀！"在它的身后，跟跄着一只比兔子稍大一点的小羊羔，又懒又娇，离开妈妈也就是一个羊身子的距离，它就像孤儿似的咩咩惨叫。羊妈妈不得不走拢来，小羊羔一头钻到母羊的肚子底下去，这下安全了。

羊群里边，还有两位角斗士，一眼看去就知道是好战分子：弯扭的角锋蹭亮了，碰缺了，边沿碰成锯齿状。它们摆开阵势想打架的时候，你千万不要停下来观战，不必理睬，你只要多看一眼，哈，就像给它们叫过好似的，这两个缺心眼的大傻瓜准会恶斗好半天。

放羊回来洗了澡，说不出的轻快。

5月11日
还是放羊。

有一只小羊，个子像条小狗。肚皮是白的，像是系了一条白围裙。它的妈妈上星期跳崖寻了短见，它生活得很寂寞。没有伙伴，没有亲友，没有安慰，整天都在咩咩细叫，像在寻找什么。

我们特别关照这只小羊，生怕它走丢了。

羊群不喜欢下箐。个个都是攀崖能手。陡直的山坡上，长满密密茸茸的青草。这是专门由阳光和雨露抚育的植物，人的脚趾很难在附近留下印迹。

玉案山的肩膀上，有一块小小的平台。坐在岩石上远眺，一眼收尽昆明的瑰丽景象。层楼密屋连接成片，绿烟似的树木，在街道民居间穿绕。昆明啊，名画似的任你坐看。大地和天空，彼此也在相望相守。

放羊万岁！

5月12日
团员开会。我们劳动。集中在新开的荒地上剔除杂草。开头还干得认真，班干部不在场，过了一会就疯闹起来。大家围坐在一起，烧上一堆火。晚风吹得火苗笑，我们也笑。西斜的太阳把我们的影子扯得长长的。

5月13日

钟声当当，脚步声，紧张的喊叫声，把我们从熟睡中惊醒。我以为天亮了，又觉得今夜怎会这么短。戴手表的同学在被窝里咕隆说："才12点多点呀！"正纳闷，学校的篱笆墙外边，脸盆铜盆敲得哐哐响，村里人大声发出警报："下雨喽，抢收麦子喽，快快起来呀！"

睡上床的同学还没有完全清醒，懵懵懂懂问道："可还洗脸？"我们用嬉笑声回答了他。

学校办公大楼前，黑影幢幢，人影簇簇，同学们挤在一起，谁也看不清谁。冷风冷雨中，张主任一声命令理顺了队伍："十班带头，跑步——走！"

村里的打麦场上，汽灯雪亮。高高的麦垛顶上，站着一个人，应接着别人抛来的麦把，他身手矫健，随接随堆，圆锥形的麦垛在他手下不断升高。场上的汽灯，把他的身影投射在白墙上，巨人一样晃动。

生产队长带领我们往田间奔去。麦田通向村庄的小道上，临时铺了木轨。农业社的年轻人推着四轮车，车上载着麦捆，堆得太高了，摇摇晃晃的。车子前边，半大娃娃提着马灯，嘴里"按"着喇叭，大步开路。

云彩黑一阵白一阵，风雨正在逼近。往来穿梭的人流中，送夜宵的人，挑起担子，一路吆喝："包子！馒头！热的！"他的声气三分是报信，三分是喝道，三分是热情。我顺着他的去路往前看，河埂上，麦垄间，到处都是半夜里赶来抢收麦子的人。

我们扛着麦捆，来到桥头。农业社的大妈提着马灯，站在路边给我们照明。

下半夜，劳动结束。陆陆续续回到宿舍，问问，两点三十分。我趴在窗口朝天空张望：怪啊，黑云彩竟然被我们吓散了，星光又漏出来。今夜不会有雨了。

5月16日

地里的麦子，一片一片黄熟了，麦穗挤着麦穗，发出干糙的沙沙声。

师范学院的大学生，也来郊区拔麦子。和中学生相比，他们更是一群"老活泼"。田间休息，我们喜欢三三两两摆龙门阵，他们聚在一起，唱歌，朗诵郭小川的诗，笑声也比我们多。大学生们也很热情，挑来开水，歇在田埂上，邀请我们过去喝。实习老师见到了她教过的学生，手拉着手，亲姐妹似的。师院有一个大学生，实习时，在我们班教过物理，同学叫他"丘山"。我们也想见见"丘山"老师，在人群中转来转去，一些大学生看背影像"丘山"，走近看又不像了。

5月17日

班家村拔麦子。村里的几个孩童，年纪不过七八岁，胳膊上挎着竹篮，进到地头拾麦穗。同学们真正做到了颗粒还家，他们的小竹篮转来转去还是空的。到后来，娃娃们只好改行，帮我们捆，帮我们端开水。

该回去了，还有一片麦子没动。听说今晚就要放田水，明天就得下犁，我们又留下了。大家手连手排成一条线，就像一把刃口一里多长的大镰刀，刀锋所向，麦秆唰唰倒下。

在班家村拔麦子的消息，比我们的脚步还快，没等回到学校，黑林铺人就知道了。村长找到学校，请我们再辛苦一趟，帮帮他们。这些事，校长总是慨然允诺。晚间，我们又出动了。

教俄语的张琳老师也跟着我们向田间走去。张老师高度近视，镜片有玻璃杯底那么厚。她还惧光，哪怕是月光，炫在镜片上，也会花了眼睛。同学左一个右一个，搀扶着她，小小心心行走在田埂上。

月色昏暗。时不时还有黑云遮掩。同学急了，小班佰直起腰来望着天空，可怜巴巴地央告说："月亮啊，你能不能多拨两根灯芯，把你的灯光再调亮一些？"不管怎么说，我们的推进速度还是很快的，每伸一回腰，都有这样的感觉：麦子又倒下了一大片。

夜里1点多钟回到学校。

5月18日

《王统照短篇小说选》翻得太慢了，带去安宁的书，今天才看完。

我有一个体会：读作家的选本，要想摸清他的创作脉络，一定要从第一篇作品看起，一定要耐着性子，顺着秩序往下读。切不要看了开头两篇就算完事，这对作家本人，是大为不敬的。王统照小说选集第一辑《雪后》《沉思》等篇什，写得沉闷，阅读时，你会觉得室内的空气也是滞闷的，文字显得雕琢，每一页都在考验你的耐心。至此，你要是终止了阅读，作家真会大呼冤枉。只有读完全书，你才有可能认识到作家的真正价值。以后几辑的文字，写得多么好啊，《湖畔儿语》《号声》《刀柄》《母爱》很是动人，可算是罪恶年代的"记功簿"。

明天起读《巴金短篇小说选》。

5月19日

停课。去马街冶炼厂劳动。时间：一星期。住宿还在学校，早晚又得跑路了。

劳动这个词，就像同学的名字，我们天天都会打交道。对它的理解，不再是字典上的意思。流汗、晒太阳、大喘气，接受工人和老师的表扬，这就是"劳动"。

体育委员真会见缝插针。冶炼厂在马街，一路都有公路局栽下的里程碑。他划出地段，上工赶路，让我们顺便举行三千米劳卫制测验。参加的人还真不少。我没有报名。道理很简单：路上耗完了力气，待会怎么干活呀。

进厂先发红底白字的"冶临证"，佩戴在胸前，虽是临时工人，同学也不介意，就像第一次领学生证那么新鲜。

我和别的几个同学分在第五车间。我们的任务是搬运耐火砖，砖块搬出车间后门，送到墙外山坡上去。有同学抱起砖块就发牢骚："真无聊，跑几里路就是为了搬砖，太没价值了！"带着我们干活的老工人瘦瘦的，上嘴唇有几根稀疏的胡须，他笑着问："小伙子，房子不能盖在半空中啊，不腾出地盘，怎么盖房子？怎么生产？"同学语塞了。老工人捻着他的几根虾米胡，笑吟吟的又给我们讲了许多道理。

　　干了一会，我们想出了新方法，十几个人拉开间隔，像真正的建筑工人那样，一抛一接传送砖块。班上的几个篮球健将占便宜了，他们动作灵活，手疾眼快，抛砖接砖，就像篮球冠军赛那么投入。小班倌是我们的物理科代表，他提醒大家："抛物线，抛物线，一定要丢出抛物线！"砖块上有灰，迷人眼睛，小班倌叹息自己没有双层眼睫毛，挡不住扑面而来的尘土。

　　中午，在房阴下休息。晚自习测验物理。我拿出教科书，"物体的相互作用"这一章还没看完，枕着砖头，呼呼睡去。

5月20日

　　累得提笔的力气都没有，这篇日记，能写完吗？腿肚酸疼，脑子里装满了瞌睡。

　　派我们搅拌水泥。水泥、沙子、碎石的比例是1:1:2。瘦师傅说，这项工作特有意义，搬空了的车间，准备安装磨粉机，将马牙石、焦炭磨成粉，供炼铜用。我们就是为磨粉机打基础的。大家埋头工作，也不知划开了多少袋水泥，眼前的空袋子越丢越多。

　　瘦师傅很和气，看去就像我们的叔叔。他穿一身褪色的中山装，裤子上打着补丁。尽管身骨有些伛偻，他在我们面前，还是不像一个被岁月打败的人。他干起活来很有火气，任何一点马虎都瞒不过他的眼睛。我铲起水泥往钢筋槽里倒，偏了，泼出去一些，他怒声喝道："一铲水泥都让你败光啦！"吓得我再不敢大意了。

瘦师傅的经验也有出错的时候。昨天，他向103工地借了10方碎石，多借了一倍。他不识字，也不懂计算，估摸着派我们去挑，一下挑多了。今天，又让我们一担一担送回去。瘦师傅说："没有文化就是不行啊。"
　　中午提前一小时上工，为的是不让刚浇灌的水泥产生缝隙。

5月22日
　　晚间，全班开辩论会。辩论的中心是张绍文的观点：人长大了，可以看一些描写爱情的书。团支书带头批判他，张绍文不服，别人说一句，他说十句，怎么也说不赢他。辩论会很激烈，开到十一点多钟。

5月23日
　　不知道为什么，舒毓英同学的手和脚肿了，我们都劝他休息，不要去冶炼厂了。他就是不听，一瘸一拐走在公路上，按时来到工厂。我和他不在一个车间，不知道他是怎么坚持做完8小时的。中午，我们在食堂相遇，舒毓英跟大家一样，一身泥巴，一脸汗水。听说，工人师傅还表扬了他。这就是我的同学。

5月24日
　　上工时，派我们为反射炉砌烟道。烟道斜往乱石如刃的山坡，越到上边，需要的砂浆越多，挑着盛满水泥的铁桶朝坡上走，忙得汗水滴进眼里也没功夫揞一把。
　　下雨了，砌烟道的工作歇了下来。小组的同学坐在屋檐下削旧砖上的沙灰。我和"拿破仑"钻到雨里给大伙供货。"拿破仑"拾到一顶破篾帽，勉强可以挡雨；我弄到一条破草席，披在身上，重重的，压得腰酸。"拿破仑"说，有一件雨衣就好了。我没他想的美，有一条轻一点的席子就不错了。
　　收工时雨也没停。工长看到我和"拿破仑"当搬运工的样子，好一会说不出话，他取下自家的篾帽，一定要我戴上，推让了好一会，没要。

搬完最后一块砖，冶炼厂的七天劳动结束了。

回校路上，望着插满秧苗的稻田，葱绿一片，心头说不出的清爽。

5月25日

中断了好长时间，教俄语的张老师又来上课了，一来就测验，单词都忘得差不多了。写点真实感受吧：

嘴在俄语上，
眼睛在足球场上，
心在小说上。
教一百个单词忘记一百个。
鬼喊辣叫，
俄语啊，怕你！

5月26日

物理老师通知：晚自习考试。

坐在教室里，紧张得笔也拿不稳，心头直发怵。没办法，只得从书箱里取出我的"精神镇静剂"：泰戈尔的《游思集》。往常是很有效的，看不两段，心跳就会慢下来。月光像小鸟的翅膀，一触到书页，就会被一行行文字拴住，想扑腾也不行了。

今晚，泰戈尔到底斗不赢牛顿。《游思集》也不起作用，翻了几页，又送回书箱。

考试前的几分钟啊，既漫长，又切近，人的呼吸失调了，急促，滞塞。

考得还可以。最不能原谅的是我的老毛病：马虎。牛顿第二定律公式的成立条件，怎么就没答全呢？你总该再细心一点啊。

明天停课。

5月27日

我们来到了大普吉。劳动内容是：挑粪、捶土垡、插秧、吆牛、掌犁。派给我的活计是一对竹箕，一条扁担——挑粪。

村里插着黑旗，听说是落后村。"先进光荣，落后可耻，顽固撤职！""头可断，血可流，坚决要抗旱！"大标语村头村尾都有。

中午，村里的姑娘回去吃饭，她们的背箩歇在山地上，我们班的十多个小伙子，学那些姑娘的样子，背起竹箩，往苞谷地送火笼堆肥。竹箩的棕带勒住额头，生疼生疼。村姑们回来见了，好一阵哗笑。

回校路上，学校规定：绕到市砖瓦厂，每个人顺道为学校背回5块至10块瓦片，听说盖猪圈用。

累得不行，回到学校，两条腿似乎已不是我的了。

5月29日

读《巴金短篇小说选》。作家的心头充满激情的倾诉。表达时顾不及字面上的调配。技巧呀，章法呀似乎也退了下去。激情的巨浪扑面打来。这样的写作方式，给人的感染力是很强的。一个字含着一滴血泪。通篇的文字要的就是真诚。生活的石磨挤压年轻的生命，他们的呐喊和愤怒格外动人。诚实隐去了文字上的瑕疵。

5月30日

饿了一天，幸得班主任郑翠英老师相助，她为我垫出四元伙食费，得救了。

饿的感觉值得记下：浑身乏力，没精打采，说话怎么也提不高嗓门，声音只在嘴皮边打转转。这时，怕做代数题，怕动脑筋，时不时眼前会飘过黑影。

交了钱，可以走进食堂了，先喝汤，也就是盛在大木桶里的白菜汤，想不到口味那么好，品咂的声音忍不住大了些，弄得怪不好意思的。

打了三分钱的饭。不知怎么搞的，饭后，肠子扭着疼，就像咽下了火药似的，疼得直不起腰来。

6月1日

我不知道什么是苦恼。我好像生活得很惬意似的。不过，我又总是想独自跑到僻静地方大哭一场，尤其是说笑打闹的时候。为什么会这样？

6月2日

前些天，气象局发出通知：雨季要到六月底才会来。昆明的工农兵学商，必须抽出三天时间去农村抗旱。

十四中动作快，早在5月2日就到团山乡支援了。

一整天都在团山劳动，往山坡上送肥料。中午，挑着空担子往回走的时候，遇到了今夏的第一场雨。我高兴得只会说一个字："好！"

我和我的同学就像傻瓜似的，对着闪电笑出声来。雨点落在嘴里，甜丝丝的，我们真想就这么站在雨水里，听雷的音乐和雨的节律。多好啊！

6月6日

深夜，两点左右，干烈的炸雷就像砸在房顶上，颠覆了整个宿舍。同学们全都惊醒。有的起来关窗，有的下楼解手，胆子小的结伴而行，刚走到楼梯口，又是几声炸雷，吓得转身跑了回来。

清晨，朝窗外望去，足球场上漫着雨水，远山模糊一片，透过雨帘，稻田里的秧苗比往常新鲜多了。

"该给你记多少工分呀？"站在窗下，含笑问天。

读《许地山选集》。还想写点什么，可惜再过十分钟就要熄灯了，明天又写吧。

6月7日

《许地山选集》看完了。除了上课和晚自习,能挤出的时间都用在这本书上。第一篇《缀网劳蛛》及后边几篇,浪漫主义色彩较浓,"生是极苦"的渲染,有一种从线装书上漫出的百年气息。《春桃》《铁鱼的鳃》,充满人道主义情怀,我很喜欢。《在费总理的客厅里》是一篇讽刺小说,客厅里的那面镜子写的特别聪明,安排巧妙,别有意味。

许地山的思想发展走过大段弯路,直接影响了他的创作成就。

6月8日

宿舍电表烧了起来,雷的责任。幸好人都在教室,否则,真不知会发生什么事情。

足足有一吨镁发出的光那么亮。被单烧了千万个黑洞。书本也在电火中失去不少。

好一阵了,窗子还在往外喷气,一股呛人的气味。老天不知道自己惹了祸,雨照下不误,仿佛要下到21世纪似的。

6月9日

各班都种有一块菜地。晚饭后,泼粪水。

粪桶很大,装满了,怕有八十斤重。好几回,我想弓下腰去试试,又怕挣不起来惹人笑话。今天,也不知哪来的勇气,弓下身去,一咬牙,哼哧一声挑起来了,桶再大点也挑得动。小扁担闪闪悠悠的。

咳,粪桶也是纸老虎,不怕它了。

做事情就该这样:不要怕,不要让经验拴死,不要当旧观念的儿子,不要让表面的东西蒙蔽。我们应该钻到烦冗的事物中去,亲手摸摸,碰碰,这样,有可能搞出名堂来。

6月10日

足球场边，沿着学校的篱笆墙，一丘一塝，尽是各班菜地。

我们种出的大葱和萝卜，大获丰收。关键就是粪水足。今天，轮着我们小组浇粪。我初中毕业时，下乡去到陈家营，学得一点种菜技术，全都用上了：手里端着长把木瓢，舀半瓢粪水，往外一兜，匀匀薄薄泼出去，菜秧不倒，菜地不起窝，一切都是恰到好处。

天黑下来了。我们又帮郑老师家种的菜地上了肥。菜地就在她的窗下，种的品种很多，不下十样。单是口味就包括这些：酸、甜、苦、辣。

一手的粪，喷臭。

6月11日

我们在教室做功课。突然，办公大楼前的高音喇叭发出紧急通知：

"快下雨了，盖猪圈的土基还在场上，不分班级，紧急出动抢救！"

不等通知重复第二遍，我们早已冲出教室，冷风鼓起衣裳，我们像大鸟似的扑向球场。全校同学都在和风雨赛跑。最后，还是我们夺得冠军。大雨袭来之际，前些日子做出的土坯，早已躲进茅草房，一块块安然无恙。

6月12日

玉案山种树。

站在山顶回望昆明，行行绿树穿绕在密密簇簇的房厦之间。滇池守护在昆明西边，像一柄出鞘的钢剑，剑芒与阳光一起闪烁。

多好的季节啊，地石榴、乌饭果、酸梅子成熟了，嘴馋的人尽可在山坡上采摘。男生不喜欢吃这些东西，休息时，我们相约下山找水解渴。

三碗水就在筇竹寺山脚。珍珠一样晶莹的泉水，金鱼吐泡泡似的，从山肚子里冒出来，积攒在前人开凿的青石槽里。槽不大，仅可容泉水三碗。奇怪的是盛水的石槽不会见底，怎么喝都有三碗。我们围在水边，老牛饮水似的趴下去，喝了个痛快，岩石的清凉和泉水的甘甜，全都品尝到了。

喝够了水又赶回山顶种树。往返40分钟，路很远，还没走到山顶，口又渴了。

6月14日

读《柔石选集》。"冲锋的战士，天真的孤儿，热情的女子，自私自利而又交头接耳的旧社会。"鲁迅的话，扼要地概括出了小说《二月》的全部内容。

我很喜欢《二月》和《为奴隶的母亲》。作家"工妙的技术"，让几个着墨不多的人物，神貌逼真地呈现在读者面前。知识青年多舛的命运，如坠石一般压迫我们。这些，怎是一声长叹了得！

《二月》的写法值得研究。小说按一、二、三等节次安排结构。每节开头的第一句话即直奔人物，开门见山，火到焰起。譬如，有一节的开头，一来就是"早晨10点钟"——紧跟着写到的就是人物的动作。另外，柔石也很能写人物的对话。如"纨绔子弟"钱某，此人出现在肖涧秋房间时，短而含蓄的几句对话，不仅能让你感觉到环境的存在，同时也能让你触摸到人物脉搏的跳动。读之不胜惊讶。

柔石不用"一会"，用"一息"。仔细想想，还是后者高明。

6月15日

下雨天，进城访辛勤。他果然在家，忙着写宣传总路线的诗。情绪极高昂。越忙越快乐，越忙越健康，越忙越聪明——这是我对老同学的印象。

东寺街、南屏街、正义路，遍街都是宣传总路线的队伍。军乐队后边跟着森林般的红旗，帽檐晶亮的军校学员，手执宣传总路线的红布标，行进在瓢泼大雨里，没遮没拦，浑身透湿。大雨更增添了他们的豪情。百货大楼前，小学生在演木偶剧，记者追着他们照相。"人人是宣传员，人人是宣传对象。"

这是市委发出的动员令。

返校时乘车。车厢里蒸腾着乘车人的湿气、汗气。大家和我一样，周身都湿透了。

6月16日

我们班的黑板报"曙光"第九期编出来了。有随笔、寓言、诗歌、漫画。同学爱写、爱看，越来越觉得这是"我们的"。有同学说，黑板小了一点，我说不小，在"曙光"上写了一首小诗：小小黑板三尺长，挂在墙上四四方。你莫嫌它样子小，肚内藏有好文章。

6月17日

张校长做动员报告，谈总路线的重要性。这是"大跃进"的关键。散会后，我们班的共青团员、班委、小组长，又在教室外边墙角落处，召开联席会议。团支书顾光富激动地说，他用自己的团籍做保证，"七一"以前一定要达到优秀团小组标准。班长发出倡议：用实际行动贯彻总路线，每个人种一塘瓜送给学校。女同学本来就喜欢花，她们说，要用勤工俭学得来的钱买五盆花送给学校，灯笼花喜庆，一定要有。不一会，消息传来，送五盆花太保守了，别的班一送就送六盆，我们幸好得到这个情报，重新修改方案：送十盆！

大家为自己的努力，兴奋了大半夜。

6月19日

我们班的男生宿舍，原先是一间大教室，就在二楼。吃过中饭，大搞宿舍卫生。

先洗楼板。端了一盆又一盆水，地板洗成镜子。有的跪着擦，有的钻到床底下擦，蛛丝大的一点灰尘也不放过。

被单全换成白的。被子叠得四四方方。大寝室当间扯了一根铁丝，晾毛巾用，下边是合起来的脸盆。影子映在地板上。一进门，郭鑫铨用漂亮的书法写了四个字：进门脱鞋。

一下午，我们不谈别的，光谈我们的宿舍卫生。谁要是在地板上踩下半个脚印，大家的呵斥声也会让他脸红。

学校组织各班班委来宿舍参观。他们脸上赞慕的表情，每一个细节都没有逃过我们的眼睛。

6月20日

开班会批判陈文寿。右派分子说：统购统销不合人民的要求。陈文寿说：升学制度不合人民的要求。他犯了和右派分子一唱一和的政治错误。

面对陈文寿的问题，我内心很难受，隐隐地为他担心，发展下去，他的处境很危险。吃晚饭时，我们目光相遇，我避开了他的注视。只在心里说：你要好好悔罪，重新做人，改了，我们仍是兄弟。

6月21日

一、二年级的共青团员在我们班的教室开会批判陈文寿。我不是团员，待在宿舍里。麻烦的是教室就在楼下，窗子洞开，激昂的批判声时时敲击我的耳膜，就像有意偷听似的，我有些不自在起来。走出宿舍，转到楼下，脚步声惊动了会场里的共青团员。吓得我慌不择路地走开了。

6月24日

用勤工俭学的收入，做了两件事：一、买《方志敏战斗的一生》，每个同学发一本，就像发教科书似的；二、给学校买了十五盆花。我最喜欢灯笼花、缅桂花，还有一种叫不出名字的花，花蕊细碎如金屑。

花的品格可做我们的老师：威严不傲慢，清奇不怪诞，热情不放荡。

进城买花的同学，下半夜才回来。他们是赶着马车去的，一路上备尝辛苦。

6月25日

电铃声窜进梦里，吓得人心跳，睁眼一看，天还黑蒙蒙的，这时，学校的高音喇叭叫了：同学们快快起床，围剿麻雀的战役打响了！

我们提上自家的脸盆，没等衣服穿好就往楼下跑。冷风冷雨的，还没打到麻雀，我们先自打冷噤了。

脸盆是我们的武器。敲脸盆的声音，擂大鼓的声音，直起脖子轰雀的声音，在黎明的薄暗中闹得惊天动地。上至校长，下至家属区的小孩，全都出来了。校长和娃娃吼成一个声调："嗬——嗬——"

应和着我们的呼叫，黑林铺的一些人家，站在房顶上，挥舞着竹竿，也在吼叫。

树梢房头，满是惊慌掠过的鸟影。

起早淋了雨，感冒了。

6月26日

市长昨天讲了话，他总结出新的战法：轰雀，必须是所有的人在同一时间一齐动手。这样，不把麻雀吓死，也能把它们吓得从天上掉下来。

校长传达了市长的指示。今天，我们继续出动，四处围雀轰雀。黑林铺还想出了新招：连轰带毒，一天就毒死了八白多只谷雀。这个数字成了村里人的捷报，写在他们的黑板报上。

6月29日

黑林铺麻雀少了，学校派我们转战三家村，谁知这里的麻雀也骤然减少。我们一个人守一棵树，好半天也见不到鸟的影子飞过。回来了。

顾光富去校团委开会。他带回一个重要消息：从明天起，我们班又要到冶炼厂劳动。全班一片欢呼。那地方伙食好，有肉吃；每天每人有八角钱，除了吃饭，剩下的全归学校。这是学校的勤工俭学规定。

6月30日

我们小组负责搬运铅锭过称。死重，一锭铅块三十至四十公斤，搬到后来，手指发软，生怕抠不稳滑下来砸在脚上。一整天都在做这件事：搬上搬下。单调，沉闷，无聊。人不生怨就会瞌睡。

忽然想到一个问题，我要是在这个岗位上干个两三年，会是什么样子？答案就在眼前。他是厂里的中年人，看秤、登记车辆就是他的工作。这个人做这份工，听说好几年了，他的脾性也像铅块似的，又冷又硬，不会笑。整个人成了只会瞪眼睛的机器。背地里，我们叫他"监工"。

真不喜欢在这里。

7月1日

昨天，八十斤重的铜锭，差些击碎顾光富的脑袋。张仁佩一万个小心里只是一个不留神，大脚拇指上的指甲盖，整个被砸脱了，流了一鞋子血。何、王、聂三个人，也是险象环生，何的五个手指，差些被机器吃去。今晨，老顾进城开会，调我到他所在的这个车间。

危险、沉重，是我们的工作特色。

收工时，纷纷要求调换工种。勤工俭学的目的，是让我们接受锻炼、接受改造，是为了为学校积累资金。尽管如此，也不能为了八角钱就把小命搭上去呀。学校不知是怎么想的，让一群身子骨还很单薄的少年来做这种工作，四个字：岂有此理！

7月2日

好多同学都像我一样，嘘了口气，念声："阿弥陀佛！"——换我们挖沟去了。

浑身糊满泥浆。头发、眉毛，全都被泥痂粘在一起。沟不宽，有水，两只手不时还得当铲子使，掏出沟底的烂泥。

七月，临近期末考了。一边干活一边发愁。

7月3日

就像一年四季都没换过衣服似的，脏得要命。石灰、砂浆、油污，抹了满身满袖。凳上的灰有一指厚，往上一坐也怕弄脏了凳子。

"铁炉里是什么产品？"我问一个初中还没毕业就来厂里当学徒的青工。

他摇摇头，认真地说："不知道。"

在他旁边，一个年纪稍大一些的工人很和气，他说：

"保密。五二产品。"

我们不问了。心想，这样的秘密越多，国家越富强。

7月4日

工长，40多岁，瘦得像一棵叶子快要落光的老树。我们喜欢和他闲聊。

工长说他读过大学，我不信，他很恼火，夺过我的水笔，掰开我的手板心，笔尖抖抖地画起来，他先写个"天"字少去右边一撇，再写一个"天"字少去左边一撇，问："读什么？"我面有难色，他更加神气了。

工长很会哄我们。他许诺带我们划船，带我们下滇池摸鱼，答应提前下班……说得我们心花怒放，拼命干活，结果全是泡影。他严格管制面前这几个中学生，有他在场，工作虽已干完，你也休想提前一分钟下班，非得等到汽笛响了、工具清洗干净了、送回保管室了，这才准你走。

在车间里，我们常常和他因工作上的事情发生争执。一想到回校后再也见不到这个哄我们的人，又有些犯愁了。

7月5日

干了一天的活，下班时腿都抬不起来。从冶炼厂回到学校，还有好几里地，没办法，只得搭顺风车了。司机也怪，男生招手拦车，他们理也不理，从你面前疾驰而过，喷你一嘴黄灰。女同学就不同了，就像同学形容的，她们尖着脆生生的嗓子说："同志，车给我坐坐嘛。"汽车戛然停下。渐渐地，我们也摸出了门道，埋伏在大树背后，躲藏在墙角落处，只等汽车一停，猴子似的跳出来，扒着车厢就上。小班倌开玩笑说："想搭车，看来还得定做一对辫子才行。"

7月8日

期末考开始了。先考体育，双杠82分，班上的最高分是85分。跳远4.66米。我记得读初一时也是这个成绩。他妈的，没长进的人。铅球掷的还不错，只是不敢夸口，个子比我矮的人也掷得比我远。

哎，玩起来就是舒服。一想到没复习的功课，鬼吓着似的，心头直打寒战。

7月21日

物理考得还不错。俄语也不可怕，抓住单词和语法这两条，一样可以拿下。

这些日子，天天都是考试，复习，复习，考试。半个月，用完两瓶墨水。

课堂笔记是学生的镜子。好学生的笔记条理分明，内容详尽。在这方面，我就差远了。下学期一定改正。

进了十四中，我没有好好利用时间。差不多每天都会白白流走半小时，太不应该了。这些时间要是加起来，可以读多少书、做多少事啊。

伊拉克军官组建共和军，推翻了侯赛因王朝。美军入侵黎巴嫩。反响强烈。昆明举行火炬游行，我们学校也召开了声讨大会，贴满了抗议的大字报。

7月26日

学校决定办六个工厂。炼铁厂本年度采矿石一千吨，炼三百吨铁、一百吨钢。另外，还要办人造纤维厂、沼气厂、铁工厂、木材加工厂、缝纫厂等。另外，还计划养蚕若干、羊若干、兔子若干。

人造纤维厂今天动工。由高三同学设计厂房。一根线上吊一块小石头，成了我们的垂直仪。一边施工一边画图纸。房头刚架好大梁，雷暴雨袭来。裤带都淋湿了。

7月27日

暑假不放假。昆明在小普吉附近，建一座亚洲最大的炼铜厂，调我们前去参战，"为大工业建设的火焰添一把柴！"这是校长动员大会上发出的号召。

去年，高一上学期，我们在小普吉修过水库，碧波生寒的湖水里，说不定还储存着我们的汗滴。时过半年，当年的中学生又杀回来了。

宿舍四面通风，篱笆墙很薄，新糊的胶泥还是潮的。仓促上马的痕迹随处可见。晚间蚊子极猖狂，"重轰炸"彻夜不息。

7月28日

看不见厂房。看到的，是荒山、旷野，是一杆杆插在石灰线上的三角小红旗。

我们的工作就是挖山、运土，把眼前的山坡填平。将来，新建的厂房，就在眼前这片荒地上。

快收工时,雷声就像"天上请客在楼板上拖桌子"一样响。黄尘飞舞,野草弯腰。我们推着小车飞跑。雷电似乎就在脚后跟后边追赶。

晚饭很精彩,有大肉。

食堂还没全部完工,另一半只架好梁柱。闪电的光芒从顶梁上飞进来。端着碗,站在泥水地上,吃得稀里呼噜的,痛快。开水和汤浑浑的,像胶水,起先我们还不习惯,见工人师傅无所谓,我们也跟着抢勺了。

7月29日

在这里,我们又见到了昆钢扩建工程中的推土机手。他坐在庞然大物的驾驶座上向我们招手。一个很亲切的人。

扛木板铺垫小推车车道。还差五辆车子我们班就能实现小车化了。一车一车泥土,装得满满的,我们是在为亚洲第一流的工厂出力啊。

7月是个多雨的季节。老天抽开了闸门,雨水倾盆而下,人和地都泡在雨里。工地上的人群,越聚越多,四方八面的人都赶来了,一时间又面临断水的危险。指挥部作出决定:打井。天快黑时,各班选出八名勇士前去挖井。

夜间,"有雨成冬"应验了,风像小刀似的割人。

7月30日

雨啊,雨啊,还是雨,还是雨,雨,雨,雨……开头,我们还怕它,干到最后,干脆,甩丢篾帽,推起小车,迎着风雨跑开了。推土机手本已歇下,看到我们那股天不怕地不怕的气势,他们闲不住了,机车响着轧轧轧的金属声,重新启动了。

周身又湿又泥。下班时,我发现了一个好去处:伙房的烟囱热乎乎的,挨上去,一顿饭工夫,烘得半干。有人说会得风湿,我想,穿着铁皮一样冰人肌肤的衣裳,比什么都可怕。

老师告诉我们,这座建设中的铜厂,有十多公里长,是世界上屈指可数的大厂，明年就能出铜。这项工作多有意义呀，它不同于一般的义务劳动，太伟大了。

8月1日

赵明，爱剃光头，我们叫他"照明蛋"。他的病好了，刚从学校回来，给我们带来不少好消息：学校的高炉正在紧张施工；十四中在玉案山勘探出丰富的矿苗，在矿区插下143杆旗子；筇竹寺附近的山岗上，发现丰富的铝土矿，含量达百分之七十。谈到我们班的书法家郭鑫铨，他说，老郭最近笔不离手，整天围着书桌转，他正在忙着设计学校的花园，假山的位置让他着难，不知放在哪个位置才好。

领到了篾帽、草鞋、雨衣。大风大雨再也奈何不得我等了。

8月2日

刚挑起担子那一阵，还有兴致哼几声昆明小调。往返几转，扁担的重量直往肉里扣，肩头火烧似的难受。腿也软了，腰也疼了，怎么办呢？出路还是，咬紧牙，大步大步朝前跑，什么也不要想，脑子里只留两个字：坚持。

李春同学人小，体弱，草鞋磨破了脚，溃烂成一朵朵小红花。大家都很心疼，劝她，让她，替换她，李春一个劲摇头，说什么也不愿交出肩上的担子。

宿舍里的电线还没接通。读报的时候，先还可以借助暮色的微光。后来，天黑了，老疯手里举着半截蜡烛，一字字大声读着，读到江西稻谷亩产万斤的消息时，全班同学都鼓起掌来。这消息比任何鼓动诗都有力，一个字蓄着一团火。

我揣想着谷穗的长度。有马尾巴长么？我问杨嘉，他信任地点点头："唔，不会小的。"

8月3日

云涛掩去落日的余晖。路灯与暮色相混。夜来了。

食堂也是我们的礼堂。今夜，在这里开联欢晚会。早在中午，地上的泥浆就被我们铲干净了。没有凳子，临时搬来的木柱就是凳子。昆一师的同学比我们活跃，他们又拉又唱又跳，掌声都给了他们。十四中的学生只是纪律好，有谁讲小话，我们就会发出嘘声，再不安分的人也会暂时乖下来。

晚会快结束时，工程处领导讲了话。他表扬我们，说我们是真正的革命青年，"大雨大干，小雨苦干，没雨拼命干"，在工地上，从没有把累啊困啊脏啊放在眼里。他说：我向你们敬礼！

这一夜，每一个同学都很激动。

8月5日

我们班实现小车化，扁担可以进博物馆了。小车减轻了劳动强度，我们很是得意，有人问起，大大方方撂一句："上任了。"

晚间，在俱乐部烧一堆大火，一边烘衣裳，一边开检讨会。有六个同学上工迟到，其中一个"送交学校处理"。

8月6日

快歇工时来了大雨，我和几个女同学殿后，清理班上的小推车。返回营地路上，发现路旁的水沟塌陷，漫上来的流水直奔挖土的工地。不把流水引开，明天就没法运土。我们跳到沟里干开了。力气小，又只有我一个男生，费去"移山心力"，总算疏通了沟道。回到宿营地时，天色渐黑，别的同学早已吃过饭、洗完脸了。我们一身泥水、一脸疲倦，打招呼的力气都没有了。

从26班一个不相识的同学处，借得茅盾的《路》。

8月8日

李牧云并不漂亮，她的成绩好，说话声音很甜。

和她在一起干活不会感到疲倦。

和她在一起，我对自己身上的缺点，更有敏锐的辨别力。

青年学生有一个特点，成功时容易激动，言词也激昂，大有屠龙搏虎之势。一旦遇到挫折，遇到打击，顿觉垂头丧气，口吐怨言。有时，还会冒出脏话来——不幸得很，我说的就是我自己。

8月9日

校长给我们做报告。他说，国际形势很紧张，帝国主义正在磨刀霍霍。我们要做好准备，坚决响应毛主席和党中央的号召，组织好军事训练。

从今天起，班主席改称排长，同学改称战斗员，吃饭前集队唱《三大纪律八项注意》。20分钟之内必须吃完。上下工准时排队，实行军事化管理。

大雨淋湿了我们。眼睫毛上挂着水珠。我们没有放下手里的工具。

回到驻地，笼一大堆火，大家围着烘衣服，火烧得旺旺的。想起了收工路上和李牧云的对话。

"你还有干衣服吗？"她问。

"有，"我说。其实，昨天换下的湿衣晾干了没有我也不知道。"你呢？"我问。

"我还有呢，快些走了，瞧你只穿两件衣裳。"

"你也不多。"

"我穿的比你多——四件。"

"哈，比我更惨。"

多好啊，李牧云同学！

8月10日

我是一个劳动机器，只知道拼命干活，不知道饿，不知道累，不知道困的机器。

我弓下腰去，一锄一锄，和脚下的泥土闷头较劲。我在心里对自己说：我是机器，我是血肉做成的机器，我是懂得情感的机器；机器，机器，不动脑，不问为什么。我的功能就是动、动、动，挖、挖、挖。

"我是机器"四个字，帮我顺利度过一天。

借到一本破书，高尔基的几个短篇小说。有的作品过去看过，有的是初读，很享受。

8月11日

夜间8点至12点，加夜班。上坡下坡，推着小车在山道上飞跑。时间过得很快，4个小时不知不觉溜走了。灯光下，一张张汗湿的脸。干到后来，头晕，腿软，小车差些脱手翻倒。不过，到底挺住了。办法还是那句话：豁出命去，咬紧牙关，没什么了不起！

8月13日

累得连睁开眼睛都感到乏力的时候，不要只想舒服的事情，咬紧牙巴骨，说声："干！"重重地一锄挖下去。这时，你就战胜困倦了。

这是我的经验。

铜哨声驱赶着我们。白底红字的三角形班旗在前边开路。"一、二、一"，领队的口令，很快将凌乱的脚步调整在一个节奏上。迟到的同学逆风猛跑。班向排报告，排向连报告，连长讲完话，连指导员接着讲。

"稍息！"顾光富是指导员，他像个军人似的背着双手，腰板挺得直直的，两只脚撇成外八字，整个身子努力站成一尊铜像。"战斗员同志们！"这是他的呼号词。顾从指挥部开会回来，他先向我们传达了毛主席的战斗命令，传达周总理深夜打来的电报，最后，接入正题：苦战两昼夜，完成机修车间的基建工作。我们的工程一歇手，工人在三天之内就能将车间全部设备安装到位，铜厂就能早一天投入生产，为国家节约上万元资金。

上万元！我们咂舌头了。

太阳划了个半圆，归山了。暮色四合，班旗在夜风中轻轻招展。老顾的讲话让我们兴奋不已。埋在心底的一句话是：用行动发言吧。

请了病假的几个女同学，闻讯赶到工地，充当各个路口的交通指挥员。午夜时分，气温下降，排长命令她们回去，女同学不听，进到男生宿舍，帮我们收罗厚衣服。从她们手上接过衣裳时，我们正冻得牙碰牙呢。

也有人退缩了。张岔公向领导小组请假，他说，他是近视眼，留在工地没有用。班主任不准，还让他在队前做了检讨。

灯光成了我们的太阳。一声枪响，开工了。

八点到十二点过得很快。十二点以后，天冷了，袖子里灌满了冷风，人又瞌睡，推着小车也会打盹，迷迷糊糊的。跌倒了，这才吓醒。没办法，我趴在水沟边，把脑袋浸进水里，脑门心冰凉冰凉的。神志清醒了。

高音喇叭整夜不停，播得最多的是《远方的客人请你留下来》。

木工为我们忙着铺路。电工忙着为我们架线。车工忙着为我们修理小车。草鞋穿烂了，随到随换。

夜深了。几点钟也不知道。有这样的感觉：夜的脚步，仿佛停下了。推着重重的一车泥土，仰头望着密密的星宿，我想起了毛主席。心底在问：此刻，毛主席在做什么？他休息没有？

夜的脚趾，到底踩到了曙红。苦干一昼夜，晨光初现时，我们也歇工了。进宿舍前，先要唱歌，盛世成站在我旁边，他有本事睁着眼睛打盹，嘴里还可以发出一些模糊的声音："坚强战士，捍卫边疆……"服他了。

8月17日

收工时，接到通知：连夜回校。

太突然了。我的枕头边，还放着一双新草鞋，鞋袢都穿好了，那是为明晚加夜班准备的。看来，用不着了。

晚饭后，打紧背包，天已黑尽。急行军赶回十四中。口令是：黄——河！

我想，明晨工人上班，一定会觉得冷清：工地上，平素爱说爱唱的那群中学生不见了。

8月18日

洗衣。补瞌睡。看小说。理发。

一整天都在做休整。

8月19日

军训。端起木枪练劈杀。正准备集队吃饭时，得到一个消息：我们班上山采矿，住在筇竹寺里。今夜出发。

这些日子，七处八道都在建小高炉炼铁，矿石成了炼铁炉的粮食。新的竞争在荒山野岭展开了。

打好背包，系紧鞋带，又一个通知传来：我们班在排球场上新砌的小高炉发生故障，烧炉时吝啬木材，炉底还没烘干就急不可待地忙着进料，报应接踵而至，炉渣在炉底凝固，封住炉口，铁水堵在炉膛流不出来。

砸穿炉渣，这是男生的事。给我们的工具是钢钎和八磅大锤。一人掌钎，一人抡锤；锤钎相碰，火星四溅。我们这些人，过去谁也没有抡过大锤，打不准，很可能伤人。大象一锤下来，差些砸在熊万兴头上，也是熊万兴命不该亡，他凑巧弯腰去拾手套，躲开了这场灾难。他的眼镜却让大锤挑碎了。

咳，炉渣呀，说你是"渣"，你也太谦虚了，你比钢板还要坚硬呀。钎子打弯了、尖子烤软了，不灰心，拔出钢钎"吃水"，砧子上再次捶击，尖了，插下去，抡起大锤猛击。就这样，男生排起队进行车轮战，一个多小时过去了，也只凿开半寸深。

我不敢甩大锤，一直蹲在炉边掌钎。炉火烤得帽子汗湿；这还不算，更紧张的是还得担心大锤不要飘到手上。弄得怪紧张的。炉膛里的热度，烤得钢钎烫手，幸好还有一双石棉手套帮忙。满手的汗，手套也湿了。

干到午夜，炉渣终于清除。拆开炉门，用氧炔烧熔，高炉得救了。

回到宿舍，下晚捆好的背包也懒得打开，靠上去，不一会就睡熟了。梦里尽是火焰。

8月20日

今晨，别的同学忙着捆行李的时候，我一翻身背上背包就可以上路。独得一身轻松。

我们班分在玉案山一、四矿区。我带的这个小组加上几个女同学留在一矿区。路近，矿脉好，几乎遍山石头都是宝。听说，矿石的品位很高。

没想到我们的辨别能力这么差。来到山上，只知道红麻子石是铁矿，白麻子石是铝矿。颜色越深的含量越高。我们按照这个标准在山上刨石头，十字镐撬断了两把，轻而易举挖出了一大堆白的红的。就在大家兴高采烈的时候，化学老师来到了我们矿区，他拿起一块石头在手上掂了掂，看都不看就把我们的劳动否定了。我们挖出的，尽是一堆无用的石头。老师带着我们换了一个地方，他大致比画了一下，告诉我们：这里的铝矾土很厚，挖下去，准能找到含量百分之七十的铝土矿。

打地铺睡在四大金刚脚下。把守筇竹寺二门。有人说条件太差了，我说，只要睡得着，地铺跟钢丝床没什么分别。

漱口水、洗脸水、包猪头肉的油纸，随处可见。桂花树上有人晾出一块花毛巾。大雄宝殿前的香炉旁，公然出现一条红汗裤。颜色那么红，红得让人难受。佛相庄严的圣地不见了，门槛外的孔雀杉也在轻声叹息。

8月22日

收拢工具，下班了。天色有些暗，远远近近的松毛小路，依稀可辨，一眼看过去，哪是人走的，哪是牛踩的，大体上还能分辨出来。

我们扛着十字镐，排成单行往坡下走。下到去筇竹寺的大路上，天已擦黑了。夜色还好，白生生的云，配着银灰灰的天，还有几滴亮星，这是山野对我们的酬劳。

我们走得很快。昨晚，收工路上，一矿区的同学藏在黑洞洞的树林里，猛地跳出来，吓得女生一片尖叫。今夜，决不让他们得逞。我们一路不说话，蹑手蹑脚地走，我们要悄悄绕过去，让那些害人鬼埋伏在黑影里，自己吓自己去。

啊，东边的山梁子，就在我们的侧对门，四矿区的同学，也扛着工具下山了。山色模糊，行进中的他们，也只看得出一个轮廓。我的这些同学，此刻，就像从银河里走下来的。远远看去，高耸的山脊，就贴在银河边上……

8月23日

吃过晚饭，我们点上马灯，围坐在大雄宝殿前，开会批判石德胜。我们在山上挖矿，一转身老石不见了。快收工时他才出现。问做什么去了，他说，转山打麂子去了。让人哭笑不得。老石大我们几岁，西山区彝族，他是娶了媳妇才来读书的，听说，老石的家就在沙朗。我也不知道沙朗在哪片山脚下，这家伙多半是偷偷溜回家去了。不过，没点破他。

对老石的处分是：监督劳动，送交营部处理。

8月24日

同学下山听形势报告。我屁股上生了个恶疮，留下来做"保卫工作"。下山的同学,每个人都背一杆没有枪栓的步枪。

29班比我们厉害,三天挖了85立方矿石,我们只挖了75立方。据说,成绩占评比的五分之一,红旗会奖给谁呢?

我们很想要这面红旗。想想,不发给也是对的。一些人太骄傲了,白旗,会让我们清醒。不过,白旗怕不会落到我们班,这些日子,我和我的同学,确实也太辛苦了。

斜躺在地铺上,望着弹琵琶的怒目金刚,我就这么瞎琢磨。

8月27日

玉案山北坡,我、卷毛,还有几位女同学,弓着腰挖矿。下半晌时光,遭到雷暴雨袭击。雷亮的闪电似乎是擦着鼻尖窜过,炸雷瞄准我们,轰然劈在面前。那一刻,渺小的我,本能地双膝一软,跪在山地上。站在我旁边的卷毛,整个人吓呆了,一动不动。在我们周围,雷打过滚的山坡,草伏地,树折腰,空气中弥漫着一股呛人的气味。啊,就隔几步远近,我们这一小窝人,差一些就让雷电烧死了。

风雨很快过去,天又放晴。往回走的时候,腿是软的。古道上的青石板,让雨水洗得发亮。我们歇下来,在路边逗留了好一会。松树挂满了莹莹雨珠,挨近了看,每一滴水珠里,都映有半个蓝天。生活多么叫人依恋啊!

8月28日

听老师说,第一矿区属沉积矿。

据说,好多年以前,富民一带火山爆发,洪水挟带着矿石,顺着山势奔涌而下,山拐角,山旮旯,山褶皱,留下了富民的矿石,形成今天的"鸡窝矿"。老师说:"山顶是扇柄,打开的扇面皆有矿。"老师的话,给了我们一份寻宝图。教给我们:面朝富民的石头缝里,准能找到矿。

我们班一百多立方矿石,就是这么挖出来的。

8月29日

小分队勘察回来报告：距离我们十多公里，有个龙潭乡，发现铅锌矿，营部命名为第五矿区。

班委会和团支部联席会议决定：派二十个人前往新矿区。大家都争着去，抢着去，争得面红耳赤，抢得手袖高挽。每个人都把找到铅锌矿当成莫大的荣耀。宣读出征名单时，小班倌喊了一嗓子："出榜了！"

8月30日

屁股上的疮，疼痛骤然加剧，疼到心里边去，疼得肌肉痉挛，疼得手指哆嗦。大白天在同学面前还可以咬牙对付，走路尽量不出现颠簸状。天黑收工，夜色中落在最后，一颠一拐，泪水流在脸上，流进嘴里。

读完杰克·伦敦的《海狼》。

《海狼》为我打开了一扇窗子。山那边、海那边，原来还有这样的人生，这样的情怀。另外，还读了《文学青年》上的几个短篇。看不下去，特别是那篇《没人主持的会》，咬牙切齿地嫌恶，就像见一个穿花裙子的大男人，扭着屁股在正义路招摇过市，说不出的恶心。

9月3日

消息来自学校，行动却在矿山开始：所有的女同学，都要剪去辫子。剪了做什么？有人说做人造纤维的原料，有人说送到国外换机器。调皮的男生说，用来织花裙子，建议她们干脆剃成亮蛋。话是这么说，我们班的女同学，行动还是蛮快的，就像谁喊了一声"一、二——三"似的，中午过后，大家只留两截小辫子。班主任郑翠英老师也不例外，她剪短了头发不说，假日回来，还烫了头，令大家新奇不已。

班上一部分同学打针。只限工农子弟前去注射，出身不好的无法享受。真是好笑。

9月4日

每天下晚，我们都要做一件事：从各个矿坑向山顶集中矿石。我和生活委员杨嘉负责丈量、登记。看着越堆越高的矿石，杨嘉总是那么激动，在他眼里，那是我们试卷上的"5"分。不过，很快他又着急起来，说："天啊，再让我看一眼呀——"剩下的话他没有说，我知道，这句话是："很快，我就什么也看不见了。"他得了夜盲症，天一黑，睁着眼睛和闭着眼睛就没有分别。他害怕渐渐加深的暮色，那是给他蒙上的黑布。

我牵着杨嘉的手，行走在下山路上。一步步绕过乱石，绕过沟坎，绕过刺丛。这时，我的眼睛就成了他的眼睛。

记得，刚上山不久，杨嘉的夜盲症就严重了。那些天，八点钟一下班，他就要慌着找好下山的路，借助淡淡的微光，他还能稍稍认出哪是深坑，哪是小路。现在就不行了。

转过两个山道，转过几片黑漆漆的树林，就能看见筇竹寺琉璃瓦的反光。我们这些矿工好像一下闻见了山下送来的饭菜热香味，情绪一下高涨起来，扛着十字镐，昂头唱起歌来。杨嘉也跟着唱，只是，他不放心，一边唱，一边紧张地拉住我的手，生怕我不管他似的。

像杨嘉这样的病人，我们班有四个。从暑假开始，他们就得夜盲症了。

9月5日

玉案山找矿结束了。这两天除了背就是挑，一担一担，一箩一箩，往往返返，将矿石搬运到筇竹寺大路上。空着双手上坡，比负重下山更艰难。山太陡了，腿软，目眩，呼吸急促，上到山顶时，脸色煞白，再饶舌的人此刻也不想说话了。

班主任郑老师一天也没有离开我们。她生着病，同学几乎是央求她下山休息几天。她不听，在一旁时时提醒我们注意安全，不要站到悬崖边上去。

密密层层的鬼雨整天不停。不停也好，口渴了，仰起头来就可以解渴。

雨水洗亮了石板，洗亮了红泥巴路。背一趟矿石最少要摔三次跤。脊背上压着沉甸甸的石头，两只手就像被绑住似的，帮不上忙，眼睁睁往地上摔。

老师学生，男生女生，个个穿着湿衣服。雨没有停下来的意思。看不见山，看不见岭，看不见几步开外的同学，见到的，除了雨还是雨，还有在雨帘间涌动的雾气。

9月8日

开学典礼。从今天起，昆十四中真正成为完全中学：新招了两个初中班。学校里一下来了好多小人人。一个个就像我们的弟弟一样可爱。他们一来就挤到团委会，要求订"儿童场"电影票。早餐吃稀饭，我们使用的是公用大铁勺，他们毫不客气地从我们胳肢窝底下钻过去，用他们的小汤匙往木桶里舀。开学典礼结束时，张校长说各班回教室开班会，他们一片童声地嚷起来："我们没有教室！""让班主任带你们去。""我们认不得谁是班主任。最好请他站上台去给我们瞧瞧。"看到他们，我一下看到了几年前的我，看到了读初中时的一幕。

9月10日

新学期一开始，先搞劳卫制测验。要求人人达标。

100米田径跑了三次。第一次，15秒7，多丢人呀，女生都比我跑得快；第二次，15秒，不满意，读初中时还跑过13秒几呢；坐在草地上歇息调整，但愿柔软的草地给我力气。站起来，开始了最后一次冲刺：14秒2。刚好及格。

跳箱我也害怕。往回，差不多是爬过去的。今天，拼了！一次，两次，三次，心想不及格就不离开跳箱。摔了两跤，爬起来，再跳。终于赢得了裁判员脸上难得的笑容。轻轻巧巧飞了过去，多高兴呐。

双杠完全是现学的。碰在"穷骨头"上，疼得撮嘴。眼泪汪汪的，及格了。

9月13日

20班在我们隔壁。他们班只有两个同学的单项考查不及格，全班同学都在帮他们加油。

一个同学的100米短跑卡住了。吃饭时，他失踪了。同学焦急万分，生怕出什么意外，大家四处寻找。哈，这位老兄大摇大摆迎面走来了，他手里拿着测验员刚刚签名的合格证：及格了，笑得嘴都合不拢了。

还有一位同学的1500米不及格。课外活动时，全班出动，在田径场上为他助威。班上选出最有经验的长跑健将帮他领跑，啦啦队鼓掌吼叫。一位高个子男生，站在终点线上，拉响了手风琴，曲调激昂热烈。这位同学快冲线时，几乎瘫倒在地，气也喘不匀了，他跌向终点那一瞬间，同学张开手臂接住了：一看成绩：5分41秒。刚好及格。

吃过晚饭，20班敲锣打鼓在学校兜了一圈，举着大红喜报向学校党支部报捷。

9月18日

学校宣布：停课二十天。口号是：响应党中央号召，为1070万吨钢而战！

调我们到修配厂挖地基，建土高炉。市委书记亲临现场指挥。

白天上工，晚上听动员报告。

从今天开始，白天和黑夜的界限，在我们面前消失了。

午夜，派我们来到玉案山采石场，为马车上毛石。山梁子上，夜气冰凉，冷风刺骨。没办法，我们唱歌取暖。没有唱了，全体就唱我们班老甘同学的代表作："左边枪，右边枪，上边枪，下边枪，打得麂子团团转……"

早在我们到来之前，炸药轰塌了半架山，算是我们的工作面。走上几步朝山下望去，有如将大地直立起来了，冷飕飕的不敢再多看一眼。采石场还没装电灯，我们借助二钢厂的灯光，借助闪劈在青蓝夜空的电焊弧光照明，摸索着把石头搬到马车上。

面前没有马车的时候，我们回身朝昆明城区张望。黑沉沉的大地上，不时有夜行的汽车灯光移动，同学说，那是昆明的"人造卫星"。看看，还真像。灯火最密、最亮的去处，还是黄土坡北边，那里是昆明炼铜厂工地。推着小车奔跑的人，会想到夜这么深了，还有人站在遥远的山地，朝他们张望吗？

9月22日

这一幕不会忘记了。那是怎样的夜啊——

我们从热风高炉下班时，已是午夜两点钟了。刚走出修配厂大门，公路上到处都是加夜班的人。有的挑，有的背，有的小推车装满耐火砖，忙忙地奔向土高炉。他们的脚步声和车轮的轧轧声混在一起。有老人，也有小脚女人，还有一些半大娃娃，小背箩里装的是矿石。不说话，不停留，闷着头往前赶。匆忙的身影，多像当年的支前民工啊。

这一夜，6亿中国人都没有入睡。

9月25日

在我们面前，大卡车卸下的旧砖，堆积如山。我们的工作就是削去砖块上的沙灰，让它们像新砖一样发挥作用。

24小时，我们只睡了两个钟头。敲打，削磨，这就是我们的工作。手套不够，拿砖的手指尖干裂出血。除了手里的铁器，我们还有一件工具：坚韧。谁也没有吭声。打打打，削削削。头昏了，视力模糊了，手上的动作渐渐慢下来，一个愣冲，又精神了。

手指无力。写这页日记时，握不住笔了。

9月27日

十四中向全市中学生发出倡议：中秋节不下工地，要在钢铁战线度过传统节日。

天气不好，云厚，有雷。细雨飘洒。同学说，今年的中秋节是"赏雨"，嫦娥参加义务劳动去了。确实如此。只有云。看不见月亮了。

我们围坐在砖场，唱着歌，凿击为拍。

晚间，调我们给马车上沙。干这种活计，我们是老手了。在安宁时，我们创造过几十秒钟上满一辆马车的记录。今夜，又要大展神威了。

马车没到的时候，我和我的同学，斜靠沙堆，舒舒服服睡在竹箕里。遥望天际，有人问"嫦娥在做什么？""她在参加劳卫制测验。瞧，云彩绊倒了她，玉兔帮着扶起来了。""不对不对，嫦娥在玉案山找矿呢。"

我们班一位女同学，正拄着铁铲打瞌睡。我说："嫦娥困了。"

10月2日

三十吨热风炉，烟囱在增高，不知道需要多少砖块供给它。一座砖瓦厂够不够？我想。

整整一天，我们的工作就是背着砖块，踩着脚手架，往烟囱顶上送砖。脚手架咯吱响，一步也不敢大意。

回到学校，不等洗漱，新的任务又下达了：学校土高炉烧的焦炭快完蛋了，派我们飞车赶到火车北站拉煤。

天，早已黑了，正是万家灯火的时候。出发了。

一辆小推车配两位女同学。男生掌辕，女生拉边绳。周颖明、张友慧派来和我拉一架车。我的驾驶技术没得说的，虽是重车，下坡路上，垫一步，足可以飙出二三十米。来到民族学院大门口，我请她俩坐上来，我使用独特的滑翔本领，沿着环城路，足可以把她俩一直载到西站外边没问题。我左说右说，她俩就是不听。一路上，没半句怨言。她们也是一个多月没回家了，路过家门口时，朝亮着灯光的窗子看上一眼，扭头就跑了。

长途跋涉小半夜，张和周，始终做小板车的"副马"，在前边颠颠地跑。

10月6日

推着小板车，上完筇竹寺大坡，算算，还有三分之二路程摆在前边。从筇竹寺后山再往上走，离开大路，沿着马帮踩出的小道，来到了又陡又险的棋盘山。学校派我们在这里用小板车运砂砖，运回去砌小高炉的炉膛。

棋盘山的路，完全是挂在斜坡上的羊肠小道。推着板车，一寸一寸地挪。返回时，天也黑了，山岩的怪影有如鬼魅一样吓人。更糟糕的是肚子饿得不行，老甘给了我一包生玉米，竟是那么香甜、腻嘴。

山风吹凉了一身热汗。晚风是冷的，汗也是冷的。我的同学到底憋不住，发起了牢骚。牢骚归牢骚，该出力的时候，最猛最狠的干将，还是刚才嘀咕牢骚的同学。

体力用尽了，另外一种名叫"意志力"的能量，支撑着我们回到学校。

10月9日

学校计划建两座三吨炉，估算了一下，需要两万块砖。

我们已在车尘中奔跑了一天，今晨，熟睡中被抓起来，推起板车，直奔市砖瓦厂。来回三个小时。

头很疼，浑身淹着臭汗，棉衣始终不敢脱。真想请个病假，不敢开口。这段时间，任务确实太重了，一个钉子一个眼，班上的女同学，脸色蜡黄蜡黄的，她们也在硬挺着。就这样，哨子一响，我还是出工了。

刚刚拉砖回来，学校又发出命令：上棋盘山背砂砖。学校改变了策略，不用小车了，用人背。男生背两块，女生背一块。四四方方的砂砖，一块有十五公斤重，小吴开英一路抹着眼泪。我们谁也帮不了她。

棋盘山听说最近有野豹出没，弄得大伙紧张兮兮的。

我和我的同学累惨了，几个落后分子聚在一起，说什么的都有："我又不是钢打铁铸的！""就算是铁打的也会生锈呀，何况我还是人！"还有一个同学，哼唱印度电影里的一句歌词："为什么这样残酷作弄我……"

回到学校，已是下半夜了。

10月13日

过拱背石桥，绕小路，到筇竹寺后山背砖。全班同学聚在一起，星空下，组成一个庞大的乐队，乐器就是我们的嘴巴。朱同华"吹"萨克斯，我充当笛子，普亚伟鼓着腮帮吼出铜号声，琴、弦、鼓、镲……每一样乐器都有人出任。我们行进在筇竹寺碎石路上，全班男女生合奏《解放军进行曲》，配合着整齐的脚步声，竟然也有声威大震的效果。下山时，我们"演奏"的是"我到天河去洗澡"。没有电筒，大家一路搀扶，一路前呼后应，摸着夜色下到坡底时，没有一个人摔跤。

11月3日

同学叫他"老鬼"，我可不敢这么叫，我们是同桌，他的数理科成绩比我好，碰到不会解的难题，他是我的救星。

"老鬼"名叫张映庚。他的节省，全班有名。譬如，上午10点，派他和另外三个同学一起，推着板车，赶到龙潭拉工具。张映庚是高度近视眼，他宁肯摔破头也不愿摔破他的眼镜。临山门时，他把宝贵的"光学仪器"留下了。

天黑了，不见他们回来。宿舍的熄灯钟响了，还是不见回来。乌漆墨黑的夜里，又下起了小雨，筇竹寺的盘山公路上，瞎子老鬼和别的几个同学，不会滚下山去么？我们宿舍的男生，全都站到了校门口，眼巴巴望着不漏半点灯光的玉案山。团支书顾光富跑去给雨花乡乡委会打电话，问他们，见没见四个学生从山里出来。也许是天黑了，他们留宿茨沟？

同学们再也熬不住了，派出几个快腿赶上山去迎接，怕走岔了道，要求他们一路扯着喉咙喊两个字:"老——鬼!"

突然,雨声里迸出一声惊喜的呼叫,喊声分明还是冲着我来的:

"老乔,来了!来了!……"

接的人,拉工具的人,趟响了雨水,哗笑着回到学校。老鬼不出声,眯着嘴笑,手掌紧紧抓住小板车的车帮。

11月9日

学校决定建一座反射炉,准备炼钢。总指挥部号召全校师生苦战三昼夜,备料,建炉,生产。

一切为了钢铁!这是校长提出的口号。只要能炼出钢来,个人的荣辱得失,全都可以置于脑后。在这些日子里,一颗螺丝,一节废钢筋,一块破铁桶上的铁皮,都成了我们的宝贝。昆一中有个学生,看中了黄土坡银行的铁栏杆,他趁着夜色,扛上十字镐就去撬,让警察逮个正着,投进公安局牢房。里边关着杀人犯、小偷,什么人都有。贼人问他:"你是哪一路的?"中学生理直气壮回答说:"钢铁元帅这一路的!"

这位勇士,只关了小半宿就放出来了。

我们学校的情况也好不了多少。一些同学从下水道钻进厂去,一个人挡住厨房大师傅的视线,另一个人摸进厨房,掀开锅盖,撂去锅里的骨头,顶起大铁锅就跑。

我们班的同学胆子小,为了让钢铁元帅升帐,我们能做的就是四处收集砖块砌高炉,砖瓦厂不供货了,每一块砖都得我们自己去找。半夜三更,我们跑到黄土坡,拆煮酒的灶,被人发现,双方争执许久,我们自称钢铁战线红色少年军,对方多少还是有些忌惮,一味地用好话央求我们。另一拨同学,进村拆猪圈的围墙,主人不动声色放出恶狗,追得偷砖的人,满田坝乱蹿。

所有的努力都没有白费。今晨来到排球场上,发现一个新景观:崭新的炼钢平炉竖起来了。

11月10日

学校规定：班干部人人要过技术关。口号是：干部带头，带动群众，大破大立。

我只是一个小组长，还不能参加技术培训班。不过，我可以坐在地坑里拉风箱。地坑挨近炉门，浑身让炉火照得暖烘烘的。

我们砌的烟道斜了，火力不集中，火头乱喷。只得拆了重砌。准备重新开炉那段时间，记录员忙，补炉的忙，收管工具的忙，拉风箱的也忙；忙活了半天，技术指导组派人帮我们检测了炉缸斜度、火仓的燃烧情况后，给出满意的答复：同意开炉。

我们终于炼出了自己的第一炉钢。时在深夜。学校的高音喇叭播出了这个喜讯。炉前引来不少的参观者。

接下来，最重要的事情就是做成钢锭。步骤是：先看火色，待炉膛里的铁块由红变白时，抟成块，钳出来，放在铁砧上，轻打三十锤，重打四十锤，再轻打三十锤，可基本成形。我们遇到的障碍是难以成团，一问，原来是混进了杂质，得掺盐或石灰，才可增强韧性。再一个缺点就是下锤的力道不匀，容易散碎。

咳，炼钢的学问大着呢。

11月11日

学校决定：从今天起，白天做工，晚间上课。

上课钟响了，这时，太阳刚好落山，读书人还在工地上。不等钟声落定，我们已夹起竹箕、掂上泥刀，忙忙地向寝室跑去，翻出笔记本，灰都来不及抖，转身奔向教室。坐在课堂上，捏笔的手心里，还攥着工地上的沙灰。

一连上了四节课。教材全是"教学改革处"编写。最大一个特色就是与大炼钢铁紧密结合。

午夜12点，放学。

11月14日

任务太紧，课只上了一个夜晚，又停下来炼钢了。

我们的一号炉，有个怪脾气，它只能炼锅铁。学校生产的生铁投放进去，就像水土不服似的，要么板结，要么出了炉的还是生铁。

11月18日

总指挥张裕民校长宣布：24：00至明日24：00，为我们学校放卫星日。他同时还宣读了新的"三大纪律八项注意"，条条实在，违反了就有滚出学校的危险。

各班举行炉前誓师会。

我们班的二号、四号炉同时投入生产。

试炼铁屑大获成功，提高工效几十倍。我们50秒钟炼出一炉钢的消息轰动全校。四号炉前围满了各班派出的代表。用一分钟时间换一斤钢，让大家连连称奇。有几个班的同学回去照着做，也获成功。好不乐人。

我们的喜悦是无法形容的。

11月21日

我们班高产周炼钢1100斤，放卫星那天，炼钢260斤。校长说，只要达到250斤，就能成为全市先进炉。昆明有20座高炉获得此项荣誉。不用说，我们也被评上了。

我们选出一块质料最好、外形最美的钢锭，交给劳动委员熊万兴，带着去市委报捷。市区一些中学，24小时炼出的钢，也有我们多，可惜他们不用人力风箱鼓风，用的是木炭车上的风机，这样，先进炉的荣耀就没给他们了。

张副市长在昨天的文卫系统炼钢评比会上说，高产周到此基本结束。以后，炼钢的工作主要由工厂承担。有条件的学校可以炼，注重的还是炼人。十四中提出的目标是生产100吨钢，目前只完成了一半，还得继续干。学校拆了反射炉，冲天炉照样生产。

球场上，土高炉拆了，架风箱的坑凹也填平了。深深的基坑下边，还埋着我的一双破胶鞋呢。

11月23日

周嘉义同学给我理发。他是十四中理发组的创始人。学校的老师、校长都夸他手艺好。心细、好学是周嘉义的特点。有一次，他上街理发，站在一旁向师傅学技术，一站好半天，忘了排队，最后，别人说他插队，差些吵起来。

周嘉义给我围上毛巾，他退后一步，望着我的脑袋说："让我构思构思。"推剪响了，响的很有节奏。这些天太累了，我竟然放心地睡着了。待我醒来时，镜子里的我，先是吃惊，后是赞美，再后来是翘起大拇哥笑了。

周嘉义满脸是汗，看来他还是有些紧张。

11月25日

校长给我们做报告。他站在讲台上，问我们说："年青人，你们是在火热的斗争中锻炼自己，还是在闲散中毁灭自己？"

我们谁也不想毁灭，腰板挺得直直的听。

晚间，勤工俭学办公室，派我们去到火车南站，为云纺运棉花。四个人一张车，我们去了七辆小推车。干到深夜4点钟，我们一共拉了两趟，每个人为学校挣得两角多钱。

天气很冷，还有小雨。血管里流的像是冰水。

我在昆明没有住处，遇到这样的事情，只得再到老同学辛勤家借宿。独个人行走在大街上。我敢说，全昆明怕只有我这么一个夜游者。街灯昏暗，微黄的光亮似在风雨中颤抖。走过东寺街的时候，不时会听见有人在家里大声地说着梦话，听得不太清楚。

灯光从背后射来。只有影子陪伴着我。

折进高地村小巷时，黑乎乎的，房檐阴里，站着女鬼似的小树，我的拳头一下攥紧了，脊梁沟直冒冷汗。没办法，只得往好处想。好处就是街那边说不定站着便衣警察，他会保护我的。

　　总算看见了辛勤家的老房子。只是，不争气的肚子又饿了。可我知道，此刻，就是有砖头大的一块金子也换不得一个馒头。北风夹着的冷雨倒是免费供应。

　　老友睡熟了，门没上栓，只等我进去时顶上。

11月26日

　　今天算是上课了。一边听课，一边听窗外敲打矿石的"叮叮"声。鼓风机也毫不客气地粗着嗓门，一气不歇地背诵着它的钢铁讲义。

　　我们还是半天上课，半天劳动。比如今天，上午运矿石，下午夹着书本进课堂。书桌上落了一厚层灰，一边听课一边拂拭。

11月27日

　　快到年底了，我们班开了个没有开场白的晚会。不要幕布，不要锣鼓，不要彩灯，开得很热闹。一句话，一个动作，都成了极受欢迎的节目。笑笑笑，仰天大笑，伏在课桌上笑，趴在同学肩膀上笑。嘿嘿嘿，嘻嘻嘻，哈哈哈，笑声像火，将我们熔化在一起。

　　全班每一个同学都登台表演了。张老鬼的合唱指挥，关伟的"皮鞋掉了一块皮"，冷神的"啊呀"，小朱的"李逵下山"——他闭上眼睛，抬起头，挣粗了脖子吼。

　　轮到我出场了。我装出一本正经的样子说：前些日子，一位民族学院的藏族学生，教了我一首民歌，翻译成汉话，歌词大意是：赶走乌云赶走狼，见了太阳见了娘；永远跟着毛主席，生活甜过芝麻糖。

　　——这些，全是我临时胡诌的。

我说:"我用藏语唱给大家听。"我的同学,全都被我的"藏语"唬住了。教室显得那么静,他们心里一定这样想:小子,天天在一起的人,什么时候学会唱藏族民歌了?

我望着窗外,扯开嗓门,荒腔野板吼起来:"诺格,诺格,阿尔发,柯赛因,蓓——塔!"我把三角函数上的翻译符号,全都串在一起,当成我的民歌唱了。

大获成功。同学笑得桌子都擂响了。

11月29日

晚自习,开小组谈心会,畅谈青春的秘密:将来你想做什么工作?

我想当记者。没说的话藏在心里:只要能从事新闻工作,给我个部长也不换。

小班倌是我们班的物理科代表。一个物理天才。他说,除了打算盘、擦背、系玻璃围腰(当售货员),别的工作他都可以干。对了,他还害怕做小学老师,不想当娃娃头。

金淑媛瘦瘦的,平素胆子也小。谈到未来,她说,她最向往的工作是当一个护士。做外科医生,她怕见血。做内科医生,她怕把病人治死。想来想去,最称心的职业,还是护士。她说:"当然,我也想开拖拉机,又觉得希望太渺茫了,昆明的拖拉机不多,有这么几台,哪会轮得着我去开呢?"她有些悲观了。

谈心会开得很成功,钟响了还不想散。

11月30日

学校抽我出来,写昆明大联唱歌词。参加这项工作的,还有23班的马汝腾,另外还有高三两个同学。

马汝腾,回族,小我一岁,17了。他有表演天才,出演话剧《凯旋》里的匪团长，老奸巨猾的样子，现在我还记得。马汝腾的诗也写得好，学郭小川学得很像。他也是我们当中的快乐王子，有他在场，笑声就没断过。大家你一句我一句地拼凑着歌词，遇到好句子，他拍案叫好，随口就能配上旋律唱出来。

几个人碰在一起，忙了一下午，满意的只有这几句：

> 五百里滇池滚金浪，
> 龙门站在云彩上；
> 海埂像块绿翠玉，
> 金马飞翔碧鸡唱。

12月19日

晚8时，中国向全世界宣布：1070万吨钢突破了！

校长说，超额三万吨。

我默默地算着，想起了这一年六亿中国人的辛劳。想起了午夜两点钟，运送矿石、焦炭的白发老人，他们付出的努力，我们这些城里人是无法想象的。在这段时间，我们停下课来，每天顶多睡五六个钟头，有时更是没日没夜地连轴干，所有这一切，全都记录在"1070"这个数字里边了。

1959 年

1月11日

体育课不教别的，教我们玩一种名为"拉马车"的游戏，全班男生分成两组，在三合土球场上疯跑，疯挤，疯抢。游戏开始不久我就倒下了，"哗"的一声，专专摔在脑袋上，又准又狠，好几天过去了，至今脑袋还嗡嗡的。

没得说的。我无能，体育老师也无能。高二了，还教这么野蛮的玩意。

1月18日

流着汗，拉着板车，又一次从南屏街走过。我们这群少年板车工，早已成了南屏街上的常客。这段时间，学校锅炉房用煤，全由学生去火车站拉。

1月21日

临近寒假，有些想家了。今年要能回去，带点什么礼物给弟弟？想来想去，一下想到了《民间文学》，上边有一些好故事，弟弟最爱听，我应该找来看看，回去给他当故事员。读初中那年，我回过一趟家，给弟弟带的礼物是一把木关刀，一个大花脸，还有一包落地响，他的喜悦和激动，给我很深的印象。此刻，夜色浓了，在遥远的南盘江河岸，在远离村寨的渡口小屋里，爸、妈围着火塘，他们在做什么呢？照亮屋子的，不是灯盏亮光，是火塘的柴焰。

我知道，只等我回去，家里人才会点亮油灯。

2月3日

学校停课一周，派我们到汽车总站，帮人家修球场。分给我的工作是拌泥浆。泥浆池很大，又没有胶鞋，要求我们脱下鞋子，站在泥水里用脚板踩，双脚成了搅拌机。脚趾头受不住，先是狗咬着似的疼，不多久，冻木了。我对自己说：坚持，坚持，不准跳到岸上去。

我做到了。

冬日的早晨，昆明最冷的时刻。

2月5日

我讨厌自己，天热了，脱件棉衣也会生病，脑壳要裂开似的疼。请病假么，不行，别人会说你偷懒，逃避劳动；带病出工，也不行，手脚酸软没力气，一些同学会讽刺你：弓着腰，绳子都挣弯了。

肉体的折磨不算什么，精神上的误解才是痛苦的根源。

2月7日

在汽车总站，蹲在地上，双手举起大砍刀，剁了一星期的碎瓦渣，剁出石灰浆来再用铁巴掌捶紧，使泥刀抹平——等太阳晒干，就可以支起篮球架打球了。

下午，推着小板车穿城而过，去到十二中拉煤。今天是大年三十，听说有肉吃，路上跑得特别快。

晚餐果然加了菜：瓦块鱼、炸红薯、回锅肉、炒青菜。也许是干了一天的活，跑饿了，饭菜一入口就不见了，没吃出什么味道，饭碗倒是扒得特别干净。

晚饭后，在校园里遇见国莹同学，她比我高一个年级。国莹是学校文工团的舞蹈皇后,去年,学校抽调我去团山钢铁厂宣传组工作,她也去了,不知为什么,一天夜里,我们踏着月色回校的谈话,总不会忘记:

"我在学校很不注意你,就像一次也没有见过你一样。"她说。

"我倒是很早就认识你,"我说,"有一夜,夜很深了,大家都已睡下,我从办公大楼底下经过,你伏在乒乓球桌上写大字报……"有些说不下去了。

"哦,那是在安全运动中。"

有一件事情我没有告诉国莹:至今,我仍保存着她帮我抄写的一份稿子《李茂的心事》,那是我在团山钢铁厂写的一篇通讯,宣传组要送报社,由她照原稿复写的,我存下了一份,算是一份纪念。

国莹还是一位女书法家。

2月13日

统考的消息,一下改变了学校的气氛。学生有三种反应:紧张、缺乏信心、不在乎——本人每种情况都有一点。

校长说得好:大紧张,大跃进;小紧张,小跃进;不紧张,不跃进。校长说,紧张一点总是好的。

小学、中学,考试已成家常便饭。坐在教室里的这些人,个个是身经百战的老将。我们出入试场的次数,就像士兵出操一样频繁。唯独这次统考,它的意义太大了:校长说,我们要用考卷告诉世界,中国的教育制度是世界上最先进的。

意义大,压力也大。我深知自己的底细,要是考砸了,反过来说,又将怎样呢……我可承担不起失败的指责呀。

2月16日

照十四中的习惯,每年考试,全校师生都要集中到大礼堂,听校长作报告。今年也不例外。校长讲得最多的是这次考试意义重大。跟着,教导主任宣读了考场纪律，大礼堂一下静默下来。主任说："草稿纸连同试卷，必须一起交回。"主任还说："必须整队进入教室，迟到者一律不准参加考试。"听到这里，我吓得手板心里尽是汗，心在嘣嘣乱跳，好像那个忘了交回草稿纸、那个考试迟到的倒霉鬼就叫乔传藻似的。

2月21日

积肥。我是初去。大雨袭来，照样干下去。天晴了，满眼是绿闪闪的世界。麦尖缀着水珠，挂起了千千万万个小太阳。时晴，时雨。远山驮着蓝天，蓝天垂下珠帘。多好的昆明坝啊。

春天的雨是甜的，我尝了。

2月26日

从滇东北来到昆明，也快十年了。昆明是我的第二故乡。在我的记忆里，昆明的冬天也是很美的。

夜间醒来，侧身望着窗外，树木、屋舍、走廊，罩起了银灰灰的曙色，天亮了吗？醒来几次都是这样。没听见起床钟响啊。

哦，落雪了，落了一夜的雪。不到天亮，大地早已披上一袭华丽的银狐大氅。任你在雪地上打多少个滚，也不会弄脏衣服。

爱画画的同学，夹着写生板走向田野；手巧的同学，满捧洁莹的白雪，堆起了雪人；郭鑫铨善写旧体诗，此刻，正逡巡在琼枝玉干之间，寻找他的诗句。我们这些上过棋盘山的人，习惯于疯跑疯闹，抓起大把的雪，追着打雪仗。平时显得矜持稳重的鸠山校长，此刻也忍不住参加进来，抓起雪，朝敌我双方乱扔。

好多年没见过这么大的雪了。

3月3日

脚后跟生了一个鸡眼，0.5厘米大小，折磨我半年多了，近日更加厉害。火烙石挤一般疼。没有木棍扶持，几乎寸步难行。请张校医看过数次，他也无能为力。向王勇借了一元钱，请假去到云大医院，这才确诊。医生说，若需彻底剜去，需交两块钱，本人财力有限，颠颠地又回到学校。

这段时间，昆明流行脑膜炎。走进医院大门，不等你抬头打量，面前就会站着一位白衣战士，客气地朝你口腔里喷射青霉素药雾。"出门戴口罩，""发现头疼发热呕吐症状，及时送医治疗。"这些标语写在红绿纸上，贴得到处都是。

医院，真是一个让人又爱又恨的地方。坐在候诊室长椅上的病人，病不相同，写在脸上的一句话却是相似的："我完蛋了。"有的虚黄，有的瘦黄，有的青黄。毒辣的病魔攫住这些人，饿狼似的，一点一点撕咬病人的灵与肉。

面对如此困境，医生们出场了。医生手里的听诊器、注射器、亮铮铮的手术刀，正是人类信托给医生的武器。与病魔搏斗的铿锵之声，人世间，只有医生听得见。

3月6日

小小一个鸡眼，占身体多大位置呢？不多，就那么一丁点——整个人都让它弄翻了。

清晨刚下床，好像也没什么；走不几步，来了。突突发疼，绱鞋的钢锥扎进去也就是这种感觉。有好几天早餐的稀饭都没去吃。宁愿饿着也不想让锥子扎。

鸡眼帮我偷了一次懒。班上的同学，5点钟就起来了，他们要去到很远的村子帮着抗旱。每个人领两个馒头就出发了。老师准我留下。

球场上空空荡荡的。夜色裹着篮球架，也裹着我。我仰头望着或浓或淡的云彩，完成了一篇小故事的构思。一句一句，一段一段，再把故事变成方块字，排印在脑子里。校园杨树让天光照亮时，我的故事也写完了，题名《早》，也就是一千多字的小文章。

文学，想不到还有疗伤的作用，帮着我度过多少难关啊。

3月13日

《革命春秋》的笔调热忱且幽默，真让人倾倒。就像看戏一样，不时会停下来拍案叫好。寝室里只剩我一个人的时候，竟大声朗朗地读起来。

这本书内容平实，对我却有极强的吸引力。作者的诗心照耀着全书。标点符号也像金子滴成的，可爱，闪光。

诗帅郭沫若写散文的笔致，另有一种清新感人的风格。跟着他的文字，有如在春天的野地里旅行，有色有香有风情的世界展现在你的面前，读者恍然成了蜜蜂，在他的字蕊间流连。

3月27日

苏轼诗真妙。翻开来就读到这样的诗句：

　　船上看山如走马，倏忽过去数百群。
　　前山槎枒忽变态，后岭杂沓如惊奔。

　　仰看微径斜缭绕，上有行人高缥缈。
　　舟中举手欲与言，孤帆南去如飞鸟。

绝了。这首诗是苏东坡22岁那年写的。这年，父亲、弟弟和他一起赴京赶考，途中，写下《江上看山》。舟中看山的感觉让他写活了，天才就是天才。

新诗和古典诗词谈谈恋爱，写出的诗句会是什么样子呢？我缺乏诗才，要不，真想试试。

4月1日

这段时间，我们的鼻孔，差不多都是黑的。学校一直停电。晚自习时间，各人面前一盏自制的煤油灯，烟子盘结在教室里，墙都熏黑了。

今晚开誓师大会，临时从昆二钢接了线，借得一夜的光明。师生聚会在大礼堂，电灯复明时，全场惊呼雀跃，没说出的一句话是："久违了！"

雪亮的灯光营造出热烈的气氛。校长、书记、各班干部，纷纷上台宣誓。发言有个特点：张口就得是诗。张万清是我们班团支部宣传委员，他崇拜保尔·柯察金，我们叫他张保尔，张保尔激动异常，他飞步跳上主席台，向全市共青团员发出挑战：四月份，争取做个优秀生。末了，是这么两句：头可断，血可流，不达目的誓不休。尽管已有好几个人念过这两句了，我们还是热烈地给张保尔鼓掌。

4月23日

上级交给的任务，常常是这样：群众用一半或更少的时间就完成了。

我们在工地上，往往返返挑了九个小时的土，脚底板发烫，有这样的感觉，血管里流的不是血，是铁水。

在艰苦的劳动中，同学相互间的关心、鼓励，哪怕只是一个眼神，一个微笑，一句话，也会产生奇异的力量，给人增添新的活力。

5月6日

赶在太阳落山之前，全校师生集中在球场上，开大会，宣布十六个问题学生处分决定。教导主任一个一个点着他们的名字。其中有一个，名叫黄建华，初中一年级学生。错误有两条：一、同情右派分子，为右派姐姐鸣不平；二、胆敢与学校对着干，在班上组织民兵排，取名暴风排，夜间拉到坟地训练。主任说到这里的时候，我的脑子里，顿时跳出个黑脸膛、宽胸脯的猛汉形象。谁知黄建华和她们班的队列，就在我们旁边。黄建华，长得瘦瘦小小，十四五岁的样子，扎两根短截截的辫子，穿一件碎花单衣，袖口浅浅地挽起。不等主任说完，小姑娘霍地站起，冲着台上，大声申辩说："不对！我们班的同学小，我管的严格了，他们报复我。"一千多人的目光，全都压在她的身上，这个初中生竟不害怕，说完了，从容落座。主任站在台上，理也不理她，直接宣布处分决定："留校察看。"她又挺身站起，想说什么，没有机会了，校长只说了两个字："散会！"黄建华哭了。

5月10日

课间，听同学闲聊。小金放假回家，弟弟问：姐姐，这些日子你到哪里去了？小金没说去棋盘山拉砂砖，她说：姐姐旅行去了。问：你们住在哪里？小金说：住在云彩顶上。今日回家，我还装了一大包云彩准备送给你，谁知包包有个洞，到家时云彩全漏完了。弟弟听了，一迭连声觉得可惜，他再三叮嘱姐姐，下次找个好包包，满满地塞一袋云彩回来。

听小金说完，我在一旁暗自叹息，跟着，又帮她着急：下次回家，你拿什么哄弟弟啊。

7月14日

课外活动时，上山打靶。真的步枪，真的子弹。我得优秀，一个内环，两个外环。枪很好使，平正准星适合我的眼力。瞄准时间长了也不怕，兆门上不会跳出光圈花了人的眼睛。不足之处是弹道短了一些，后坐力强，肩胛骨顶得生疼。

筇竹寺对门的山崖上，传来地裂山崩的声响，教官说，那是采石场的爆炸声。心头隐隐觉得不安：天天放炮，寺里的五百罗汉坐得安稳么？

7月17日

在公路工程学校听报告，见到女英雄徐学惠。

徐学惠是值得敬佩的。这个本本实实的女子，独个人在边境储蓄所工作，深夜，六个悍匪手持利刃围住她，用刀尖指着她的心窝："交出来，钱箱的钥匙在哪里？"回答他们的，是一声声怒吼："来人呀，土匪抢钱了！"长刀，斜砍在她的脸颊上，徐学惠听见了牙齿的碎裂声，她怀里的钱箱，搂得更紧了。凶残的匪徒举刀猛砍这个小姑娘的双手，她倒在血泊中，听见溪水的啵啵声——那是鲜血涌出血管的声音。这时，徐学惠还没忘记坐起身来，叫声穿透墙壁："来人呀，土匪抢钱了！"

最终，她保住了钱箱里的五万块钱。

7月26日

期末考。几何并不难，1、2、3、4道题，顺顺畅畅做出来，最后一道题把我卡住了，左比右画，纸都快戳通了也没看到希望。此刻的心情呀，就像一个赶火车的人，一头钻进了死胡同，找不着路了。时间在一分一秒过去，往下，该怎么走呢？情急之下，撞墙也不怕。想呀，想呀；画呀，画呀……哈，到底找到出口了，乐得真想唱起来。

死胡同闪开了，展现在面前的，是一条宽宽坦坦的大路，大路尽头，火车鸣响了欢乐的汽笛。

7月27日

化学老师太好了，为了教好我们，他把自己的事情，譬如吃饭、睡觉、喝水这些小事统忘了。他上辅导课，常常是这样：讲得口干舌燥嗓子沙哑。杯子就在面前，他只顾解答学生的疑问，喝水这件事，还得我们提醒。我的化学很吃力，他解答疑问时，那么有耐心，不弄懂，他不会轻易离开我这个笨学生的课桌。

有人把老师比做蜡烛，我觉得不恰当，教师照亮了别人，自己并没有化成灰烬。他把自己生命的光热，传送到学生心里，伴随他们走很远的路。我想，"薪火相传"这个词，说的就是这个意思。

7月29日

期末考结束了。上午，我被派去帮着俄语老师统计分数，回来时，正好赶上我们班男生的庆祝高潮：捉鱼。田鸡道士叶尔聪带头，去到学校后边的"小美丽"塘，捉得半盆鲫鱼，大的竟有手巴掌大小，叶尔聪得意地说："我早就盯上小美丽塘了。"也不知他们是从什么地方借来炉子铁锅的，还在楼下我就闻见油炸鱼的香味了。推门进去，小朱叫道："老乔，快！再不来就被这些馋猫吃光了！"

我们宿舍没有人补考，又有鱼吃，心情都很好。更重要的是，学校正式宣布：暑假可以回家了。听说，还是中央做的决定。"托周总理的洪福！"这句话传遍了校园。

8月1日

此刻，我坐在火车南站小旅店里，面对一盏胖肚子煤油灯。

父亲爱喝酒，跑遍了南屏街只打到一斤。糕点是稀罕物件，不是我等平民可以问津的。唯有最尊贵的精神产品可以方便得到：书。转到新华书店，给小弟挑了两本。

三年多时间不得回家。爸、妈、小弟，你们都好吗？

8月2日

父亲原来在思茅（今普洱）工作，去年，和渡口班一起调来滇南。这次回家，给了我一个机会，乘坐滇南的小火车。座位靠近车窗，真好。我伏在车窗口，贪婪地望着窗外。

哦，太阳转到车窗这边来了。白云填满山谷，远方横有黛青的山脊。阳光洗亮了云彩。阳宗海啊，一半是山影，一半是波光。伏窗远眺，有在云空漫步的感觉。正在看呢，"嗵咙"一声，火车钻进了隧道，天黑了。眨眼之间，又亮了，机车亢奋地行进在高山峻岭之间。

铁路是从石峡中掏出来的。这是我坐在火车上最突出的印象。岩石，就像敲起来铛铛响的钢锭，青色的，也像钢锭那么坚硬，可还是让人们扒开了。那是怎样的手啊。火车在石峡底下蛇行盘绕，伸头仰望天空，天空像旋转的井口，直上直下，触目尽是怪石。这样的景观，只能用"震撼"两个字形容了。

昆明至开远，小火车跑了九个多小时。小城街道整洁，有些像昆明的解放路。

8月6日

亲情像火塘。远行者回到家里，小猫似的偎依在火塘边，偎依着家的恩光。诺诺的，乖乖的，赶都赶不出门槛了。

8月8日

在渡口，见到一位胸毛黑黑的屠牛者。如果全世界举行杀牛比赛并且只取前三名，他也决不会落选。

一头尖角锃亮的大黄牛，被他用棕绳绊住四蹄，往起一挣，黄牛旋即扑倒在地，四蹄刚刚悬空，杀牛者猛带棕绳，将黄牛的四个蹄子，牢牢实实攒做一团，庞然大物瞬间解除武装。杀牛者转过身来，用余下的绳头，在牛的嘴筒上缠了三道箍，让牛挨了刀子也哼不出声。他的徒弟，一个瘦猴模样的青布汉子，端着个团簸箕，侧身伺候，工人告诉我，簸箕是用来挡血的。杀牛者提起菜刀时，众人不觉退后几步，你看他，一脚踩稳牛头，右手举起明晃晃利刃，挥臂朝牛脖喉剁去，"咔嚓"一声，牛脖上的鲜血，喷出一丈开外，打得簸箕山响，杀牛者身上却滴血不沾。我和别的一些围观者朝地上看去，发现牛眼睛当即变了颜色，黄牛的眼睛珠还转了几转，最后，定格成蓝玻璃球，不动了。至此，杀牛者还不歇手，尽管牛血在他的脚下流成一条小溪，他还嫌不够，又在牛的后脑猛踹两脚，嗓管里的鲜血，喷得更粗了。

就这样，顶多一支烟的工夫，他将一头牛分了家。筋是筋，肉归肉，纹丝不乱地排放在簸箕里。他手上改掌一把柳叶尖刀，"滋滋"有声地给牛脱衣裳，令人叫绝的是，牛皮上竟一丝丝红肉也不粘。

这家伙的屠宰生涯，有多少个年头了？他的师傅是谁？真想挨过去问问。

8月12日

水文站设在半山破庙里，他们的工作，真让我开眼。

水文调查，常常是单独行动。没有谁来管你、安排你，一切都靠自觉。洪峰来了，南盘江浊流千转，漩涡有牛身子大小，这时，哪怕是午夜时分，哪怕是霹雷火闪的，你照样得划着小船去到江心，测量流速，记录含沙量。稍有不慎，小船就有可能翻进波涛。尽管如此，水文工作者也从不退缩，没有谁敢违反水文法律，填写理想数字。在他们看来，那是犯罪！

回到学校，真想把这些见闻告诉给我的同学。

8月13日

南盘江涨水了。水声更加凶横，有撼动山岩的感觉。走近了看，打漩的浊流浑如泥浆，冲撞着、翻卷着、夺路而去。渡口的码头连同踏板一起，都被河水淹没。松龙寺运木料的大伊伐车，只得卸下一些木头，再从吊桥上通过。

暴涨的河水，冲来不少百货，有布匹、衣物、成捆的纱帐。渡口班的小伙子，穿上救生衣，跳进滚滚洪流打捞。他们不是为自己，他们说，那是国家的东西，不能白白糟蹋。有时，一个大浪打来，盖住了他们的身影，人不见了，岸上的人，无不惊呼。又过一阵，在离他们消失的位置有七八米远的地方，小伙子们钻出了波浪，推着成捆的物资游向河岸。

这天，捞取四袋棉衣，渡口的家属帮着晾晒在河岸上，班长打电话通知百货公司，请他们派人拉回。

8月14日

德藻小我六岁，在楷甸读小学。顺着公路走，过老人桥、存旧，紧赶慢赶也得一个多钟头才能赶到学校。路远，有时半路上还会碰上野狗。弟弟说，他早有准备，树丛间藏有他丢下的木棍，冲过去，把野狗吓跑。雨天上学，走在山梁子上，炸雷好像撵着他的脚后跟跑，"我是带着一串响雷走进教室的。"这是弟弟说的。

我常年在外，家里的事，什么也做不了。暑假回来，本想帮着砍些柴，弟弟笑我。他说，不烧柴，烧炭就够了。我问，炭在哪里？弟弟说：江里。他告诉我，南盘江流过小龙潭煤矿，煤块就像鹅卵石一样，顺着波涛，沿江留下。到了落水季节，你站在渡口的石岸上，轻轻易易就能见到清流下边的煤炭，黑黝黝的，有的草墩大小，有的磨盘大小，它们挤在水底下，正等你去打捞。

等寒假回来，真想下到江里捞一天煤炭。

8月15日

决意回校了。爸、妈要送，到底被我拦下。弟弟陪着，我们来到开远火车站，分别时，他的表现还不错，像个小男子汉似的摆了摆手，说声"好！"转身走了。

7号车厢的列车员，身体并不是很结实，自我们上车那刻起，她就没闲过。扫地、拖地、收碗筷、送书、送"仁丹"，忙个不停。

不相识的人们聚在一起，气氛很融洽。和我同坐的，一位是开远中学女生，高中毕业，正在等录取通知书；一位是以礼河电站多面手；一位是六郎洞电站的变电工人。大家说说笑笑，谁也不认生。

六郎洞电站的发电量不大，只有2400千瓦。不过，单是变压器就有30多吨重，拆散了才能搬进去。据说，杨六郎曾在洞里避过难，因而得名。这是一个利用地下水发电的电站。最初，划着皮筏、带着无线电通信设备进洞测量的人，至今也没有回来。水的源头也不知在哪里，汹涌的流量数年如一日。

六郎洞电站的神秘故事，一路伴随着我们。天黑时到达昆明，住宿早在火车上就登记好了。

8月29日

整顿教学秩序。教学会议决定：凡三科不及格者，一律不得升级；逾期不注册者，取消学籍；学杂费一概不予缓交；没完成假期作业者，根本不得注册——一连串斩钉截铁的"不"字，弄得人心惶惶。我眼前买灯油的钱都拿不出，拿什么赶假期作业啊。经济账，作业账，日子比杨白劳还难过。

9月1日

这些日子，我和同学整天缩在教室里赶假期作业，直到深夜灯油熬干了才回宿舍。躺下去，一挨着枕头就什么也不知道了。

72宿舍就在我们隔壁，往常，吹拉弹唱，俱乐部一样热闹。这段时间，古刹那么安静。推门进去，宿舍里的兄弟，书桌被围坐的人箍得紧紧的，桌上摊开物理、化学、代数，大伙都在闷头赶作业。

郑翠英老师教历史。她很严格，很细心，谁要是少做一道题、少画一张图，她也不会发注册单给你。你想在她面前耍点马虎，比骆驼穿过针眼还困难。

9月2日

见到读初中时的一个女同学，她问我要诗，没给。回来却在日记本上写下几句：

> 再见了，再见了，
> 再见到什么时候？
> 莫问吧，莫问吧，
> 有谁知道离人愁。

其实我一点也不愁。这就是人们说的"笔墨游戏"么？

9月8日

课外活动会操。轮着我们上场了，十八个男生排做一列，正步走，左转弯时，要求"像关门一样整齐"。可惜我们的"门"总是关不好，转弯时，中间不是凹下去就是拱出来。笑声从四面八方轰来，我们的信心被彻底打垮了，紧张得咬住嘴唇，强忍住笑。体育委员发出的口令，常常被场外的笑声隔开，我们的眼睛不知该看哪里，更顾不上脚步了，乱成一锅粥。

咳，真不知是怎么搞的，我们平时也不错啊，操练时，整齐的脚步声，"喳，喳，喳"，快刀切白菜那么干脆。

不过，排成一列的十八个厚脸皮，丝毫也不灰心，老广说得好：孙子才走得成一扇"门"。时间还早，我们围成一圈托排球，规定托100次也不准球落地。经过好多次失败，总算取得118次的最高成绩，走进食堂时，逢人就卖我们的口头号外：118次，118次！

10月9日

下晚自习时，突然响起钟声，"当当，当当"，一声比一声紧急。"又要大战钢铁了。"我们都往这方面猜想。顾不得收拾文具、书籍，起身赶去操场集合。

张校长发表讲话，大意如下：市委交给我们一项重要任务，本年内，机关学校要做到蔬菜自给。这样，可以节省出100多辆汽车支援工业建设，直接保卫总路线。

十四中贯彻市委的指示一向走在前头。先下手为强，我们要杀出学校开始圈地开荒了。

10月23日

远近村子，常有农民找到学校："稻子黄熟了，收不上来，请派人支援。"遇到此种请求，学校做得最多的是让三年级学生出马，说：你们年纪大了，体力好，多辛苦辛苦不要紧。

确实，我们都比高一时长高不少，挑谷子背谷子，本不算什么事，只是，有一个不能言说的秘密存在于同学之间：不知道是什么原因，开学以来，我和我的同学，常常处于半饥饿状态，劲头大不如去年了。

昨天去团山乡背谷子，张保尔走在我前边，他眼睛尖，一路都在田埂上捉蚂蚱，就像猴子似的，撕掉翅子，生生地吃下去。和我同住一个宿舍的叶尔聪，也有办法，田间休息时，他梗着脖子在田边地角找吃的，收工时，捡得一小捧黄豆，回到宿舍后，晚自习也不上，用乒乓球的铁架，夹着文具盒，点亮了墨水瓶制的煤油灯，耐心地烘烤黄豆。熄灯铃响过，宿舍唯剩清冷的月光，我的这位同学，缩在被子里，嘎崩嘎崩嚼着自己的充饥物。

这些日子，商店也冷冷清清的。食品好像突然被大风刮跑了，柜台前的大玻璃瓶里，装的是乒乓球、樟脑丸和口罩，满满的。水果店还在营业，卖的是生萝卜。

10月28日

派到伙房帮厨，这是最幸运的差使。不管外边吃什么，大木甑蒸出的苞谷饭，伙房人员管够。离开时，我们的胃，几乎撑成了鸡嗉子，歪的，一个个弓着腰回到教室。不过，厨房工作也很繁重，要洗一千多斤菜，手都泡红了。

口粮骤然减少。据说，过去吃多了，粮食超支。到了十月份，全校还差四千多斤大米。学校决定，每天下晚改吃泡饭。所谓泡饭，跟稀饭无异，吃了一个多月。米粒之间，掺杂着萝卜、白菜，大米的味道十分稀薄。夜间上厕所的同学，就像赶街子一样热闹。我嘀咕了两句，小象知道了，他提醒说：我们该知足了，你到乡下看看，农民的生活远不如我们，春二三月，撸蚕豆叶充饥。小象家在农村，他的话，我信。

不知怎么，我一下想起了去年在修配厂门口遇见的老人、儿童、小脚奶奶，他们该不会也吃蚕豆叶吧？

班上的壁报归我管，至今没收到一篇稿子。都说没时间写。我很生气，心想要是写一千字发一两白糖，书箱早塞满了。

11月3日

笻竹寺后山，距离花红洞不远的山坡脚下，学校圈出一片荒地，等待着我们前去开垦。工具不够，两个人合用一把锄头。10点左右还好混一些，听得见锄尖碰响石子的声音。晌午刚过，拄起锄头看太阳的人渐渐增多。一群人，没有谁戴手表，大太阳就是我们的表。在我的感觉中，今天的太阳怎么不动了？我想起了新民歌里的一句话："搓根绳子拴住太阳。"不等我说完，小班倌接过话去，他说："搓根绳子把太阳快些拖下山去。"他的话立马得到众人的响应。我们的肠胃抵挡不住共同的弱点，想回去了。好朋友杨嘉在一旁插话说："我们这些人里头，只有一个人不会饿。"同学问是谁？杨嘉瞟了我一眼："老乔。"同学问："为什么？"杨嘉说："他肚子里装满了诗。"同学笑了。

11月5日

开荒的最后一天。出发时，每人多发了一个馒头，吃得饱饱的，心里不慌了。

同学聚在一起，说笑打趣的事情免不了，彼此还是很照应的。我们都想自己多干一点，让同伴多休息一下。老广长得瘦精干巴的，同学要去接替他，老广说："等你长得有我块又来。"朱同华不给小二黑锄头，说："脱了衣裳晒呀，等你肚皮晒黑了又来接替我。"他是一个快乐的人。

　　新开的生荒地上，点起了一堆堆烧荒的篝火，野地里青烟弥漫。环顾四周，挤在云间的岩石，裹在晚风里的松柏，箐涧深处弹响了几百年的琴溪，好像都在对这一炷炷青烟发问：哪来的烟子啊？小班倌是我们班的物理天才，也是大家评出的开荒模范，他说，这些烟子，是我们向地球宣战的信号。我闲站在一旁，没说出的一句话就是：所有这些，都是多发了一个馒头的功劳。

　　今天，我们班开出了三亩多荒地。

11月11日

　　开荒的锄头交给高一同学，派我们去昭宗水库种麦子。

　　昭宗水库靠近马街山脚下，看去更像一个湖，水色碧青，拍成电影一定好看。山风在湖面上扫起的皱纹，又像一匹抖动的蓝绸。我们坐在水边吃干粮时，想象着十年、二十年后的风景，不用说，未来的昭宗会更加美好，有小船，有石桥，有香花，口干了，捧起湖水就能解渴。

　　我和同学相约，十年后，找机会再来这里看看。

12月6日

　　一半人上山，一半人留校。上山的积肥、浇菜，留校的搞卫生。

　　听同学说，他们在山上排成一字长蛇阵，从山头排到山脚，用自家的脸盆端水，一个传给一个，端到山顶浇灌菜地。六七天前撒的菜籽出苗了，嫩秧秧的，正盼着我们的到来。

　　我和老鬼哪里都没去，我俩负责喂猪。

　　天气越来越冷，夜间时常冻醒。清晨出门格外小心，雾大，看不清路，生怕踩塌了跌进沟里。见我们走来，猪仔们吾吾欢叫，以为有什么硬通货可以啃嚼，其实也就是我们切碎了的青菜帮子。菜叶似有冰凌，不大会工夫手指冻乌了，团在嘴里哈好一会也不会热。

中午，靠在猪圈门上看小说。阳光照在身上，就像盖着三床毛毯一样暖和。讨厌的是风不与阳光配合，阴影里吹来的风带着夜的寒气，专门往人的袖口、衣领里钻，说它是贼风，一点不假。

半边身子冷，半边身子热，这就是昆明的冬天。

12月11日

苦战两个通宵，我们的壁报《春潮》总算开闸了。它一出现，立时引来大家的注意。名副其实的"读者云集"。吃饭的，忘了动筷；喝水的，忘了张嘴。一个个眼睛睁得特大，圆周率为3.1416。

白纸，黑字，红底板。标题是彩色的，大方，不失纤秀；宏丽，不失朴素；庄严，不减热情。老实说，自打有眼眨毛那天算起，我还是第一次见到这么出彩的壁报。

《春潮》，一朵飘现在十四中的红云。

我注意到一个细节：从早到晚，《春潮》的读者从没有间断过。《春潮》的对门，贴着23班的《朝霞》，本来或有可观之处；自我们的《春潮》推出后，《朝霞》就没有人看了。我们班的同学，不管是谁，每当走过《春潮》面前，不管是看过多少遍了，都会停下来，就像初次见到那么新鲜。

语文老师郑世文先生，专门为《春潮》写了一首很好的诗。

12月27日

物理没考好，九科里边，就数这科最糟。代数平时测验几乎没有及格过，今日反倒考得好，要是再细心一些，稳拿5分。

考试，也是考体力。冈村说，他捏着笔的时候，感觉地板在晃荡。我说，只觉得太阳穴鸡啄那么疼,再考两天,怕会得神经衰弱症。考试第一天,睡眠还好;第二天马马虎虎;第三天,一整夜半睡半醒,脑子像个戏台,一大群活人在上边穷闹腾。

还有两个多钟头可以利用,准备补看《中国青年报》,撂下好多天了。

12月28日

日子过得太快了。一天一天,早饭晚饭,上课睡觉。时间就像从身旁奔过的野马,一晃眼就无影无踪了。随口写了几句:

> 太阳和月亮,
> 赛跑争健将。
> 才见满天星,
> 又见红日上。

1960 年

1 月 9 日

课外活动时，我和子徽负责浇粪水。子徽是郭鑫铨的字号，他喜欢古典文学，把自己的名字，弄得像古人似的。同学又叫他"古人"。我们的工作还没有干完，子徽被张主任找了去，向他宣布了学校的重要决定：抽调郭鑫铨留校当语文老师。

子徽告诉我，张主任找他谈话时，站在校长室里，他突然发现自己长得是那么瘦，个子是那么矮，功课也没学好，俄语还吃过鸭子。他说不出的惶恐。

留校教书的事情，很快传开了，大家都为他高兴。吴开英说："我们的小组长要当老师了。"朱同华说："郭鑫铨是十四中的金子。没有他，学校会失去不少光彩。"他的话有些夸张，意思，我们都懂：子徽确实是个难得的人才。

相处快三年了，修水库，大战钢铁，点起马灯出壁报，子徽是我们的好同学，全班真应该聚在一起，照一张纪念相。

1 月 13 日

母亲寄了 6 元钱、6 斤半粮票给我。粮票，不过邮票大小，在我们的生活中，却有很重很重的分量。再粗心的人也会妥善保管。就像我们的身份证、学生证似的，不敢乱抛乱掷。你上街去，肚子饿了，再有钱，要是没有粮票，也只得继续饿肚子。这张小小的纸片，管我们的肠胃身心，管我们的饥寒冷暖。捧在手上，神符一般重要。

1月15日

昆八中一位老同学来玩，谈到学校的门卫张老倌，他的一番话值得记下：张老倌守门，比我们的校长还严格。我想摸出校去，恳求他说：放放我嘛，我的电影票都买好了。张老倌说：你们要好好读书，周瑜十三岁就当了都督，哪像你们，一天到晚只想着玩。求了半天，他就是不放。人来多了，他还是不放，我拔脚就跑，张老倌跑来追，全体都跑开了，他一个也没追着。第二天，教导主任要他指认带头跑出校门的家伙。他分明是记得我的，站在我的面前，摇着头说：人多，我一个也想不起来了——多么善良的老人啊。

1月22日

流行性感冒窜进了学校。开头有三四个人倒下，第二天，单是我们班就躺倒十九个同学。晚自习时，评完劳动分不干别的，一个个忙着往口腔里喷药雾。不过，到了第三天，我也不行了，张医生望着我，没头没脑说了句："开始了。"晕晕乎乎住进了隔离病房。第四天，烧退了，回到了我们的宿舍。床很乱，抖一次床歇了三四回力气。我不知道自己是什么样子，看我的病友，颧骨都比原来尖了。

1月23日

孙犁的《白洋淀纪事》读完大半本。1939年至1950年期间，作家有影响的代表作，差不多都收在这本书里了。

孙犁的语言让我入迷，清新的诗意随处可见。孙犁的文字，带有荷花的清香气息，晶莹剔透，令人联想起荷叶上的水珠。他写的是小说，读者分明能感觉到作家的诗心。《五月》《光荣》《采蒲台》《嘱咐》《荷花淀》《天灯》是这本书里最有分量的作品。

孙犁笔下出现得最多、又被当作主人公来写的，大多是青年女性。开头，我还错把孙犁当成女作家。他叙写的多是人物的侧影，有时会觉得肤浅了一些。

1月24日

这些日子，我和我的同学，几乎都做一样的梦：梦见考物理、考三角、考外文。说梦话的人特别多，梦话差不多也是一样的，哎呀，难死了！

统考只完成了一半，幸福的憧憬已来到面前。考完试，多想回一次家呀，多想去电影院看场苏联电影《海之歌》呀。团支书好像摸透了我们的心思，他用彩色粉笔，在黑板上写出一行大字：反对松劲情绪！

1月26日上

寒假不得回家，留在学校复习功课，准备会考。

明天就是大年三十。团支部书记何维文带着我和老鬼去伙房帮厨。收拾完灶具正准备离开时，一回头，何维文、老鬼不见了。他俩蹲在灶门口，不声不响地啃着羊骨头。锋利的牙，灵活的舌，紧张的眼，把面前的一大盆羊骨头杀的零零落落。看着真是牙痒，我也毫不客气地参加进去。这些骨头，本是要扔的，只是骨缝里还有肉丝，骨髓也还有可利用之处，于是引动了我们的怜悯之心，留下来，做最后的清算。

这些日子，不知道是什么原因，我们总是吃不饱。每天不等下晚自习肚子就饿得不行。我的饭碗在男生当中算是最小的一个，堆尖了可以饱肚，平平的一碗已成常态。

饥饿，把我们变成了饿狗。

1月27日

今天是大年三十。晚饭4点钟开，提前了。一盘碎鸡，一盘大肉，一盘白菜，八张大嘴。

这顿饭，早在一个星期前我们就开始议论了。比小镇上的村民议论未来的省长还要热烈。令人头晕的肉味呀，牙齿有好长时间没有碰到了。

我发现这顿饭吃得特别快，饭菜一上桌，几乎人就不见了，同学三三五五朝大门走去。有一个女同学，家在玉溪，分给她的肉，舍不得吃，盛在口缸里，用布包好，小小心心端在胸前，她要带回去与家人分享。

我站在教室窗口，目送着我的同学，想象着他们和亲人相聚的情景。我也惦记着远在滇南的父母、弟弟。按惯例，母亲一定会在青松毛上，多放一副碗筷，那是为我准备的。

过了年就要考试。今晚，我应该做点什么有意义的事情，来纪念春天的这个开门节？

2月4日

田汉《新北京和北京人》（载《人民日报》1960年1月30日）文中有一首诗，田汉自己写的。连同诗序，谨录于后：

人民大会堂刚要交工的时候，我们去参观了一遍。我极口叹美建筑的质量和难以置信的速度。工人同志向我要诗，我写了这样一首：去年十月二十六接到图纸束，第三天工地职工已相属。一万四千建设者，东自吴魏西自蜀。兴安长白采良木，洱海珠江求美玉；更向燕齐要颜色，曲阳红与莱阳绿；全国工厂二百余，支援材料如所欲；歌声萦绕脚手架，银花入夜千万烛。风雨寒暑不可阻，过年过节不从俗；自有干劲高于天，能事岂用相迫促？精雕细作十个月，居然已奏庆功曲！

伟大歌者梅兰芳，首演万人大会堂，宫袖翩跹舞不足，卧鱼仰见星斗光。星斗光，非寻常，座中万余观者香汗香，工服犹带泥土浆。十万吨水泥百十万吨钢，写出天下妙文章。"晚霞"铺地青云柱，玻璃十丈丰新阳。半年烧好琉璃瓦，百女织成云锦墙。地毯如花撒走道，宫灯如梦垂回廊；餐厅举酒五千客，玉楼弦管声铿锵。

人大办公科室分南北，二十余省，省各特色：室中陈设殊流派，壁上画幅异彩墨。香花美卉满前苑，"东风""红旗"车辆塞。楼台对面华灯上，红场如海广莫测。想见十年国庆日，将使世界震伟特。感此泪下问职工："恨不黄金百万酬功德。"职工正修花岗石，回头含笑破沉默：何必黄金报赤心，但能早日建成社会主义新中国。

2月12日

全班大普吉劳动。刚出校门就被雨水堵回来，待雨歇了又走。田垄间的蚕豆发棵很旺，墨绿的豆叶，簇拥着朵朵蛱蝶似的白花。

公社缺乏劳动力，我们学校缺豆糠。两边互补，有了今天的行动。我们帮着运一万斤谷子，可以换回一万斤糠。学校养猪场的小猪太可怜了，饿得啃栏杆。

晚间，集中在大礼堂开会，听主任作报告。前排两位同学低声议论，一个问：你看见过裹脚布没有？回答说：没有。问话的同学接上又说：我也没看见过，不过，我确确实实听见过。说完，朝台上那位滔滔不绝的演说者，投去讨厌的目光。

说得真好。暗暗为他俩鼓掌。

2月17日

读阿·托尔斯泰的《俄罗斯性格》、米·肖洛霍夫的《仇恨》及另外几个写卫国战争的小说。都是一些不同凡响的作品。为了排印它们，就是用黄金铸成铅字也是值得的。

有一位作家说过：闲散会软化精神的钙质。这话我信。无事可做的时候，读点书就是事啊，好事！

2月28日

上山割茅草盖房子。一行七人，连续工作七小时，成效不凡。包学文一整天都在念叨：这得归功于厨房大师傅。蒋兴太好了，卖一满碗饭给我，吃得饱饱的。

汤长风的割草技术，真叫人佩服。动作快，刀快，镰刀指处，茅草纷纷倒地，嚓嚓嚓的声音，干脆有力。粗粗一大把草，瞬间应声断开，这要多大的手劲啊。我们三个人也敌不过他。

同学夸他，汤长风只是笑笑。朴实，少言，大家都很喜欢他。

3月13日

写日记的人，最忌讳流水账。不过，流水账有时也是好玩的。

早晨6点，天色还模糊，醒来了。睁着眼睛，不敢下床，出外跑步怕绊跤。

汽车修配厂的铁公鸡（汽笛）叫明了天。在学校的水池边洗漱完毕，校园亮了。跑步，做操，在双杠上撑"鸡翅膀"。读完俄语，东方的云层间露出了丝绸红，那是用光织成的。

三个半小时读完了毛主席的《新民主主义论》。

洗衣服，洗臭胶鞋，打肥皂，刷，速度比机器还快。

睡午觉。蒙在被子里就是等不来瞌睡。也好，靠在枕上看《儒林外史》，读了一个多小时，翻身爬起，进到教室修改文章，直到晚饭钟响。

黄昏时去菜地栽辣子秧。月亮升起来了，把我们的影子丢得很长。月亮刚出山时，呈金黄色；有一竹竿高了，呈银白色，像一个白瓷盘。

月光与二钢厂的钢花相映照。不过，钢花还是比不过月亮，月光照亮了我们回教室的小路，钢花远远的，照不见什么。

——这就是我的一天。

3月19日

去大普吉背谷子，在一所破庙里，见识了乡村小学上课的情景。

破破烂烂的桌椅，二三十个东倒西歪的学生。有的学生大呼小叫，有的学生小声唱歌，有的看小人书，有的低头缝布娃娃，比我们的文体活动还热闹。幸好有老师站在黑板前讲"钢的用途"，否则，还当他们在课间休息呢。就在这时，一个小男孩跑出了教室，老师摔下书本，大叫：站住。跟着追了去。老师有些胖，怎么追得上呢？她眼里涌出了泪水。旁边一个小男孩，幸灾乐祸叫道：怪呀，老师眼里淌汗了。

我们收工回校时，又绕到这所学校。放学了，破庙里清风鸦静。张公权进到教室，擦干净黑板，捡起粉笔，在黑板上写下一行大字：教师像一座大山，屹立在第三条战线上！——这行字，算是我们对那位胖老师的慰问。

回校时，乘坐海源寺炮兵司令部运米糠的卡车。我们手挽手紧紧箍在一起，生怕从高高的米糠堆上簸下车去。一路风沙粗犷，睁不开眼睛喘不过气，下车的时候，彼此一看，都成了红人。咧嘴一笑，牙齿也是红的。

站在十四中自己淘出的水池边，每个人最少用了五盆清水、半块肥皂，这才洗出了我们原来的模样。我想，我们这些人要是跳到滇池里去，滇池水怕也会染红半边。

3月20日

进校门不远，大路边有一方水池。石缝间涌出的泉水，一定是关联着玉案山水脉，出水不断，清澈晶莹，与筇竹寺山脚的"三碗水"无异。前些天路过这里，池边垂柳，显得枯旧。经不住甜沁沁的暖风一吹，枝绿了，柳芽也爆了。

春天了。

这是校园柳树发出的通知。回到宿舍,立马脱下沉重的大棉衣。

今天,又走过水池,柳枝更密了,起绿雾了,泼泼亮亮的新叶,格外打眼。水池远近,受柳树庇荫的野花,这里那里,也仰起笑脸,像在对我们说:"明年春天,你们还会来吗?"

再过一百多天,我们就要毕业了。

6月29日

1957年秋天考进十四中的学生,有300人。临到毕业,考文科的,仅有20余人,我们班就占去一半。同学之间,不言自明的一句话就是:聪明的、有出息的学生,首选理工;理工不成,改学医农也不错。只有那些没用的家伙,或者是体检淘汰下来的可怜虫,跟我一样,这才报考第三类,学一些不动脑筋的玩意。

就这样,我被编进文科班,临时分到一个小小的教室上课。

7月7日

我用了110分钟,写完作文《记大跃进中的一个人》。辅导我们的邓茂权老师却花了60分钟,细细地不知看了多少遍,一个标点一个字一个句子都不放过,发现错误,即用红笔标识出来。文章有好多处改得很妙,生色不少。

晚饭后,邓老师约我散步,他鼓励我争取考一个比较好的学校。邓老师讲了这么一件事:读大学时,有一次,我们几个同学过一道沟,我跳过去了。但是,有一个百米跑得比我快、体格也比我棒的同学,反倒掉进水沟里去了,不是他没有运动技巧,根本一条:他缺乏信心。

——邓老师的话,打开了心头的暗窗,我记下了。

7月9日

我喜欢去笻竹寺温习功课。窗明几净，石板院里的花香，含有青苔的阴凉。老和尚卖的素面也不错，交二两粮票，六分钱一碗，几滴香油，一撮酥黄豆，一碟翠绿的油炸花椒叶——清爽，味浓，就像笻竹寺固有的氛围。

今天，又去了。带一本我喜欢的《聂鲁达诗文集》，一本《列宁主义万岁》，踏上了盘山小道。

真巧，路上和几个上山采杨梅的小学生同行。穿行在山坡松荫里，相谈甚欢，分手时竟有些依依不舍了。

每次来笻竹寺，坐在"德超法门"匾额下，不买面条，老和尚也不会赶我走。独个人踞一张板栗色方桌，推开面前的功课，写了篇小文章《杨梅熟了》。不单是想要换取几块稿费，更想做的是：留下几个山村孩童的影像。

7月14日

高考日程公布了，考六天。前三天，考省外大学；后三天，考省内大学。两套题各有用途，都得做到底。

这些日子，吃饭，做课间操，回到寝室闲聊，高考成了中心话题。平时最懒散的人，这些天也成了惜时模范，一头扎进书本里，拖拉机也拽不出来。

去食堂学会抄近路，不想绕弯弯耽搁时间。

7月17日

就像房子着火一样烦乱。早晨，在教室进进出出，心思和功课，总也拧不在一起。

我为什么会慌呢？这就是考试恐惧症？我也说不清楚。

张仁佩把他的小闹钟借给我。

下午，背着行李，冒雨进到城里，师院附小腾出教室给我们做宿舍。在小学生的教室里，我们铺好床板，布置的比在学校还舒服。朱同华来迟了，他睡在一块大黑板上，满意地说：安逸死啦！他一边铺床一边唱。此刻，昆明有家的同学都回去了。只有我和朱同华留在宿舍里。

图简便，我没有带蚊帐，才黄昏时分，蚊子已开始袭扰了。

7月18日

中午，去师院看考场。文科安排在三楼。高敞的阶梯教室里，整整齐齐摆满了火腿椅。这样的格局，怕是从西南联大时代就有了。看去不下三百张座椅。我找到贴有自己编号的位子，摊平准考证，放正闹钟，抽出钢笔，写下了上面几行文字。算是大考前的热身吧。

坐在这里，心灵的眼睛特别敏锐。我似乎见到了一天后的我，见到了自己脸面上或惊或喜的表情。这六天，火腿椅是我的见证者，也是我的陪伴者。

7月19日

郑世文老师昨晚做了一个梦，梦见考卷上的两道作文题，我们都不会做，他带着我们白白准备了三十多天，一个字也用不上。郑老师吓醒了。

早晨，郑老师召集我们上辅导课。老师调动他大半生经验，讲得很全面。就连上厕所的草纸都提到了。我有这样的感觉：此时此刻的郑老师，就像我们的老父亲，儿女出门之际，他手扶门框，再三再四叮嘱各项人生要义。我们都牢牢记下了。

7月20日

昨晚9时就寝。在此之前，我们在师院附小的走廊上、教室里讨论作文。没有灯。树影、人影、房檐的影子，环绕在我们周围。

夜间醒来几次，蚊虫太猖狂了，一片一片碰脑袋。

5点半起床。洗了脸就朝师院走去。十分钟就到了。

作文题有两个：一、我在劳动中的锻炼；二、大跃进中的新事物。我选了第二道题，也不知对了没有。

"冷静、细心、全面思考，做到党满意自己满意。"这是师院挂在墙上的大标语。

考试前，我喜欢独个人捡冷僻的小路上走。考完了也不愿和别人谈感想，就是遇见了，也会连忙走开。我怕！

古汉语翻译"鬼怕恶人"，简单极了。

政治考得成功。一、有小闹钟帮忙，时间安排合理，得以统筹布局；二、睡了一个好午觉。昨天没休息好，要是再没有这个午觉，很可能人就散了。

7月21日

快进考场前，在人群中见到一个老同学：杨应嘉。在我的印象里，他总是那么聪明、机灵，不知道为什么，我总觉得，诸葛亮小时候，怕也就是他这个模样。

杨应嘉说，他记得我，印象很深，说：我很佩服你。

一笑，一握，分别走进各自的考场。

外语复习得不很好，进考场前，后悔怎么会放松了它。待拿到试卷时，哈，差些笑出声来，潇洒地抽出水笔，很漂亮地写下第一个字母。

历史明天考。此刻，本人焦虑得不行，中国现代史上，为什么要打那么多仗啊，害得我总也记不住那些你杀我夺的日子。

算了，闲言少叙，看书吧！

7月22日

考历史最紧张。离开场还有十分钟，我还在教科书里找伯恩斯坦，翻来翻去也找不见这个老东西，急得跺脚。

待卷子发下来，让我后悔的又是语文了。

隔一天考省内大学。

曹元凯老师怕我们紧张,他来到宿舍里和我们闲聊,郑世文老师也来了。曹老师给我们讲相对论,通俗、生动,不多几句话就把我们带入太空,进入星光闪烁的世界。恍然之间,门不见了,庭院不见了,我们来到了浩渺无际的外太空……就连郑老师也激动地说,他要写一篇作文,写21世纪人们驾驶宇宙飞船的故事。

天文地理文学历史,曹老师全都了如指掌。

应该学一点天文知识,这样,人的眼光和胸怀,会更加宽广——这就是曹元凯老师给我们的启发。

7月23日

乍晴,乍雨。刚刚晒干的地皮,稍不注意,又出现一片大大小小的水洼。这就是昆明的雨季。

昨晚间走进了电影院,看彩色片《法吉玛》,片长差不多有三个小时。起晚了,早上9点半钟开始看书。吃早点用去一斤粮票。

省内大考明天开始。

第一次的作文写拐了,这回一定要扳回来。

7月24日

作文题也是两个:一、我在劳动中的体会;二、劳动中的一个动人场面。我写第二个。

文思泉涌,舒卷自如。心底有把握了,人也跟着从容起来。环顾四周,无不唰唰下笔,我没有这样做,独自抱起手来,想了五分钟,腹稿成了,这才做我的事情。写完了,还剩十分钟,正好回过头去再看一遍。

古汉语翻译是"叶公好龙"。

政治题比较简单,只是题量大了一些。昏头涨脑的,挨到交卷子时,生怕窜出一句不合适的话。

——写这页日记时,身边已是蚊阵密布,写一句话,叮我一嘴。天还没黑呀,太阳还挑在屋檐角上呀,坏家伙,怎么就出动了?

7月25日

俄文列为参考分。本人考得还可以(这年9月30日,进入云大后,日记本上有一则补记:俄文85分)。

7月26日

每次都是这样,临到考历史,还没走进试场,心头总是紧张万分:霉了,就栽在这科上了。待拿到卷子时,又会轻狂地笑话出题老师:哈,这种题目也想考我?

不管怎么说,中学三年,我没有学好历史,这是我的缺陷。

高考结束了。心头的这般滋味呀,从来没有过的轻松。打个比方吧,就像在大海里游泳,游呀,游呀,游了三十多天,脚趾头终于踩到了岩石,站到岸上来了。回头一望,身后留下了多少惊涛骇浪呀!

回到学校,照了镜子才发现,在师院附小这段时间,本人喂肥了多少蚊子呀,满脸都是小虫虫叮咬的黑点,就像凭空栽下的雀斑,密密麻麻的。

7月27日

离开一个星期,学校给我们的印象,还是那句话:绿肥红瘦。沿着篱笆和围墙点种的苞谷,长得有屋檐高,叶大杆粗,层层叠叠的绿,快把学校淹没了。

学校的生活节奏还是那么紧张,只是和我们已没有关系了。黄昏时分,一年级的同学,乘坐拉大炮的军车,从玉案山演习回来。他们浑身插满了嘶啦作响的树叶,炮车也扎满了树枝,车子成了一棵飞跑的大树。同学们唱着高昂的军歌,来到教室门口还在吼。

二年级的同学,要到富民、晋宁扫盲。一天到晚,他们都在猛攻汉语拼音,准备考试一样认真。一个字母又一个字母,读了又读,写了又写,办公楼前的水泥地上,被他们画满了。

晚间,停电。寝室里点亮煤油灯。兄弟们盘腿而坐,在做最后的长谈。有同学建议出外做小工,挣钱偿还学校的欠债;有同学说,同学三年,不容易,分手前应该聚一聚;小朱心里藏着惜别,嘴上却在取笑他的同窗,做出无所谓的样子;劳动委员熊万兴,托着下巴,望着跳动的灯焰,他说,此刻,他想起了一幅走向生活的油画。

7月29日

天发怒了。"轰隆隆——扎!"雷声绕着屋子响,像是一场惊心动魄的炮战。天空,大地,在雷声中瑟瑟发抖。

风撬开窗子,放进瓢泼的雨水,浇醒了梦中人。

我想,在这样的风雨夜里,五百里滇池,会不会直立起来,变成五百里瀑布?玉案山的石峰经得住暴风推搡吗?

倾听着风的喧嚣,我缩在被子里,把自己捂出汗来。生怕青铮铮的闪电刺进窗来,弄不好炸雷就摔在房顶上。

清晨出门,校园里的苞谷,尽都倒伏地上。大杨树也被劈得遍体鳞伤。细雨迷蒙中的玉案山,依然挺立在云层之外,它把雨雾做成披风,威武不减旧时。

8月9日

昆明—开远,相距不过两百多里,没想到会这么热。每次出门,家里人都要叮咛:带伞、戴篾帽,小心晒塌了皮。我也有这样的感觉,阳光的火力,似乎能烤焦人的头发。离开县城时,我买了一包蜡烛,放在布袋里;还在半路上,蜡烛就化成面条了。

水文站迁往他乡。渡口也撤到蛮耗去了。老渡口班留下父亲看守吊桥，他的工作就是提醒过往行人，不要在木桥边生火。我们家搬进了水文站住过的观音阁。观音菩萨早就不在了，留下一座破庙对着南盘江。庙虽破，院墙屋瓦尚存。东西两厢平房也还完整。石板院里，有一棵高过房头的香椿树，和它相对的，是两棵大柏树，粗旺的树干上，似乎还粘有早年的香火。树下的石桌石凳，母亲拂拭得干干净净，洒过清水，光洁照人。

父亲气色不错，在他从不间断的谈话中，夹着一阵阵满足的笑声。他在江边种出了甘蔗、苞谷，贴补着全家的口粮，"有力气就不会挨饿。"这是他爱说的话。父亲说，南盘江落水留下的沙地，比上了肥料的庄稼地还养人，种出的甘蔗，又泡又甜；种出的花生，饱绽绽的，个个有手拇指大小。父亲说，这地方还有一个好处：早早晚晚，没有人管你，当领导的，也不想来这里费口舌发指示，老人家说不出的舒坦。

父亲工资微薄，一个月36元钱。供我们读书，单靠他的薪水怎么够呢？回到家里，我懂了，滇南的荒僻之地，也帮衬着资助了我的求学生涯。

8月10日

父亲突然病倒，长虹桥警卫班的战士赶来，连夜送进县人民医院。

清晨，消息传来：父亲得的是风湿麻木，半个身子不会动弹。他是一个急性子，哭了好几场，怕没有钱供我上学。

我和弟弟赶进城去看望父亲。最深切的体会是：人民医院的卫生怎会这么糟啊，走道上垃圾绊脚，病房里，一股难闻的气味，让你不敢大口喘气，奇怪的是病房还舍不得多开一扇窗子，憋闷是它的最大特色。这也叫人民的医院？我要是院长，一定会羞愧而死。

8月15日

看守长虹桥的警卫战士，想学汉语拼音，找到我，尽管相隔两三里地，我还是答应了。他们学得很认真，会议室里，尽是玻、泼、墨、佛的声音。

晚间，弟弟也去了。他教得比我好，尤其是流利准确的拼音，很受战士欢迎。回去时，战士把电筒借给我们。

过吊桥时，桥下的水、桥上的路，全都混成一个颜色，黑乎乎一片。最后，电筒雪亮的光束帮了忙，把它们分别出来。

荒山野岭赶夜路，弟弟比我有经验，一路都在给我壮胆。

8月18日

按照父亲的嘱咐，趁着清晨的凉气，起个大早，在江边挖菜地，点种萝卜籽、菜籽。太阳跃上草帽沿时，母亲给我端来一碗"面耳朵"，油煎鸡蛋配葱花，正宗的家乡味。

这片坡地，被城里人遗忘了多少个年头啊，往昔，唯有山雀的趾爪到访过。土地最有情意，父母亲的垦作没有白费，沙地长出了甜糯的苞谷，长出了壮硕的花生棵，一个根上，结出五十多个胖胖的花生包。青辣子、茄子，吃也吃不完。

8月19日

父亲的病大好。已能走到窗口呼吸新鲜空气。下午，还站在喷水池边，看病友玩"小二翻身"。看得很有兴味。

母亲感慨万端。她亲眼看见过个旧沙丁的悲惨命运：人还没死就被拖走，脑壳在地上一颠一颠的，嘴里还在哼呢，拖到岩子边上，当废物扔下山崖。想到这些事情，母亲就会唉声叹气，她说：没有毛主席共产党，我们咋个医得起病呀。

傍晚，听说赵院长的女儿收到了大学的录取通知书。这消息，在人的心里，凭空放了一把火，弄得火焦火燎的。我也该回校等通知了。

映秋院日记

(1960—1964 年)

1960 年

9月8日

他皮肤微黑，面部轮廓俊朗，是我们班公认的美男子。前天，他也拿到了录取通知书，考到昆明工学院。相处三年了，应该说，我们还是好同学，只是，这个家伙太会"攥"了，内心不是很亲近他。小朱有个针筒，拇指粗细，铜的，是个老古董了。美男子见了，比主人还喜欢，拿在手里不肯放，左说右说，用了一大堆好听的话，到底说晕了针筒的主人，不情愿地"割爱"了。美男子自己有个鞋刷，宿舍里的兄弟谁想借用一下也难，他一用完就坚壁起来了。

9月10日

三年前，地摊上六元钱购得一只旧木箱，书、日记本、衣服、刮胡刀，塞得满满的。刮胡刀是老熊陪我去百货大楼买的，算是告别青春的纪念。

背着行李，提着木板箱，走进了云南大学。

负重的人，最能领教九十五级台阶的厉害。木箱沉，棕绳勒肩膀，爬到半路，站在迎客松下，有些大喘气了。歇了一会，耳边响起一个声音："来，我帮你提箱子。"这是一位额头发亮的长者，戴一副银丝边眼镜，亲切，慈蔼。要是一位高年级学长，保不定我会请他帮忙，让一位老教授提箱子，太那个了。我笑笑,加快了脚步。老先生在我身后,轻轻笑了。

来到新生接待站,这才知道,前会要帮我提箱子的,竟是寸树声副校长。

大学,第一面就感动了我。

9月21日

大学里生活真方便,读四年书,可以不出校门。理发,洗澡,寄信,缝补衣服,校园都可解决。枇杷园有家属缝衣社,裤子上打一个大补丁,只收两角钱。

中文系男生全都住在映秋院。我的宿舍分在上石槛右转,朝南第三道门。不大的空间,四张高低床,住八个人。高年级同学中,四川来的学生特别多,爱听他们站在水池边,用川腔吼叫贺敬之的《桂林山水歌》。

10月1日

翠湖夜,站在石拱桥上看云大,心头不由跳出一句话:"云大,你真美!"节日的彩灯勾画出会泽院轮廓,亮得那么辉煌。钟楼和会泽院挨在一起,楼顶上有一颗烁亮的红星。今夜,城南的昆明人,不管站在哪个位置,仰头北望,都能看见两个物件:青天的圆月,云南大学的红星。

10月27日

1942年,胡志明主席被蒋介石囚禁在广西监狱。他在狱中写了一百多首旧体诗,其中有一首是:

> 秋深无褥亦无毡,
> 缩胫弓腰不可眠。
> 月照庭蕉增冷气,

窥窗北斗已横天 。

——《夜冷》

郭沫若说:"把它们杂在唐宋人的诗集里,恐怕也不容易辨出。"
胡志明是一位领袖人物。他用旧体诗,表明了自己的创作观:

古诗偏爱天然美,
山水烟花霁月风。
现代诗中应有铁,
诗家也要学冲锋。

——《读千家诗有感》

我喜欢第三句。诗歌里不能尽是脂粉味,有"铁"的诗太少了。

10月28日

开学这些日子,算是第一堂课,学校派我们打捞翠湖浮萍,整整干了十天。湖水冰冷,穿着裤衩跳进水里,一泡就是大半天。捞起的绿藻运回学校,堆在篮球场上,晒干了喂猪。学校养了六百多头猪,缺乏饲料,猪娃们瘦得扁着身子走路。想着这些饿肚子的家伙,冷也不可怕了。同学干劲很大,站在湖水里,朗读自己写的诗篇:翠湖,更翠了!

12月5日

党委书记高治国给我们做报告,他的开场白简单直接:"讲一个问题,十分钟。"大家都很喜欢。他讲话的题目是《养猪和杀猪的辩证法》。他说,养猪是为了吃肉,养猪要有饲料,饲料不够,为什么不能少养猪,集中饲料养肥猪?这样,学生食堂的油脂供应就能做到细水长流。他的讲话,赢得了热烈的掌声。这些日子，高书记下到厨房，守在大锅边，开了好些个现场会。

12月18日

焦急的等待总算有了结果。课间操时，收到弟弟来信，信纸窄窄的，比火柴盒宽不了多少。字挨字挤歪了，密密麻麻的，标点符号差些放不进去。

弟弟很兴奋，他说，他参加了班上的篮球队和乐器队，他喜欢小提琴，会演奏很多曲子了。他说，他还是足球队的守门员。看到这里，一个歪戴着帽子、额上亮着汗水、警醒的目光四处乱射的守门人，一下闪现在我的面前，笑了。

弟弟很喜欢俄语，他说，已记得不少单词了。"俄语上到了第十课，你要想办法教我学好这门课。"这是弟弟的交代，记住了。

12月22日

好些年不得看京戏，戏里的锣鼓声都快忘记了。

据说，关肃霜主演的《唐赛儿》好得不得了，这些日子，报纸上天天都有报道。给人这样的印象：不赶去看看，真有些落伍了。

周末，星火剧院门口，早就挂出了"客满"牌子。等着买"飞票"的看客还是不肯散去。拥挤在霓虹灯下的戏迷，眼睛珠乱转，企盼着有人退票。本人运气难得的好，手快，抢到一张票，可惜是一等，票价一元，愣了愣，还是收下了。隐隐地感觉到了票面的压力，迟疑着没有忙着进去。就在这时，幸运地和一个干部模样的人兑换得一张丙票，只要三角钱。跑上楼厅，在一个暗角里心满意足坐下了。

没得说的，唱得好，演得好，弄得我们忘记了自己是现代人，跟着古人一起瞎激动。特别是那个白鼻子县官的一招一式、一颦一笑，让人忍俊不禁，舍不得忘记。遗憾的是关肃霜今晚没有翻跟头。传说她可以从三层高的八仙桌上，一个倒踢翻下来，从第一场等到最后一场，一次也没翻。

12月27日

吃不饱。每天一到上午十点钟肚子就饿了，饿得书也看不进去。

我讨厌自己：你的肚皮怎会这样大呀。

默默地忍受着。不和任何人提起。

不过，说也没用。这段时间，我和我的同学，就像对空气的消耗一样，谁也没有多得一份。映秋院的兄弟大都处于饥饿状态。没有人吭气。

沉默。在沉默中守护尊严。

12月30日

我们班三分之一学生是调干，他们带薪读书，令人羡慕不已；另有三分之一是华侨同学，多是从印尼归来的；剩下的三分之一，就是应届生。应届生家里都很穷，学校都有安置。像我这样的人，每月还有五块钱的伙食补助，冬天来了，生活委员见我垫得薄，不声不响，帮我申请得一床厚棉垫，寒冷的冬夜钻进被窝，脚后跟再不会把床板碰得哪哪响了。

12月31日

明城墙的旧址上，耸起了一座红楼，这就是云大新建的图书馆。仰头望去，一扇一扇窗玻璃递向云间，辉映着云影霞光。站在楼下，好一会都舍不得移开我们的目光。调干生走的地方多，他们说，云大的会泽院、理化大楼，再加上刚刚完工的图书馆，在我们云南，算得上是三大名楼了。

1961 年

1月4日

苏利生病了。这些日子,爱笑的他也不笑了,整天趴在课桌上,打不起精神,报刊上再好的文章放到面前也看不进去。我陪他去到学校卫生科,医生让他卷起裤脚,在腿上一摁一个坑。二话不说,给出的诊断五个字:一期水肿病。校医开给两样药:400毫升没有浓缩的小球藻,一小包维生素片。小球藻还是学校自己制作的。听说,工学院的学生得这种病,校医室还发给半斤黄豆,我们学校没有。傍晚,我和苏利生路过学校代销店,里边在卖水果糖,他想买点尝尝,过去一问,人家不卖,说是要有证明。

1月8日

我是"民间文学"科代表。课外活动时,去找上课的杨秉礼老师。门扣上挂着锁,贴有一张字条:"我到厕所收集尿液去了。有事请到小球藻池找我。"开学这段时间,我们的文体活动就是到处收集废砖,运到内农场砌小球藻方池。生物系的同学告诉我,小球藻是太空食品,过去,只有宇航员才能享用。

期末考刚刚结束,20天劳动又开始了。派20个男生到内农场种菜,有我一个。

1月10日

出云大北门，穿过两排大叶杨夹道的环城路，就是学校内农场。内农场有大片苹果树、梨树，还有五十亩菜地，一直延伸到铁路边。听说这些菜地就交给我们二十个人管理，有同学咂舌了，师傅横了我们一眼，说：往常，就是十个人管也找不出一片黄叶子！我们不敢吱声了。

从厕所里挑大粪送到化粪池。鼓形圆桶装满有一百多斤重，我们勉强挑大半桶，一个个压得弯虾似的。大粪恶臭，空气恶臭，来来去去，谁也没有说出这个这个臭字。

1月13日

清晨，内农场罩着大雾，劳动委员派我转水车泡菜地。开头还轻松，干到后来，心慌，头晕，额上直冒冷汗，每转动一下水车，都要使出浑身力气。不是我磨洋工，早上的那碗稀饭太不经事了，时候还早，太阳刚升到会泽院上空不久，我们就像干了一整天似的，饿得连抽紧裤带的力气都没有了。

1月18日

午睡时间很短，还是做梦了，又梦见母亲。梦里的母亲总是那么精神。快过年了，卷起手袖，忙出忙进，脸上挂着微笑。母亲笑，我也笑，一下就笑醒了。醒来，不等睁开眼睛，心头就犯疑了：我真的是在家里吗？这是什么时候，早晨还是夜晚？

下午，继续在菜地劳动，挑水，泼粪。午睡时间顶多10分钟，在梦里见到母亲的情景，却在心底萦回不去。对家人的思念像一条河，一条温暖的河，在心头缓缓流过。

1月19日

早点换成苞谷馒头。生活委员用他的花脸盆从食堂端来，分发给大家，每人一个，掂掂，会坠手了，真好。

感谢粮食。肚子里有了硬通货，我和我的同学又有了力气。挑粪挖地，火色出来了。

我负责车水。独个人跳了两个钟头的水车舞。左右手臂有节奏地扯动着水车龙骨，带起哗哗的流水灌进沟渠。土垡泡酥了，发出咕嘎咕嘎的声音。青蛙会喝水的话，怕也是这样发声的，我猜。

挤午睡时间、排队领饭时间，读完班苔莱夫的中篇小说《文件》。这是继《黑面包干》后的又一部杰作。还想再读一遍。

1月20日

最富裕的就是时间。算了算，每天至少有4个钟头可用来读书。扫兴的是想看的书太难找了。《战争与和平》《静静的顿河》《屠格涅夫中短篇小说选》，跑了好多次，借不到。最容易借到的是《红日》。一天到晚，总得给眼睛找个去处，勉强看了。开头还可以，读到中间，一页一页翻过，突出的感觉是：不很好。看得出来，作者有模仿西蒙诺夫《日日夜夜》的打算，惜才力不逮，学不像。大段大段的风景描写，让我们看不到风景。使尽力气的人物刻画，让我们看不到人物。一边读，我一边在心里抱怨："看这样的书，简直是受罪。"《红日》的一些文字，不像是小说的语言，更像是舞台剧的说明词，啰唆无味的说明词。有几章完全可以压缩合并，没有必要拖得那么长，大有硬要抻成30万字的样子。作家拼着命、流着汗，写出一大堆没有生命的句子。

1月25日

《草原烽火》比《红日》篇幅长，集中三天时间，看完了。这本书的可读性很强，十分吸引人。读起来，只觉书页"飞飞飞"地翻响，时间过得特别快。小说写得最成功的人物是巴吐吉拉嘎热，尤其是前半部分，深切细腻的描写很是动人。字里行间，可感作家强烈的心跳声。不难想象，青年作家乌兰巴干在写这本书的时候,他是怎样的激动,他像热爱自己的生命一样,挚爱着作品里的人物。

1月27日

大学有四多:看外文书的人多,谈恋爱的人多,抽烟喝酒的人多。另外,还有一多:贼。

映秋院内院,当阳,避风,水泥柱上牵有铁丝,应该是晾晒衣物的好地方。只是,你要小心了,单在铁丝上的衣服,哪怕是一条打有补丁的旧裤子,也会被人偷走。失物启事一类告示,几乎每天都有人贴出。东西找不回来,失主就在告示上开骂,那些骂人的话抄下来,差不多够编一本词典了。

我的一只搪瓷碗,吃完饭放在食堂长条桌上,今日也被人顺走了。

1月28日

同学告诉我,市政府在东寺街临时开放自由市场,下午,我跑去看了看。

久违的热闹又回来了。街面上,看客多,卖东西的人少,很平常的一些东西,价钱贵得惊人。手巴掌大的两尾鲫鱼,要价七元,几乎是我们一个月的伙食费了,一个司机模样的人,伸手买走了;干辣子,五分钱一个;柿子饼,两角钱一个;鸭蛋,七角一个;三根一束的胡萝卜,三角钱一把。三角钱,差不多也是一个生产队农民,一天的工分值了。我还发现一个特点,卖东西的人态度都很强横,一副愿买就买、不买走人的架势。哪怕卖一筐胡萝卜,也是张开手臂,先护住背箩再来讲价钱。比较之下,买东西的人就怂多了,总是用央求、商量的口吻说话。

1月29日

我夹着书本,走出会泽院。月色真好,地上掉根针也看得见。会泽院的房影，落在柏树影里，泼墨似的黑。仰头看天，星星闪着紫色的光芒，望着我们这些下晚自习的大学生。我和我的同学，绕着映秋院，多兜了两个圈子。回到宿舍，木窗撑得高高的，乞盼着再赊一份月光进来。

2月2日

轮着我当"桌长"，拿着菜牌，在膳食科门口排队领菜。排在前边的两个女同学，是外语系的，她俩一问一答聊着春节回家的事情。

"你也想回家过年？"

"嗯。"

"食堂只退米，油呀肉呀，副食品一概不退，你还回去？"

"……"不说话了。

不说话，透露出内心的顾虑。她的这种心情，我们最能理解，只不过没有说出来罢了。城市居民的副食品供应那么紧张，可以说，灶台上的每一滴油脂都是金贵的，回到家里，势必加大除数，加重家里人的负担，这样的"剥削"，真有些不忍心啊。

2月5日

买了个大碗，挑选了三次。

前几天，老何借我一只蓝花碗，也许是碗上的菊花图案过于好看了，饭后存放食堂，又不见了。

我被偷怕了。往后，不管多麻烦，怎么也得携回寝室。

正义路新开一家碗铺，专卖老土碗，今日又运来一批，从早到晚，店铺门口就像赶街子一样热闹，顾客也不怕挤掉衣裳上的纽扣，人头上递钱抢着买，为的就是购得一个又深又大的老海碗。说起来也不奇怪，城里人乡下人，大家都在吃集体伙食，大碗方便。

2月6日

省图书馆设在翠湖。绕长堤，过石桥，爽心惬意。

阅览室坐着一位老馆员，眉棱粗密灰白，怕有五十多岁。休息时他和我聊了起来。老人说，有一个问题压在他的心上，怎么也想不通："你见了，迎门的白墙上，分明贴有毛主席画像，有的人竟敢当着领袖的面，把《毛泽东选集》偷走。就在毛主席的眼皮底下呀！一边学毛著，一边又做贼，这算什么事啊。"他的不满与困惑出自真心，我的应答也合他的意，老人家话更多了，他动情地对我说："我有你这大年纪时，心很雄，很想为社会做一番事业，哪知岁月无情，头发白了，仍是两手空空。怪谁呢？只怪自家没有在治学上下苦功。年轻人，真羡慕你呀，好好干吧！"

图书馆的门槛很高，跨出大门时，我对自己说：今天，没有白来。

2月8日

寒假不许回家。第一天，我是这么度过的：清晨，闻着桃花的香气，在至公堂前做操、跑步。吃过稀饭，回到宿舍，穿的盖的，大洗一通。枕头帕本来还不算脏，也洗了。

天气难得的好。无风，无云。阳光火烫。早上洗的被子，中午就干了。钟楼前的草地很干净，打个盘脚坐在草地上，拈针走线，自己动手装订被子。一针一线，外科医生一样用心。被子钉好了，连同太阳的香气、热气，一起折叠进被窝。

洗了个热水澡。看了三章《静静的顿河》。肖洛霍夫在书里写下这么一句话："光着膀子，在寒风里夸耀自己的锐气。"我想起了我们班的老钱。清晨，草地上铺着一层白霜，这家伙光着脊梁在草地上打滚。原来，老钱也是在夸耀自己的锐气啊。

2月11日

郭沫若出访古巴回来，路过昆明，写下《登大观楼》：

果然一大观，
山水唤凭栏。
睡佛云中逸，
滇池海样宽。
长联犹在壁，
巨笔信如椽。
我亦披襟久，
雄心溢两间。

诗人比普通人多一个感觉器官。大观楼我们也来过多次，待的时间也比他长，吹海风的感觉还记得，诗的感觉却找不到了。

2月13日

朦朦胧胧快入睡时，莫名其妙的心跳，又把自己惊醒。要过年了，明天就是大年三十。不管环境发生怎样的变化，时辰一到，刻在内心深处的印迹就会自动跳出来。

下午，我们聚到教室，每一个云南大学的学生，都可以领到两样食品：四钱葵花子，五钱小米糖。分得匀匀称称的，那得多么细致的度量衡手续啊。听说，全市120万人，不管你是城市居民还是机关干部，每个人都分这么一份。

尽管是假期，校园照样热闹。银杏道上，来来往往都是学校的人。不论碰见谁，一开口说话就能闻见嗑葵花子的香味。

2月14日

中饭时，康生同志来到学生食堂。他戴一副白边眼镜，穿件呢质黑大衣，清瘦，鬓发有些灰白。风度更像一位教授。他来到物理系同学的饭桌前，同学正低着头，用自制的竹竿秤分饭。康生接过秤来，也跟着比画了一下。

校园里，春节的气象最先在中文系学生身上反映出来。中三的同学在映秋院石阶两侧的门楣柱上，贴出大红对联。上联是：一心为六亿人民挥彩笔洒珠玑共赋英雄乐章；下联是：双手擎三面红旗立大志展宏图同奔艺苑胜境。横批是：满院东风。

我们的寝室在楼下，巷道里光线幽暗，弄不好白天还会撞在墙上。老高说，要不我们也要在门口对上一联。

年三十的晚饭，提前在5点钟开。真让人失望，菜不好且不说，饭也比平时少，吃了个开头碗底就露出来了。半饱。

2月15日

大年初一。吃饭时间早到了，伙房还不开门，我们排着长队，站在屋檐下等着领饭。下着雨，半边身子淋湿了。冷雨的滋味真不好受。高年级同学敲响了铝饭盒。就在这时，门开了，同学一下呆住了，李广田校长系着白围腰，推着饭车，笑微微向我们走来。铁皮门外边的埋怨，瞬间转化成感动。我递过饭牌，从李校长手里，接过比平时重了许多的饭盆。这一天，不会挨饿了。

晚间，大球场放了两部露天电影《在伯爵的废墟上》《小城春秋》。感人至深。

2月16日

柏拉图在论美的一篇文章《大希庇阿斯篇》中，给美下了一个个定义，结果都被否定了，答辩的结论是：美是难的。在这篇螺旋式的对话中，有一句话很有意思："你既然不知道什么才是美，你怎么能判断一篇文章或其他作品是好是坏？在这样的蒙昧无知状态中，你以为生胜于死么？"两千多年前这位雅典哲人说的这些话，放在今天也是有意义的。有的人连什么是美都不知道，你和他费什么口舌啊，对这样的人，最聪明的辩词就是沉默。

2月17日

肚子指挥脑子，我碰到了。上午，去圆通山溜达，隔着铁丝网，游人与斑头雁相对，望着眼前这只长脚、白羽、扁喙的大鸟，有父女俩小声评议，女孩十三四岁，她问：

"爸爸，这是不是鸳鸯？"

"不，这是斑头雁。"

"可以吃吗？"女孩一副馋相。

"唔……可以，最好是黄焖。"

父女俩的对话是那么认真，不像在公园里，更像在菜场上。他们一定是饿了。人在饥饿状态，最敏感的神经是味觉。他们看着斑头雁，最先闻到的，竟是肉味，于是有了这番对话。我想起了前些日子同学说的一件事情：他到邻居家串门，两个漂亮的女孩子，站在方桌前抖动着丝巾里的麦麸，姿态很优美，为的是筛下一点点面粉，让妈妈烙几块饼干。这段时间，吃的念头占满了人的脑子，填饱肚子的欲念，一不小心就溜出来了。

2月27日

我这个"桌长"没当好，太粗心了，轮着我分饭，饭盆端来，分出八份，搁在食堂长条桌上，有四个同学的饭，一两分钟的工夫就不见了。我只得将自己的那份赔进去，还差三份就没有办法了。空着肚子且不说，人呐，一下掉进了苦恼的迷雾之中。

2月28日

我喜欢和农村同学聊天。他们教给我许多农事知识。孙天良睡高低床上铺，来自宣威山区，一个朴实的人。晚间，我俩闲聊，他告诉我，他的家乡很美，山坡上，长着好多山楂树。他说，山楂，家乡人叫山林果，"九月间，下霜了，树上的叶子都落了，只剩下一树红彤彤的山林果，咬一口，又面又甜。"孙天良在家里是个劳动好手，他说，山林果红的这个季节，正是收苞谷的农忙时候。掰苞谷大有讲究，夜黑夜掰下的不会生虫，月白夜收的就会生虫。苞谷背回家还得晾晒，晒干了，一定要等凉透了才能装坛子，千万不能把热气装进坛里，要不，拿出来就是一包灰。按老辈人的规矩，腊月间入瓮最好。说到腊月，老孙好像又触摸到这个令人心醉的季节，他望望窗外，摸着他的胖腿，说："腊月间呀，多好的日子，做酱，做卤腐，做豆豉，都不会坏，特别是用雪水捂出来的豆豉，金黄金黄的。嘿，豆豉算什么，腊月间腌出来的腊肉，切开红得发亮，生吃都是香的。"听到这里，我咽口水了。

3月8日

哈，真是运气，多跑几趟，终于逮到机会，我从省图书馆借得《战争与和平》第三卷。第一、二卷早已看完，眼巴巴等着第三卷，如今，总算捧在手里了。此刻的心情，有如喝到了街上一角五分钱一杯的果子露，畅快极了！

3月9日

学校政治部，下发一份学习文件，录有山西平陆县的历史资料，党委要求我们对照自然灾害给国家造成的暂时困难，正确认识形势。平陆县志史料摘抄于后："光绪三年（1877年），丁丑，百日无雨，秋夏一概无收，宿麦亦未得种。……每麦一斗，价银自四五钱起，至五两许；每谷一斗，价钱自二三百钱起，至三千零。纵有良田，莫措手足，概无颗粒，奚办饔飧。始而贷服物以糊口，继而鬻子女以偷生。久之，典卖已罄，饥馁难支，剥树皮而食者有之，挖草根而啜者有之，父殁而子不葬，啖其肉以救饥；子死而父弗悲，折其骸以爨。"县志上还说，当时的平陆"统计平民十四五万零口，留者不过三四万零口，死者十之八九。"

学习文件告诉我们，国家当前遭受的自然灾害，比光绪三年严重多了，能有今天，真不容易啊。

3月12日

往事与暮色一起袭来，站在映秋院宿舍窗口，望着窗外的柏树，我想起了武慧同学。

1954年，我在路工子弟小学读书。学校紧挨状元楼，就在金汁河旁边。父母亲远在把边江渡口，留下我一个人，面对空落落的四堵墙。这年夏天，后脖颈接二连三生出毒疮，疼，肿，脓，抬头看人先得将上半身仰起来。放了学，独自回到小屋，躺在铺有席子的木板床上，唉哟唉哟直打滚。一天，武慧推门进来，她和我同在一个班级，不声不响看我来了。进了门，武慧放下手里的棉签、药水，帮着我收拾房间、扫地，打来开水，帮我清洗脓疮，一点一点先把脓血挤出，她一边挤一边问我："疼不疼？"生怕一不小心下手重了。尽管我是低着头的，却也分明感觉到了武慧同学轻轻摸摸的触碰是那么谨慎、细心。我的身边没有亲人，年纪又小，病痛中更觉得孤寂。武慧的关心，亲妹妹一样感动我。今生不会忘记了。

3月13日

工会代销店，设在武装部楼下，昨夜被盗。小贼破门而入，偷走了两盒饼干，一包袜子。今早公安机关派人来了，还牵来一只大狼狗，满地乱嗅，就像闻到了什么气味似的。保卫科的人说，学校决心两天之内破案。我们都等待着这个大快人心的日子。

3月19日

刘义庆的《世说新语》真值得一读再读。其中有一篇题为《新亭对语》，全文仅67个字；字少，人物却写的异常出色，如忧国愤时的王丞相。阅后，此人竟可以声泪俱见，招之欲出。现将全文抄写于后，容慢慢品味：过江诸人，每至美日，辄相邀新亭，藉卉饮宴。周侯中坐而叹，曰：风景不殊，正自有山河之异。皆相视流泪。唯王丞相愀然变色，曰：当要戮力王室，克复神州，何至作楚囚对？

——不多的几个字写出一个人，这就是方块字的魅力。

3月22日

自习时间，我们都喜欢守在会泽院看书。会泽院，这是我们精神的圣殿。石墙隔开了市声。花瓷砖分开了杂沓的脚步。走进阴凉、高敞的走廊，空气中仿佛写有一行无形的字，提示你，先生正在上课，大学生正在看书，请你脚步放轻。推门进到我们的106教室，班上的学究们，本来都是很熟悉的一伙，此刻，却像谁也不认识谁，面对书本，目光埋在书页间，书外的世界，远了，陌生了。在这样的氛围里，我也不敢撒野了，规规矩矩坐在我的位子上。此刻，教室里唯能听见两种声音：同学翻书的声音，窗外桃花落地的声音。

4月5日

"你有多大了？"

"快进21岁了。"

"怎么你很老，看去怕有25岁……你打算什么时候入团？"

"正在争取。"

这是我和一位华侨同学的对话。回到寝室，翻出那块巴掌大的破镜子，一下照出了自己的尊容：头发胡子堆在一起不说，衬衣领子也是黑的，一副土匪模样。

感谢镜子，我得好好修理一下自己了。

4月10日

　　这些日子，北京正在举行26届乒乓球锦标赛。下了课，我们要做的第一件事情就是往篮球场上跑。挂在大课堂墙角上的高音喇叭，每天都有实况转播。球场远近站满了人，播音员的讲解幽默风趣，一下就把我们带到了比赛现场："容国团左侧猛击，体重102斤的多西失去了重心……好！14:16，多西落后两分。"就像坐在比赛大厅里看球，我们鼓掌了。

　　终于，中国乒乓球队夺得了世界冠军。口头号外传遍校园。我的同学说：中国人早就该得这个冠军了。

4月13日

　　全世界都在传颂一个名字：苏联加加林少校。他驾驶着宇宙飞船，进入浩渺的星际世界。《云南日报》在第一版，刊登出大幅新闻照片。学生食堂旁边的报架围满了人，挤不进去的，只得端着碗，站在外圈听前边的同学念报纸。人啊，不管你有多大的个子，置身天地之间，你都是渺小的，微不足道的。但是，人的智慧一旦与国家实力结合起来，就能找到撬动地球的支点，甚至把地球扛在肩上——这就是加加林给我们的启示。

4月17日

　　傍晚，课程小组散会时，我路过钟楼下的草地。落日收尽大地的余热，翡青的草地上，这里那里，冒出稀稀朗朗的小白花，犹如还没有融尽的残雪，那么新鲜、那么俏丽地望着你，让人不得不放慢脚步，弯腰采摘一朵，捧在手上看个仔细：四片嫩白的花瓣，簇拥着几茎淡黄的花丝，简简单单，朴朴素素，从外表到灵魂都透露着清纯。小花常常跟着月光一起来到校园，我们叫它月光花，与中文系学生特别亲近。有人曾采来夹在书里，花干了，纤细的叶脉呈粉红色，功课表一样，一格一格的，空格间填满了青春的记忆。

4月18日

苏联驻华大使契尔沃连科来我们学校。他和校长、党委书记谈完话，跟着，还参观了女生宿舍；正要登车离去时，被我们发现了，有一百多个同学拥上前去。大使很热情，他站在我们中间，通过翻译说，他代表苏联的大学生向我们问好，并预祝我们成为红色专家。在我身旁，正好站着一个外语系的同学，她代表我们致了答词，声调有些激动，讲的还是蛮有水平。要是没有她在现场，我们真成了憨包，俄语就白学了。契尔沃连科很高兴，他从衣袋里拿出四枚纪念章，给了我们的校长、党委书记各一枚，手里，还剩两个晶光闪耀的纪念品，大使天蓝色的眼睛望着我们，热情地闪了闪，意思是：谁要？外语系的同学反应快，一声"呀——哈秋！"纪念章归了他俩。回到宿舍，我真有些懊丧，一句"我想要"谁不会呀，可当时就是开不了口。

4月19日

全班出动，艺术剧院看话剧《武则天》，郭沫若写的剧本，省话剧团出演。8点钟开场，12点差一刻落幕。回校的时候，说笑声一路，在清凉的春夜里，在寂静的翠湖岸边，我们忘了有被关在校门外的危险，走得很慢很慢。

记得，当初读剧本的时候，也不怎么激动。今夜，我们买的又是丙票，坐在楼厅最后一排，演员的模样只能看个大概，武则天是什么眼神也看不清。落座不久，情况变了，武则天一出场，举手投足，动作，吐词，让我们一下感受到了主人公华贵的气质。走出剧场，仰头一望，不难在夜空中认出武则天的星眸，亮而有神，辉照人心。舞台上的武则天，可以用三句话概括：心地磊落，大智大慧，辛苦为民。

郭沫若真是厉害，只用了三个多小时，就从观众的心里，搬走了旧的武则天。不过，我感受得最多的，还是演员的表演才华。

4月20日

1954年，苏联《共青团真理报》，以"人要怎样才算美"为题，在读者中展开了广泛的讨论。参加讨论的文章有7000多篇，很多人倾向于这个观点："外表的美应该和人的内在品质是一致的。没有内在的美，外表是毫无意义的，甚至更坏。要是人没有内心的美，我们常常会厌恶他漂亮的外表。"参加讨论的读者，都以自己的或亲友的见闻、经历来证明各自的见解，并对一些不正确的观点进行反驳。争论很激烈，要是可以的话，还可以再有7000篇文章涌向编辑部。

本人倾向于这样的看法：人的内心之美、蕴藉之美，是最基本的、起决定意义的美。外表的美在它们面前，只能处于从属地位。当然，最理想的美是内在的与外在的美相结合。若没有这个结合，我想，美还是存在的，前提是内在的、心灵的美不曾消失。

我欣赏外表的美，更三倍地赞美内心的美。

4月23日

读小说《一颗纯朴的心》。福楼拜的语言，总能引发读者类似的共鸣，联想起自己曾经留意过的生活情景。譬如，他写炎热："天很热，热得空气像在冒蓝烟。"在滇南的河滩上，眯缝着眼睛，我就领教过这样的热气。福楼拜写小人物的死："菲丽希特死在搭圣体台的日子。她死这天，人们照样是兴高采烈地玩乐着。"一个小人物辞世了，就像一片树叶离枝了，有谁会在意啊。

福楼拜的这本书，对高尔基影响很大。他在《我怎样学习写作》一文中说："我完全被小说惊住了，好像聋子和瞎子一样。我面前的喧嚣的春节，被一个最普通、没有任何功劳的村妇——一个厨娘的身影遮没了。"高尔基的阅读经验告诉我们：大师是这样看书的。这也证明了一个著名的观点：谁没有入迷的读过书，谁就不能写作。

4月29日

老杜要我准备准备，星期六下午，支部大会将讨论我的入团问题，我重重点头，回答了一个字："好！"紧紧地握了他的手。

周末到了。支部大会选在翠湖亭子里召开。讨论了一下午，没有被通过。原因两条：一、你为什么中学六年都入不了团，而一进大学又表现得这么好？二、你对团组织的认识还不够全面。回到学校，饭菜都凉了。不知是什么原因，心头闷热难当，哈出的气流，就像气锅里喷出来的，会烫人。

5月17日

闲来无事，清理箱子里的杂物，翻到一页小学六年级唱的歌篇。有两句歌词是：

> 我们的旗帜火一样红，
> 星星和火把指明前程。

捧着这页歌谱，我又唱了起来。那些早已逝去的日子，带着八月的阳光，又回到身边，回到心底。这就是音乐的魔力。音符里藏着往日的生活气味。

唱着歌，我明白了：谁说早年的时光一去不复返？唱歌吧，唱儿时的歌，一下就能召回我们的少年时光。

6月15日

我们班有一块黑板报《报春花》，应主编约稿，写了一首打油诗：

> 清早起来上球场，
> 跑步做操翻双杠。
> 两手挥退满天星，

一脚勾起红太阳。

　　主编说还可以，邀我参加编辑小组。编第二期的时候，主编生病了。编辑小组还剩两个人：吕青和我。吕青说，这一期你不用管了，我负责。他是转业军人，又是共产党员，我乐意听从安排。

　　《报春花》上的稿子，由我们班的书法家，用毛笔蘸着彩色颜料楷书抄写，制作完了再抬到会泽院大厅，靠在墙上，供同学品评。新出的一期，吕青发表了他的长诗《万岁，人民公社》。标题下边，模仿《人民日报》的样子，还加了编者按："这是从吕青同学的长诗节选出的一章，发表在此，以飨读者。作者饱含激情的诗句，奏出了时代的最强音。"

　　看得出来，就连"编者按"在内，也是吕青自己写的，"对着镜子作揖"，开眼了。

6月19日

　　上街办事，在永历帝殉国石碑附近，遇见秦老师。她的头发更白了，眼角皱纹也密了，就像当年在昆三中校园里，她一眼认出了我，叫着我的名字，说"五年不见，你就老多了，不再像个娃娃了"。说到这里，她看见了我胸前佩的校徽，又说："怕是钻研功课，做学问苦出来的吧。"我想不起合适的话回答她，只有傻笑了。

　　分手时，秦老师一再叫我常去找她玩。

　　早在二女中还没撤销时，秦老师就是学校的图书管理员。与昆三中合并后，一千多人的学校，还是由秦老师管理图书。秦老师一辈子亲近书本，对我这个常去借书的学生，也留下印象了。

6月20日

　　明天考中共党史，油印讲义一大本，看了三遍，十个指头全都染上了油墨，我还什么也记不住。一边看一边忘。我想起了猴子掰苞谷的寓言。不同的是，猴子掰完了苞谷，最后，爪子里还留下一个；我脑子里一团糨糊，什么也不剩。站在教室窗口，焦急地数着瓦楞上的夕阳，白昼眼看就要爬进黑夜，这一天，又要空空洞洞度过了。

6月26日

期末考一过，劳动又开始了。

学校派我们龙潭农场开荒。背着行李，出发了。

听说，农场在西山区，过了筇竹寺，至少还有一大半山路藏在山后边。我们这些人，除了华侨同学，都见识过大战钢铁，劳动，已成家常便饭。走出校门，一群人真像刚放青的马驹，撒着欢往前奔了。

"三碗水"拱背石桥边，遇见进城卖杨梅回村的白族孩子，有男有女，大的也不过十一二岁。他们昨天就进城了，卖完杨梅，在城里歇了一夜，今日赶回家去。这些娃娃大吼大叫，爱打爱闹，又很热心，见我背着行李爬坡喘得厉害，他们硬夺过去，帮我背了。一路上，他们向我吹嘘说，龙潭的杨梅世界第一，"我们山上，有一棵杨梅，每年只结五个，吃了长生不老，村里有五位老人，就因为吃了这棵杨梅，活了一百多岁。"这是一个小男孩对我说的话。

爬完筇竹寺陡坡，龙潭来的娃娃离我而去，我的慢脚步留不住他们。

6月27日

云南有好多地方，明明是个干坝子，偏要取一个风水好的名字：龙潭。就像穷人给孩子取名一样，尽管家里穷的连盐巴都买不起，名字里还是要带一个富字、贵字。我想，更多的，这是一种心理祈愿。

龙潭就是这样得名的。当然，只是我的猜测。

从学校出发，走了二十多里路，翻过筇竹寺后山，一路所见，尽是漫漫荒山，树都不见一棵。夕阳下的红土，给人干烈的印象。

宿舍是一间大茅草房,地气是潮的,带一点牛屎味,说明住处是临时突击出来的。

走了一天的路,伙房没有烧开水。龙潭缺水。半夜醒来,喉咙干疼。

6月28日

领工具时,我特意为自己挑了一把大板锄,称手,有钻劲,挖起地来,痛快。

上工的路很长,要走三十多分钟,不过,很有意思。先是在沟底走,一路都有鸡爪刺相跟。爬坡要钻刺篱笆,带有野梅子酸甜气味的刺篱笆。眼看到了半山腰,见到路了,一条蟒蛇似的在刺草间躲进躲出的山间小路。再往上走,路又断了,陡滑的怪石挡在面前,垦荒者们连钩带爬,攀到了山顶。

这条路上,有吃不完的杨梅、地瓜、松苞,还有一粒粒乌黑的锁梅。收工时候,不等回到住地,我们的肚子就填饱了。

7月1日

出工时,碰见郑月蓉老师,她交代我们:晚间开篝火晚会,早一点收工。

郑老师二十四五岁,北师大中文系毕业,教《现代汉语》。单调乏味的一门课,让她讲出无穷乐趣。"世界上没有枯燥的学问,只有枯燥的讲述。"这个论断在她的教学中得到证明。我们都很喜欢她。郑老师和语言教研室的几位老先生也来到农场,分在厨房劳动。清晨,郑老师揭开蒸笼盖给我们分发苞谷馒头,调皮的同学嫌做的小了,郑老师笑着安慰说:点心者,点点心也。大伙都笑了。

我们提前一小时回到住地,忙着打扫场子,腾出地盘,搬开准备盖茅草房的压条。暮烟初起,乐器组的同学就在场边调试琴音。我负责拾柴架营火,保证做到每一个时段场地中间都是烈焰熊熊。夜色降下了,四围坡岭现出了清晰的轮廓。晚会开始了，张友铭老先生站在火堆前，唱京剧选段《霸王别姬》。他穿的还是白天的劳动服，中山装衣襟沾有泥块，一只裤脚卷起，另一只裤脚放下，脚上套的是一双破胶鞋。火光照见了露出的大脚丫。难怪他唱得那么悲壮，似乎已进入角色，成了一个最不堪的霸王。

7月4日

站在最高的山坡头上开荒。风雨骤至，满天烟尘滚滚，青翠的偏坡地，瞬间变成砚瓦色——云影染黑了。远山翠谷，闪电的金线曲曲折折掷向天空，壮观极了。

置身无遮无拦的大山顶上，突然有一种想唱歌的冲动。敞怀唱起了民歌《十五的月亮》。我从来没有这么放肆地吼过，吼得很痛快。每一个音节里，都有一个愣小子的浓烈情思。奔放处，唯有飞舞的闪电配做歌曲的指挥棒。我周围的同学，似乎也受到感染，我们挂着锄头把，放声领着群山唱了起来。

音乐，带着我们的灵魂，在天庭中飞翔。

7月10日

雨水封门，歇工。茅檐尖上滴下的雨珠，不要一分钟就能接满一盘。

挤在茅屋里，伙食成了共同话题。有人发出质疑：一样的定量，为什么来到农场，碗里的饭反而减少？半个多月了，我们每餐饭只能吃个半饱。收工时，饿得头昏，肚子里就像灌满了辣椒水，灼痛难当。

还是杜夔昌有办法，他来自滇东北山区，有经验。他说，空话填不饱肚子。他带着我，抓了两件雨衣披在身上，我们走出了茅屋，在山上转悠了两个多钟头，专找又红又甜的大杨梅摘，下山时，嘴里满是杨梅汁的酸甜味。

夜间，少数民族文学专业有一个同学得了急性阑尾炎，山区公路上拦不着汽车，打电话回校求援。过了30多分钟，党委书记高治国的华沙牌小轿车开来了，同学被即时送进医院。

7月15日

农场盖猪圈,选出二十个人进山扛木料,我是其中之一。往返走了三个多小时,箐沟路,坡路,放牛娃娃踩出的泥泞小路,走了个遍。肩扛沉重的树干,一手还得拄根棍子防滑。幸亏大脚拇指有抓力,抠得紧,能在坡坎上蹬出深深的脚迹窝,这样,敝人少摔几跤。

回到住地,正赶上吃饭,每人两个水火油馒头。赶马车的张师傅大意了,他下山拉粮食,点灯用的煤油杂在面粉袋中间一起拉来,山路颠簸,煤油污染了苞谷面。有什么办法呢?口粮是掐着人数、掐着斤两发下来的。馒头做好,师傅只能苦着脸发给大家,我们也只好苦着脸吞咽下去。一边吃,一边想呕吐,最终,还是把两个坏家伙消灭光了。

7月21日

接连晴了两天,锄起的杂草,很快就被太阳晒蔫了、晒死了,真好。

收工回来,我们要做的第一件事就是上山采集杨梅、火把果,落日快坠下远山松林时,这才跟跄着回到住地。肚子里,衣袋里,鼓鼓囊囊早已装满了龙潭的特色小吃。

天黑了,出外打食的同学陆续回来了,茅草屋工棚格外热闹,三个一伙,五个一堆,以墨水瓶改装的煤油灯为中心,无主题恳谈会开场了。陈永信是江浙人,他的祖上一定是个厨师,这家伙讲起家乡的梅菜扣肉,听得人不流口水都不行。茅草屋另一角,吕诗人向一群初学者大谈他的恋爱经,老兄正在猛追外语系的校花,他介绍经验说:"我打听到了,她还没入团,第一次写信我就给她寄了一本团章。注意了,谈恋爱要从政治思想入手。"我和几个滇东北来的同学,盘腿坐在矮床上,讲家乡的罐罐茶,讲家乡的糍粑蘸蜂蜜,也讲袁水拍的诗,背诵他的《寄给顿河上的向日葵》。杜夔昌哪一个团伙也不参加,他最近领得一笔小稿费,买得一堆一角五分钱有50支的"花絮烟",每盏油灯前丢几支,请大家猛抽。苏利生悄悄摸到我跟前,递给我两支他私藏着的"大重九"。"抽这个",他说,就着油灯点着了。吸了一口,那么香,简直能让你闻见花蕊的气息。

摇曳的油灯影里,我发现今夜没有嘴笨的人,个个都能说会道。

7月24日

吃过晚饭,太阳距离山脊背还有一竹竿高,钱天恒、老杜约我到对门山上烧土豆吃。老钱是个细心人,他和华侨同学派去挖地,发现不少别人刨漏剩下的土豆,埋在泥地里,不很大,集中起来,也有一书包了。听老钱这么一说,我明白了,难怪这些日子,华侨同学饭后都要生嚼几个土豆,说是"帮助消化",水果一样。

我们来到高山顶上,选了一块背风的凹地,土豆铺开来堆在干净的草地上,架起松木干柴,火柴一划,瞬间窜起腾腾烈焰。火苗卷着青烟,窜得比松树梢还高。翠色欲滴的松针,映着火光,泛出嫩红的光泽。晚风里炸响着松柴的"哔剥"声,飘溢着一股淡淡的松脂香,暖暖的。

火堆里透出土豆的香味时,老杜钻出了松林。就在我和老钱笼火烤土豆这会工夫,他采来了最香最面最甜的火把果,用帽子兜着。火把果上边,还放着刚刚找到的木耳、青头菌,一小捧呢。拨开柴火,菌子木耳放到红红的炭火上,馋得我们尽咽口水。就着烧得喷香的土豆咬一口,哈,嚼在嘴角的美味呀,就连天上的小星星也羡慕得发颤。

上山时还见晚霞,打扫完战场,踩灭了火堆往回走的时候,霞光褪成了灰白色。明月领着星宿望着我们,暮色静谧柔和,山路上的野艾气息更加浓郁了。

7月27日

支部书记派我厨房劳动。

夜间醒来,一下记起了书记的重托,瞌睡不见了。眨眨眼睫毛,也不觉得困了,心想,该起床挑水煮稀饭了。

厨房的烟囱指着星星,却不见火烟裹着星子飞出来。负责烧火的同学一定是睡懒觉,天快亮了,冷锅冷灶的,不怕耽误同学出工么?

张福英就住在伙房隔壁,她是我们班派来的全权代表。我拍响了她的门。

"什么事啊?"

"该起来烧火了。"

沉了沉,里屋回出一句:

"才12点过一刻呀。"

这下,轮着我崩溃了。张福英戴的小罗马表,是我们班的标准时间,准确度就像中央人民广播电台报出的时间。我这个冒失鬼除了自责,什么话也说不出来了。

往回走的路上,浑身说不出的疲乏,陡然间,只觉得脑子昏昏沉沉的,脚步也慢了。寒风从山箐沟袭来,禁不住连打几个冷战。竖起耳朵听听,听不见一声鸟叫,听见的,尽是蟋蟀藏在土疙瘩里发出的鸣叫,一声,又一声,响遍了山谷旷野。

无能的伙夫真够狼狈的。独个人站在孤寂的寒夜里,满面羞愧四个字,实实在在领会到了。

7月30日

来到农场,风雨泥泞35天,今日结束了。凌晨4点过10分,茅草房里,有人等不得天亮,摸黑爬起来捆行李,站在茅檐下,漱口的声响十分嚣张。6点钟,伙房给每个垦荒队员发了两个大馒头,黄豆面、荞面掺和而成。少有的优待。回校了。我们步行了五个多小时,11点30分,终于见到了亲爱的映秋院。离开学校一个多月,钟楼下的青草,我们这些一年级学生没有在上边打滚,草色旺旺的,有脚踝深了。行走在校园里,见到佩戴云南大学校徽的同学,情不自禁嘴角就会翘起来,不管认识不认识,都觉得亲切。

《三好报》编辑堵在宿舍门口要稿子,指定要写开荒的,凑成几句打油诗:

> 青山送了绿水迎,
> 彩霞搭起凯旋门。
> 开荒队员回来了,
> 花果做勋章,
> 绿苗做锦旗。

校长室贴出通知,暑假放四十五天。我就像一个穷汉,突然收到一笔巨款,一时真不知道该怎么开销了。

8月4日

这段时间,雨水特多,雨丝织着雨丝,密得像一块布。山洪冲塌了米轨铁路,昆明至开远的火车不通了。车站积压大批旅客。询问处门口围满了人,一个穿铁路制服的小伙子,声嘶力竭回答各方提问。他的嘴唇肿了,脸色寡白,源源不断的提问仍然乱箭似的向他掷来。看着他,我打心眼里佩服。要是让我站在他的位置上,不用三分钟头就晕了。

8月6日

买火车票的人排起了长龙。车站规定,每人限购一张票。他和她同在一个班,同学关系。两人都想回家,方向也在同一条铁道线上。他半夜起来排队,挨到第二天中午,快排到售票窗口时,她来了,一脸的惊讶与焦虑。他很想帮这位学友代买一张票,又怕里边的人反对,正为难呢!女同学跨步插上前来,偏着头对小窗口说:"他是我爱人呀。"售票员递出了两张票。以往,他们在班上也有一些交谈，也开一点小玩笑，打这以后，两人见了面，变得拘谨了，银杏道上相遇，低下头快步而过。

8月11日
梅柱棋在昆明师专读书，排着队，淋了一夜的雨，帮我买到回家的火车票。

生活委员苏利生，听说我要回家，他省下这个月的糕点票，要我回家时，给爹妈多称半斤糕饼。整整一个月，肚子饿时，他只得忍住了。我和老苏同在一个宿舍，清晨六时，他帮我提着包包，送出校门，公共汽车开来了，这才挥手离去。

山洪冲塌不少路基，火车停停走走。清晨八点四十分开车，夜间十点多钟抵达开远。下车后一路紧跑，赶在前边，买到云锡招待所住宿票。此刻，汗水早把裤腰带泡湿了。

8月12日
母亲病了半个多月，我到家时，刚刚初愈。父亲说，他昨天进城，跑遍开远的大街小巷，想买一把挂面。我知道，母亲生病时，别的不想吃，就想吃一碗面条。父亲走遍了大大小小的商铺，一问，回答都是一个动作：摇头。天黑时，父亲一身疲惫回来了，竹篮里放着两把桂圆。那是他在城里唯一可以买到的食品。

弟弟在开远一中读书，还没放假。他赶回来看我，天晚了才到家。小家伙长高不少，见我在江边挑水，一路急奔，嚷着："哥哥，放下，我来挑！"

8月18日
人应该一切都美：容貌、衣服、思想、灵魂。——契诃夫。

8月19日

华叔叔是渡口班老职工，四川人。不识字，老家来信了，找我帮他念信。一字一字，慢慢念。一连念了两遍。读完信，他一言不发，抹着眼泪黯然离开。信上有一句话："家里的大娘大爷老老少少都饿死了。"这句话我只敢如实记下，不敢说出声。物理系的吴永汉高我两级，他在政治学习时，顺口说了一句："我的体重减轻了六公斤。"当晚，支部书记找他谈话："不许乱说，个人体重也是国家机密。"华叔叔老家来信上的那句话，更是机密中的机密，只敢告诉给我的日记本。

8月20日

南盘江水势猛涨。江边坡地上的红薯地、苞谷地，全都淹了。浑浊的江水像一锅红米汤，稠糊糊的，鱼虾都闷死了。

回家八天，吃了五只兔子。母亲从托婴站回来后，花了五块钱买得一对兔子，三四个月工夫，串成二十多只。家里还养了一大窝鸡，与人合养了一头大肥猪。长虹桥通车了，吊桥很少有汽车通过，来我们家院子的人也少了。石板小院成了小动物的天下，看去，真够热闹的。

我特别喜欢找兔草。每次背着竹箩、提着镰刀出门时，都有一种兴奋感。白兔爱吃味甜、多浆的草，每找到一种新的草，我都要先尝尝再割。

8月21日

天色黑尽，有两个农民敲门投宿。自称是隔山寨的，挑小猪进城换牛，摸夜路，牛也乏了，想来借宿一夜。我仔细盘查了他俩的证明，留下了。我们家独居南盘江吊桥，面朝大江，背靠荒山，不问清楚是不敢答应的。

我对客人的招待还可以，柴水锅灶之外，还给他们提供了油盐酱醋，外加点灯的"明子"。他俩谢了又谢，吃饭时，硬要拖我在锣锅边一起吃。没去，他们甚不过意，大海碗添来一满碗白米饭，说什么也得收下。

留宿两个走夜路的人，竟收获了这么多感动，这倒是我没有想到的。山里人的质朴，给我留下很深的印象。

8月24日

夜深了，我在桑树下乘凉。庙里的菩萨，听说几年前就被人推倒了，1958年，农业社盖猪圈，瓦也揭了，留下一座只剩横梁的大殿，空空落落的。触景生情，内心颇有一些感慨：

> 冷月照古梁，
> 星星挂破墙。
> 往日诵经地，
> 今夜蝉声凉。

月光很明，庭院如同白昼。仰头看月，竟有几分耀人眼目。院里的桑树高过屋脊，遮去四分之一月光，半院泼墨似的树影衬着月色，越发显出月华的灿烂。细细分辨，夜空中似有许多银灰色粉末弥漫、飞舞。它们也许就是月光的"分子"吧，我想。

石桌边坐久了，不免有些单调。山墙外，南盘江水声滔滔。我抽开门栓，走出院子，隔着废弃的公路，月下的大江骤然生动起来：

> 月映大江流，
> 山峡出飞舟。
> 虫声围四野，
> 叠浪隐星斗。

我斜倚山寺门框，站了好久。江声似音乐，让人不忍离去。直到门前树影斜尽,这才回身带紧山门,进到屋里。油灯下读完契诃夫一个中篇,该是小半夜了。

8月24日
家里太穷了,买火柴的钱也拿不出。母亲病刚好,走路还不很稳。就这样,仍挣扎着和我一起去给桥工队的工人洗衣服。从天不亮洗到天黑,得三块钱。

这个月,全家口粮不够吃,还差十四斤。

8月28日
进城接弟弟,桥头搭上一辆小拖车。驾驶员很年轻,看样子只有二十岁左右,汽车开得飞快,上坡也不减速。正跑得起劲呢,却在路边戛然停下,我以为他要加水,小伙子跳下车,过不一会,回来了。我问他做什么去,年轻人淡然回答:"后轮夹了块石头。"跟着,汽车又在山路上奔跑起来。风驰电掣的速度中,却能捕捉到汽车机件的些微变化,服了。

在公路总段,顺路报销了母亲的医药费,家用得以缓解。回来时,按父亲的意思,打了三斤甘蔗酒。听说,这酒是用甘蔗渣发酵做成的,我喝过,有股酸馊味。

8月29日
清早,我和弟弟走过吊桥,下到江边山地,掰得两背箩青苞谷。渡口的职工转移到蛮耗去后,撂下不少山地,前些日子,太阳晒得人头昏,父亲蹲在地里薅草、壅土,这才有了今日的收获。

一家人围坐在一起"磨"苞谷,抠下的籽粒,足足一提篮苞谷米,由我肩着,去到老人桥借熟人家的石磨。磨扇重,两个人勉强转得动,磨把落到我的手上，独个人就可以磨起来，弟弟和母亲大为赞服，他们也不想想，推磨人已是二十老几大汉了。

家里开始断粮。日子照旧过得从容。南盘江两岸大片的苞谷地是我们的后援。晚饭吃青苞谷磨出的面团，摘了些小嫩瓜煮进去，甜得糯嘴，真像放了冰糖似的。

8月30日

慷慨的南盘江，夹带着小龙潭煤矿蕴藏的煤块，一路翻滚，一路发送，江边人不愁烧的。

晌午天热，我穿条裤衩下到江边摸煤。煤块大而光滑，用大脚拇指就能探究出来。遇到块头大的，就着水势，滚雪球似的在波浪里推着走。水的浮力减轻了煤块的重量，移动得很快。到了浅滩再歇下来，慢慢打整。

捞起的煤炭堆在江边，压弯了扁担往家里挑，一小块煤丢在炉子里，无烟，炭块烧成石榴红，至夜不灭。

南盘江鱼多，煤多，汗水滴在江里，都能化成财富。

在公路系统里，父亲职位低，工资低，每个月得36块钱。一家人健健康康的，家里不闻叹息声。饭桌上，常见的菜蔬是盐巴辣子，我们照样吃得有滋有味。摆古，讲新闻，屋里满是说笑声。穷得爽气、开心，阳光与道班人家同在。

很快就要回校了，心头想的是：为家里多做一些事情，多挑一担水，多打一箩猪草，多给父母留下一些轻松的回忆。

8月31日

吊桥远近，有三个村子：老人桥、存旧、楷甸。家里人告诉我，这两年，村里人过年，哑悄无声的，听不见杀猪宰羊的响动。

过分的安静，也会在人的心头激起不安。

我要回校了，家里宰了一头肥猪为我送行。晚饭时，桌子围圆了。有划船的，放羊的，还有守桥的警卫战士。他们都是父母请来的客人。鸡呀兔呀，都是自家养的，大鲤鱼是父亲从南盘江钓得的。灶洞里，烈焰乎乎，母亲说："柴火也会笑呢。"她揭起甑盖，端出了香喷喷的粉蒸肉，足足一大盆呢，那是老人家的拿手菜。大伙就着我和弟弟背回的甘蔗酒，吃得不亦乐乎。

父母亲的汗水，南盘江两岸被人遗忘的旷野，养活了我们一家。

9月5日

弟弟帮我扛着笨重的行李，我们冒着雨，住进了火车站旅馆。过几天他想上省城玩玩，我答应了。我特意选了两个干净的床位住下。就在写日记时，小家伙去公路总段食堂吃饭，晚间，约我看滇戏《生死牌》。我的兴头本不很大，只是，不愿临别之际驳回我们家中学生的面子，顺着他的意思办了。

9月11日

同学陆续回校，映秋院又热闹起来。新学期，调整了宿舍，原先八个人一间，改成四个人一间，宽敞多了。

6点20分，开远火车进站。德藻挎个挂包，行走在人群中，见了我，一惊，大老远就跑了过来。他说，他最怕遇不到我。昆明的街道，昆明的灯，昆明的人，在他的心目中都是那么新鲜、有趣。他看了还想看，总是看不厌。哪怕是走在偏僻的小街上，他也不觉得单调。

在开远，银河边有一颗最亮的星星，正对着我家的院子门。来到昆明，行走在翠湖边上，弟弟抬头又见到了它，弟弟说："这颗星星也跟着我来昆明玩了。"

9月12日

天不亮我就把德藻唤醒。他不愧是个足球运动员，反应很快，一个骨碌爬起来："哥，今天去哪里玩？""金殿。"我说。

去金殿的路上，弟弟别的不问，他最关心的问题是：吴三桂的大刀还在不在，是什么样子，刀口锋利不锋利。我连吹带比讲了，弄得他直眨眼睛。

进了太和宫，小弟对铜殿宫墙丝毫不感兴趣，他要我带他径直访问大刀。好奇心害得他差些在门槛上绊了一跤。待见到那把又笨又重、锈迹斑斑的铁家伙时，他瞪大了眼睛，伸手在刀口刀背摸了又摸，还是舍不得离开。满脑子尽是吴三桂当年舞动大刀的景象。

回校的路上，德藻有些心不在焉。我知道，他还在念望着吴三桂的大刀。去得好远了，突然冒出一句："要让我扛回去，给警卫班守大桥就好了。"

9月14日

带德藻去翠湖边省图书馆玩，翻了一上午画报。他最爱看《解放军画报》，每本都看两三遍。弟弟说，他很想参军，可惜年龄不够。他是一个标准的"参军迷"。这也难怪，十四五岁的男孩子，有谁不"迷"呀。晚间，我和弟弟抵足而眠。班上的好几位同学都说："你弟弟很聪明。"我也觉得这是一个机灵鬼，单看看他的眼睛就知道了。

9月17日

老同学来云大玩，我有一个独特的招待节目：带他们登上仰止楼参观。在我看来，这是云大人最值得骄傲的景点。上到会泽院二楼，攀过陡直的窄梯，走出小小的门洞，天地一下开阔起来。西山、滇池、昆明城，折扇似的，瞬间打开了，楼台烟树，阡陌市声，尽数揽入怀中。面对这帧天宽地阔的巨幅画卷，你不得不佩服设计者当初的良苦用心，这里是凭眺西山的最佳位置，不到此地，焉得此景？传说中的睡美人，也就在一望之间，她的鼻唇、额头，拖向水面的长长发辫，真真切切呈现在我们面前。云霞明灭，波光隐隐，宁静得像她的梦。

仰止楼上，有一排小小的办公室。我很羡慕在这里看书写字的人，累了，看看窗外，和睡美人打个招呼，不也是很好的休息么？

9月21日

晚饭后上街买了点稿纸、墨水，老孙托我帮他买长脚订书针，去到百货大楼才买到。回校时遇大雨，我怕晚自习迟到了，也不敢躲避，冒雨赶回学校。8点差10分走进教室，每一根头发丝上都挂着一颗水珠。

老任是银行考来的调干生，江苏人，他暑假回家，回来路过杭州，逗留了几天。他说，杭州的马路加宽了，改成柏油路，汽车跑在上边，一点声音都没有。道路两旁广植花草树木，树梢连接树梢，像一条绿色的大甬道。炎炎夏日，杭州人在树下散步，一片阳光也漏不进来。老任还说，杭州人给他很好的印象，他们"爱清洁，讲礼貌，遵守公共秩序"，性情中含几分秀气，就像西湖的翠柳和鲜花一样美好。

今夜，梦见了杭州。

10月14日

周末，与两位喜爱文学的小学老师聊天，茶不过三巡，有人提到婚姻恋爱问题。

"小学老师为什么找不到爱人？"武成小学的张人英告诉我，前不久，学校团支部展开讨论，老师们各抒己见，发言很热闹。

"答案明摆着"，张人英说，"小学老师社会地位低，工资拿不出几文，旁人根本不把你当回事。同行也不愿意嫁给你。她们眼里只有军官，哪怕是一颗星的也好。"

我不相信，和他争论。张人英笑笑，喝了口水，用一种"你不信就听着，总会让你相信"的口气，讲出一段他的亲身经历——读中学时，我的名气很大，全校不管哪一个同学都认得我。如今走在街上，还会碰见一些叫不出名字的老同学向我点头微笑。我爱写诗，有的作品，常常成为学校诗歌朗诵会上的保留节目。表扬，称赞，我都没有理会，我每天只是低着头看看书，做做功课。我的诗写得好，比起我在舞台上的成就，又算不得什么。我是学校文工团的副团长，每回，只要我一出台，不知该怎么说好，准会成为舞台的聚光中心。在掌声中谢幕多次是常事。我们班有一个女同学，姓杨，也是文工团的，人生得好，舞跳得好，军区文工团来要她都没去。我的初恋就是从这里开始的。

这年春天，我们在安宁劳动。春天是个播种爱情的季节。身体的官能在这方面特别敏感。螳螂川是那么清，天上停着一只老鹰也照得见。河岸上，水车一转一转的，翻起一斗一斗银亮的水花。路边的麦田，微风吹过，翻起的绿浪就像扑在心窝里似的舒坦。安宁又是个风景区，在这样的环境里，谁不想谈谈恋爱呀。

我们每天劳动 6 小时。工作内容主要是挑石子。清晨上工，我的毛巾、漱口缸、肥皂盒，总是塞作一团乱扔。过不两天，情况变了，收工回来，毛巾被人抖开晾在棕绳上。我奇怪了，有一天上工故意落在后边，这下找到了童话中的青蛙公主。原来，这些日子都是她在帮我打理的。

有一天，我起迟了，冲出工棚，正碰见她端来一盆洗脸水，她说："张人英，快洗脸了。"我一听这话，脸上火烘着似的烫，心里迷迷糊糊直发愣，咯噔了一会才说："你，你先洗。"她笑笑，洗了。过后，又给我端来一盆清水。洗完脸，递给我一盒维尔肤，说："大太阳的，当心晒塌皮。"

懵懵懂懂的，我觉得自己被人爱上了。她呢，是个美丽、温柔的好姑娘，我也默默地爱上了她。不过，她始终是主动的。

在安宁劳动了七八天，我们调成了夜班。上工路上，路过一个稻草堆，她站在月光阴影里，招呼说："张人英，你过来。"走近了，递给我两个白面馒头，嘱咐说："饿了吃。"这天晚上，不知怎么搞的，我偏偏不饿，衣兜里揣着两个馒头，感觉浑身都是力气。后来，我开动了脑筋，心想也应该买点什么请请人家。我挑选的礼物是两条葡萄冰片糖，哪知快走到面前时，手放在裤兜里，心一慌，一点勇气也没有了。眼看她就要回房间去，急了，紧跑几步，说："小杨，你咯吃糖？"她先说：不吃。也许从我的表情看到了什么，反问我："你有？"我笑着点点头，她连声说："要要要。"

紧张的劳动中得到一个假日，那是多么畅快的事情啊。这天收工回来，想到明天竟有二十四小时由自己支配，心里说不出的轻松、甜蜜。我收捡好工具，大太阳的，一头扑进螳螂川游了个痛快，她也来了，蹲在河边的一块青石板上洗头，头发上堆起了蓬蓬松松的肥皂泡，飘曳的柳丝在她头上一荡一荡的，真是好看。

我游到河岸边，一边往头上打肥皂，一边低下头盯着清亮的河水，水波上荡漾着小杨的笑影，她笑得那么明亮，特别是那双黑眼睛，让人心头颤悠悠生出凉意。河水流啊流，不管怎么努力，也带不走姑娘映在水底的倩影。

"张人英，你明天要整哪样？"她先问我。

"我会整哪样，睡睡觉，看看书……"

"多没意思！"

不等我说完她就岔断了我的话，我乐了，心想，她多半会约我去山上玩，涎着脸问她说：

"不睡懒觉又咋个整呢？"

她不说话，只是笑笑："你明早在石桥上等我。"

第二天，不是我在石桥上等她，小杨早早就在石桥上等我了。这是一个多么晴美的好天气呀，天空有彩霞，绿树有嫩叶，翠荫深处，小鸟的鸣啭有铜哨音，整座山林都让小鸟唤醒了。她倚在白石栏杆上，见我走来，大老远地就挥起了手里那块绿色的纱巾，大声说：

"张人英，快！"

我们手牵手走进了密密的森林。寺庙红墙上，写有斗大一个"佛"字。钟磬声里飘散出香烛燃烧的火烟气息。我们没有进寺庙拜佛，一路踩着落叶，跟着鸟声闲步。阳光透过树叶的筛眼斜射下来，微微地染红了草地上轻纱似的雾气。周围是那么静悄，除了山鸟的啼啭和我们的心跳声外，再没有什么声响了。

路边有一棵麻栗树，绿荫如伞，枝丫盘虬，一串一串溜圆的麻栗果，葡萄似的挂在树上。我问她："你咯要？"她点点头，仰起脸来，眨着明亮的笑眼："要。"我拿出男子汉的气概来，攀踩着树疙瘩爬上去，刚撇下一枝，山寺侧门呀地响了，晃身走出一个不僧不俗的管理员，他指着我喝问："你们是哪个单位的？"她挨近我，小声提醒："就讲是十一中的。"她给了我主意，望着这位态度很横的家伙，撒谎说："我们是十一中的。"管理员的嘴角上露出一个意味深长的微笑，教训我们说："这是公共财产，大家要爱护——你们走吧。"竟赦免了我俩。

林子里的这段小插曲，成了我们互相打趣的笑谈。我模仿管理员说话的神气，逗得她又是一阵好笑。水冬瓜树漏下的几点阳光，在她的花衣裳上一跳一跳的，看去真像是迎风扑来的金蝴蝶。她也许感觉到了我热切的注视，低下头，下巴颏儿都快碰到胸脯了。过不一会，她想起了什么，突然又抬起头来，带着令人眼花的灿烂的微笑，勇敢地迎接我的注视。

那一刻，爱情的蓓蕾绽开了，花蕊上的阳光，滚烫滚烫的，心也融化了。

从这天起，我每天都给她写诗。写完了，读给她听。她什么也不说，只是头更低、脸更红、眼睛更亮了。最重要的三个字，从来没有变成声音说出口，它像一只乖乖鸟，在我们心头搭起的窝巢住下了。

记得，在安宁劳动的最后一天，傍晚，团员开大会，散会后，我们故意落在大家后面，踏着月色走回宿营地。面前是一片隆起的山坡，坡不大，平平缓缓，坡头上长满了杂木林。我们正仰着脸看呢，一阵甜甜的花香迎面袭来，在微寒的夜气中让人心醉。花香引着我们朝坡头上跑去，我们站到了坡岗顶上，背衬半天星斗，望着山谷里一大片雪白的山茶花，月光颤动在花影上，爱情的氛围更浓了。

"哦，好白、好香的茶花坡啊！"她赞叹地说。

"你要吗？"不等她回答，我已跑到山洼里，采来一大捧："给！"我把花枝递给她。她接在手里，贴在胸前，低头嗅着花香，啜吸着花瓣上的露珠。那一刻，她的纯真和稚气，深深感动了我，在我眼里，花与人融合在一起了，她就是一朵野山茶。

我们回到了学校。上课，做题，考试，填满了我们的课表。不久，我们从师范学校毕业了，我们俩分在同一条街上的两个小学教书。彼此见面的时间少了。我每天都要给她写一封信，同时也会收到她的一封回信。信写得很长，读的时候并不觉得长，每一句话都含有浓浓的情味。

——说到这里，张人英沉默了。寂寞地望着窗外。书桌上的座钟，有气无力地响着。"是什么力量让他们分开呢？"我在心里问。张人英仿佛听见了这声疑问，他苦苦一笑："钱。地位。名誉。"

故事的结尾，他是这么说的：

两年多时间过去了，有一天，小杨懊恼地对我说："你的书快些整出来多好。"一次，我读我的诗作给她听，还没念完一半她就不耐烦地说："还是说点别的吧。"我的心，一下凉了半截。

有一次，她闲闲地说，她母亲朝家里领来一个军人："我怪戳气，出来了。"正是从这天起，我们已不在同一趟列车上了。等我明确地知道这件事情时，只能感叹自身的无力。对手太强势了。只得由她去了。

上学期，我收到她的信。信一开头就是这么几句："我有年老的母亲，年幼的弟妹，她们要吃，要穿，要生活。"就这样，我的初恋成了一场春梦。螳螂川畔结缘的祝英台，最后，还是成了金钱的嫁娘。

——说到这里，张人英沉默了，我们也沉默了。唯有书桌上的座钟不甘寂寞，"拆拆"作响。

10月24日

同学处借得《师竹斋遗集》。清人刘镇藩著。文章体例不外论、赋、诗三类。偶有佳作,甚为可喜。

刘镇藩,"生平负奇气,倜傥不群,以豪饮著。顾其于诗文,则细针密镂,无懈可击。"(石屏袁嘉谷)读其诗文不难看出,作者一生蹉跎,又有残疾,瘸子。"日夕卧榻上,旁置书数卷,酒一壶,时读时饮,且饮且谈,疾虽剧而神志清澈。"(王灿序)刘镇藩的身世引起了我的兴趣,惜无从查找。窥其笔墨,仍可见出一些端倪。有一首《春日同友人观剧感成绝句三首》就很集中地表明了作者的社会地位:

> 暮年丝竹总关愁,
> 泪湿青衫未易收。
> 且趁翠湖天气好,
> 夕阳同上酒家楼。

看苦戏流泪,一定是引发了作者的身世之感,纯是性情中人。穿着破旧衣服上酒楼,多是穷幕僚一类人物。酒钱恐怕还是别人出的。

11月6日

晚自习,正在复习"文学史",生活委员徐中高坐在后排,他戳了一下我的脊背,说:"补床被子给你如何?"

我的被子很薄,夜间常常冻醒。我和老高同在一个宿舍,平时他就念了好多回。我说:"要得,可以的话就换一床厚一些的。"

"哪个要你那两块破布,好,登记上啦。"

说不出的感动。我想,同学之间的关心、体恤,比什么都重要,还没领到学校发给的新棉被,心头早就热乎起来了。

11月13日

读马克·吐温《哈克贝里·芬历险记》。一个伟大的美国作家。作品的语言，带有一种颇具生活情趣的幽默味道，给人留下很深的印象。譬如，马克·吐温是这样形容猪的高兴劲的："它们快乐得像刚刚发了薪水似的。"猪就是猪，它懂得什么是薪水？经作家这么一比喻，陌生的事物，瞬间也有了读者熟悉的意义，陌生的也变得形象了。这就是文学的力量，幽默的力量，马克·吐温让我们真真切切看到了一群"快乐的猪"。

12月11日

在菜地劳动，张福英讲了一个笑话，她说：旧年间，每逢七月半，她的家乡都要"烧包"送祖宗，有个小媳妇，坐在地上，一边泼姜水饭，一边抹着脚脖子哭，一俯一仰，惊天动地，姐妹们闻声赶来劝慰，哪知小媳妇越哭得凶。劝的人渐渐也失去耐心，撇下她想回家煮面条吃，大家走不几步又回过头来问："你咯吃面？"小媳妇"嗯嗯"哭着回答："吃呀，吃呀，多放点辣子葱花——"张福英连说带比，逗得我们一阵好笑。

12月22日

这学期，傅懋勉先生给我们上《古代作品选讲》。教授上课就是不同，一篇《逍遥游》，先生讲了8个课时还没收尾，同学听得津津有味。

傅先生是山东人，有诗人情怀。"漫道鬓丝白胜雪，豪情不减少年郎。"他写的这两句诗，最能见出先生的风致。傅先生讲课抑扬有致，动情处，脸上露出会心的微笑，眼睛望着窗外，神远悠悠。名作的境界，和我们总有些"隔"，傅先生帮我们一下打通了。听课人无不大呼过瘾。一百分钟，过得太快了。

课间，傅先生不去教员休息室，仍逗留教室和我们闲聊。有一个华侨同学说，《古文观止》上的一些短文，"每一个字都认得，有什么学头？太浅了"。

傅先生不同意，他说："《古文观止》是我们学习古典文学的基础，必须认真学好。我从小就读，现在捧起来，仍然觉得是初读，每读一遍都觉得趣味无穷。做学问就是这样，只有真正钻进去，你才会知道止境是没有的。"

教授的"闲话"也是这么有用，记下了。

1962年

1月3日

晚自习时,我和老杜路过会泽院,墙上大钟一动不动,停摆了。"怎么,大钟睡了?"我问。"没——"杜夔昌拖长声调,"元旦放两天假,它也补假了。"

进校两年了,会泽院铜碑上方的大钟,帮了我们不少忙。每到周末,戴手表的调干同学回家了,碰到需要求证几点几分之类问题时,我们惯常的做法就是:跑到会泽院铁栏杆门外,偏着头朝墙上张望,然后,再一路小跑回来,向宿舍里的兄弟报告。有时,也会碰到大钟"补假",没办法,只得候在路边,向过路人打探。

1月16日

熄灯钟早已敲过,睡上铺的老孙很不安分,大声虎气和老田、高讨论国际形势,说到动情处,床板捶得"啷啷"响。老兄如此不讲规矩、不遵守作息制度的做派,当晚受到报应——他满脑子尽是飞机大炮,终于梦见了第三次世界大战。半夜里,睡梦中一声惊叫,连隔壁房间的同学都被吓醒了。

1月20日

读《契诃夫手记》，贾植芳译。在这本小书里，我看到了契诃夫小说中许多人物的影子。手记的风格也是小说的风格：幽默，犀利，美。

在这位大作家的手记中，我学到了很多宝贵的东西。这些启示在论文中是见不到的。翻看这本书，契诃夫医生仿佛就坐在我们身边，告诉我们，他小说作品中那些天才的零件是怎么找到的，所谓的秘密，也就是如此这般。

要不断地思索生活。不要让自己的眼睛、耳朵、大脑闲下来。观察，感受，体验，这是写作者的日常功课。决心与笔杆子结缘的人，应该让这种思索的习惯、感受的习惯，在性格中固定下来。

1月21日

头脑必须明晰，心情必须纯洁，肉体必须清洁。——契诃夫

睡眠是一种玄妙的、不可思议的自然秘密，它能使身心同时为之一新——契诃夫

谁病了，我妈妈就给治病。你猜她是干什么的，医生？对了，你是怎么猜对的？一个孩子的语言。——摘自《契诃夫手记》。

1月22日

徐中高帮我钉了一个小板凳，又稳又结实，钉子密密的，连成一条线。他还不放心，亲自坐上去摇了摇，确实不会压垮了，这才交给我："你试试。"他说。

老高做小板凳赠我，他说，功用有三：一、大球场看露天电影；二、晒太阳；三、坐在钟楼下看书。

1月29日

昆明下雪了。

随手翻翻，读到一则老昆明童谣：大雪纷纷下，柴米都涨价；板凳当柴烧，吓得床板怕——木头怎会"害怕"？人心在打寒战啊。

　　雪很密，在教室里坐不住了。冒着雪雨，登上了仰止楼。凭栏远眺，天地一白。青云街远近，屋脊排成隆起的雪浪，起伏西去，与模糊、低矮的天际线相接。

　　进到翠湖。哪里雪厚往哪里走。雪是昆明人的稀客。雪花落下来，总不想很快扫去，但愿能多留一些日子。路过白石桥时，见到一个穿红花棉袄的小女孩，她仰起笑脸迎接纷飞的雪花，一朵大如桃花瓣似的雪片，落在小女孩的酒窝里，化了。

　　晚间，我们在钟楼下堆了个大雪人。

2月1日

　　时间换班了。一月份退了下去，二月份像一个虎头虎脑的小伙子，卷卷手袖，上岗了。

　　散文《在公路上》今日发表于《文化生活》副刊。站在报架前读了一遍，害臊极了，生怕别人认出我是这篇蹩脚文字的作者。

　　乔某人呀，你总该写得像点样子吧？

2月6日

　　我们班的吕诗人功课不行，琢磨女孩子心思，属全班第一。课外活动时，我们在钟楼下闲步，他告诉我，生物系有一个女同学，人长得很漂亮，多情，又有些矜持。有一次，她与自己心仪的男生银杏道上相遇，本想好好瞅瞅人家，又怕被人发现，此刻的她，外表平淡，内心羞怯，怎么办呢？到底是高才生，一下有了对策，吕诗人说到这里，神情贯注地说："她把视线固定在男同学必经路线的某一个点上，看了个百分之百。"

　　他讲得那么投入，比画时连眼神都是那么真。我笑了，揶揄了一句："你是讲你自己吧？"吕诗人嘿嘿了。

2月25日

寒假快完了，我又从滇南回到了学校。走近映秋院，见到宿舍灯光时，感到无比亲切。上石坎一步跳了三磴。

126舍就我先回来。邻舍同学听见门响，叫闹着跑出来迎接我，他们伸出手来，以致我不知道先握谁的好，左右手一起行动，同时拉住好几个人的手。心里暖暖的，好像并没有离开家，只是从一个小院子，换到另一个更大的院子。

杜锦章家住滇东北。他从家乡背来一口袋炒得喷香的胡豆，捧出来撒在桌上招待我们。就着瓦罐里倒出的热开水，宿舍里的兄弟们聚在一起，"咔嘣咔嘣"嗑豆声、笑谈声，午夜不歇。

2月28日

老任住隔壁宿舍，闲聊时，他给我们讲了一件事——

生物系一个同学，团脸，矮个，四川人，他特别迷信学中文的，每到周末，准来映秋院，向他的老乡龚国元讨教写情书的本领。大伙叫他"背标点符号的"。

这么叫，是有来历的。上星期六晚间，这位学兄又来找龚国元，坐在宿舍长条桌前，手里捧着一张写满字的纸，宣读他的情书草稿，敬请龚国元斧正。开念之前，他还喝口水，润润嗓子，一本正经念起来："亲爱的，（逗号）我爱你、（顿号）相当爱你！（惊叹号）……"老任在一旁听了，咬着嘴皮，肚肠子都笑疼了。

龚国元告诉我们，"背标点符号的"回到生物系，常常冒充老大，成为一些人谈恋爱的场外指导。他给班上的一位同学出主意说，谈恋爱，你不能性急，我教你一招，保你成功。第一步，你跑遍昆明，买那种有香水味的信笺写信；第二步，用一星期时间，好好琢磨信的内容，话要说得温柔，决不可粗鲁；第三步，你约她去到翠湖柳荫下，找一张石椅子坐下，含着泪，读你精心准备的情书——

龚国元没耐心听完，问："结果如何？"

"背标点符号的"叹了口气，不答话。原来，他的那位崇拜者照他的秘方炮制，情书还没念完两行，女同学早被吓跑了。

3月13日

读清代文学家张泓的散文《滇南新语》。数百年前的云南风物多有记述，写圆通山蝴蝶会一段文字，值得抄录下来：

有绾青篆翠，翘翘如髻。处省城内之北隅者，曰螺山，又名圆通，于悬峭纡回中，建元通庵。山半悬绝处，翼以危亭，登巅远眺，则昆明可盥，太华可抚也。下有潮音洞，俗名红孩。谈其迹者鄙谬解客颐。洞深里许，燃炬可游。今以藏奸塞。尚穹尺余存其意，惟每岁孟夏，蛱蝶千百万，会非此山，屋树崖壑皆满。有大如轮、小于钱者，翻飞随风，缤纷五彩，锦色灿燃，集必三日始去。究不知其去来之何从也。余目睹其呈奇不爽者盖两载。

3月19日

考在云大、昆工、师院的老同学有十多人，周末，大家相约，赶回黑林铺看望郑翠英老师。

我们去时，郑老师刚刚打扫完卫生。手袖卷得高高的，桌椅板凳上的湿气还没干，抹布还泡在洗脸盆里。老师笑着招呼我们进屋，倒水让座，没有一丝客套，我们就像回到了自己家里一样，一坐下来就说开了。话题很零碎，想起来就说，不管说什么，听起来都觉得怪有意思的。郑老师逐个打量着我们，她问:"陈绍昌没来?"陈绍昌是 25 班的足球裁判,个小,精瘦,脖子上总是挂着一个锃亮的铜哨。脸上的神情很不招人喜欢,好像时时都会指着你大喝一声:"犯规!"

"陈绍昌留在学校当裁判。"师院的同学回答说。

没来的同学还有几位,我想,兴许会逐一问到他们,不料郑老师却笑出声来:"我昨晚做了一个梦,你说怪不怪,白天没想过,梦里却突然出现陈绍昌。我梦见他不好好读书,退学出来当小学老师,脖子上挂个铜哨子,领着一党小学生忽东忽西叫闹着。走近了他也认不出我,就像过路人一样陌生。直到我喊他的名字时,他才一下想起,说:哦,老师你来了。我问他怎么不好好干工作,他把手一摆,指着背后那些衣裳撕烂、鼻子擦破的小学生,说:咦,老师你看,我不是工作得蛮好吗?说完,又领着一党小学生,忽东忽西叫闹去了——他现在学习情况可好?"郑老师的话,常常被我们的笑声岔断,她眼里的光芒愈加柔和了。师院的同学说,陈绍昌学习很用功,还评上了"三好生",郑老师长长地舒了一口气,满意地笑了。

我坐在角落里,专心地听,默默地听。分别不过两年,郑老师已显现出苍老,嘴角的笑纹,不再年轻。她的爱人被划成右派,开除公职,闲居在家,什么收入也没有。两个孩子还那么小,压力和责任,全都藏在她的心里。她有多艰难啊。难得的是,她从不显露出来,为学生的事情操心,几乎成了她生活的全部内容。"今天又见到你们,好像又回到两年前的班会上去了。"这是郑老师说的话。

郑老师问到我们在大学里的生活情况,问得很细,一个一个地问。说到张万清的时候,老师的面色凝重了。张万清考到昆工地质系,全系两个学生补考《结晶学》,张就是其中的一个。进到大学后,他从哥哥的箱子里翻出一套旧西装,在校园里晃来晃去,同学称他是"穿西装的"。周末舞会上,梳一顶"水飞机",系一条白围巾,死拉活扯缠着一个华侨女生,好几次被华侨同学打昏在寝室里,半边脸肿了起来。

听到这些，郑老师半晌说不出话，眉梢聚拢了，看去更加疲倦了。她想起了什么，慢慢地对我们说："下一次约他一起来玩，我们再开一回老班会，大家再帮帮他。"声音不大，从老师低沉的语气中，我们感触到了她的忧虑。

天晚了，郑老师送我们来到黑林铺车站。我们都上了车，她还不回去，目送着我们，直到小团山遮没了她的身影。

3月27日

写了两篇东西《深山流泉》和《米香姑娘》，总起来约五千余字。

强烈的幸福感传遍全身。我的心因了这巨大的快乐而酥软。行走在校园里，见到的每一个人都会觉得亲切，真想和他们都拉拉手。

写作，改变了心境。这样的快乐和甜蜜，唯有自己知道。

两篇东西中我比较满意《深山流泉》。一篇没有韵脚的抒情诗。

4月9日

这几个星期，每次看电影总是徐中高买票。他吃两个面包也要给我留一个。我们是难得的好朋友。一到星期六，宿舍里只有我们两个留下，推心置腹的夜谈，常常一讲就是一两点钟。由他，再不就是由我，说："睡了，明天起早点。"有了这句话，宿舍才会安静下来。怀着友情，怀着信任，适适贴贴进入梦乡。

4月12日

《深山流泉》的语言我比较喜欢。这篇东西的写作过程是这样的：早就想写一篇山乡题材的散文了，始终找不到一根线将零碎事件贯穿起来。上个月，早自习时写了《米香姑娘》，下午，意犹未尽，还想再写点什么，无奈思绪总是连不上，偶然间见到书页里夹着的一张纸片，上边写满了字。是一篇作品的开头，当时写不下去，丢下了。三四个星期过去了，当我再一次读到这些文字时，一个绝妙的结尾在脑子里形成了，迫不及待地抓起笔来，一口气接着写下去，吃饭时间也忘了。

这就是今天在报纸副刊上发表的《深山流泉》。

4月13日

吕晴的浪漫故事很多，这里记下的，是他昨天给我讲的又一段校园幽会——

吃过晚饭，我在球场上散步。小云走出广播站，在银杏树下见到我，她说："吕晴呀，这些天看你心事重重的，有什么烦恼吗？"一句问询，引出了直到深夜一点多钟的散步。我们谈生活，谈学习，她的话，她的笑声春风似的吹散了我心头的阴云。我变得开朗起来，所有的不快都离我而去。我想起了这些日子她对我的折磨，感叹地说："你们女孩子的心啊，真比宗教还狡猾。"她佯装生气："要得，你骂我们女同学，我要向每一个女生传达你这句话。"嬉笑声里，春夜更显得温馨。

夜间12点钟，露水重了，明天还得上课，该回宿舍了。我先送她回寝室，一直送她到女生宿舍门口，这才踏着月色回来。多么晴和的夜，多么明亮的月儿，星星，天幕，校园里带些儿湿气，带些儿花香的柔风，全都是为情人备下的，这一切，弄得我难以平静，心想，回去也睡不着，干脆再恋着月光，多走一会吧。

我又来到了大球场，球场上空荡荡的，就在这时，小云回到寝室加了件衣服，又出来了，我们就像事先约定似的，在岔路口相遇。"你怎么又出来了？"我说，"你呢？""我睡不着啊。""你呀，你也不替别人想想。"就这样，我们又肩着月色，围绕着钟楼下的玫瑰园走了好久。这一夜，校园里的每一步月色，都在我们的记忆中留下了痕迹。

这天晚上，还是小云送我回到宿舍。站在窗下，看着我推门进屋了，她这才放心离去。

4月13日

帕乌斯托夫斯基的文艺随笔《金蔷薇》,一读再读,每一个学习写作的人,都应该记住他的这段话:

> 当我还是一位青年作家的时候,一位认识的画家对我说:
>
> "我的朋友,你还不能清楚地看到一切。还有点模糊不清、也不精细。由你的短篇小说看来,你看到了基本色调和涂得浓重的表面,而你把明暗转变和浓淡色度都混合成某一种千篇一律的东西了。"
>
> "我有什么办法呢?"我辩解说,"生就这样的眼睛。"
>
> "这没问题。好的眼睛是可以得到的。在视力上下点功夫,别懒。像一般所说的,训练训练它。看什么你都要抱着这样的想法:你一定要用颜色把它画下来,试这么一两个月,不论是在电车里,还是在汽车里,到处都这样来看人。过上两三天以后,你便会相信,你以前在人们脸上看到的连现在的十分之一都没有。而过上两个月以后,你便学会怎样看一切,不必勉强自己这样做了。"
>
> 我听了这位画家的话。真的,无论是人是东西都比我以前走马观花匆匆忙忙看上去的时候,要有趣得多了。

4月14日

任全福从银行学校毕业,上了两年班,1960年又考来中文系,我俩编在一个小组。下午,他带我回到正义路银行宿舍,拜访女英雄徐学惠。他们曾在一个系统工作,彼此都是熟人。

徐学惠家里,陈设十分简单,一床、一桌、三把木椅。墙上贴着几张从画报上剪下的图片,其中有一幅给我的印象特别深:一个女孩子,坐在青山坡上,双脚埋在青草窝里,快乐地拉着手风琴。听全福说,徐学惠还没失去双手的时候，也是很喜爱手风琴的。

徐学惠对人对事原则性很强，但表现的却是那么自然，完全是从她的性格和情感中，自自然然流露出来。这些，使得我对她更充满敬意。

4月18日

方块字是可以用来作画的，泰戈尔的这段描写虽是翻译过来的，寥寥几笔，竟也是一幅水墨淋漓的乡村场景：

那是在五月里。炎炎的中午仿佛无穷地长。干燥的大地因为又热又渴而坼裂了。

我听到河畔传来呼唤的声音："来吧，我的宝贝！"

我合上我的书，打开窗子向外张望。

我看到一只大水牛，毛色上污泥斑斑，睁着沉静而耐心的眼睛，站在靠近河流的地方；而一个年轻人，小腿浸在水里，在唤它去洗澡呢。

我莞尔微笑，我的心里感到一阵甜意。

4月19日

刚刚合上希克梅特的诗集，心潮难平，迫不及待抓起了笔。

这是诗，又不是诗。它是春天，是少女的眼睛，更是烈火，是尖刺，是震人耳鼓的炸药的轰鸣。希克梅特长什么样我不知道。在我的感觉中，我们又像老朋友似的相识。昆明与希克梅特的祖国隔着数不清的山水，在他的眼眸上，一定映现过昆明人的身影。世界就在他的心里。

集子里的最后一句诗行，距今已是十二个年头。这些年，希克梅特又写了哪些诗作？他生活得怎么样？他的小梅汉麦特一定又长高了不少，说老实话，对这位生活在地球另一个角落的黑头发诗人，心底无端地生出牵挂之情。多么想听到希克梅特新的诗音啊。

希克梅特是不会衰老的。在他的诗歌里，他永远是一个英气勃勃的小伙子。

4月25日

黄淼祥吃蚕豆中毒。医生说，全中国至今只有两个这方面的病例。他是第三个。班上的同学都赶去医院为他献血，我也去了，可惜血型不合，他是B型，我的是A型。

同学说，AB型血最吝啬，只进不出，别的血型输送的血液它都可以接受，唯有它自己，却不能分赠他人。AB型血，名副其实成了"我"型血，成了自私自利者的代名词。

我想到了我的一些同学。"我"型意识那么强，真不好相处。

5月6日

我和我的同学，都爱读杨朔散文。没钱买书，杨朔的《东风第一枝》出版时，刘昆钰用毛笔，工工整整手抄了一本。谈到自己的散文，杨朔在《东风第一枝》后记中有一段话，讲得十分精彩："我在写每篇文章时，总是拿着当诗一样写。我向来爱诗，特别是那些久经岁月磨炼的古典诗章。这些诗差不多每篇都有自己新鲜的意境、思想、感情，耐人寻味。而结构的严密，选词用字的精练，也不容忽视。我就想：写小说散文，不能也这样么？于是就往这方面学，常常在寻求诗的意境。"

从古典走向现代，杨朔为我们做出了示范。

5月9日

在文章的结尾处放一颗橄榄——这是我对自己的期许。把最精彩的笔墨放在这个位置，阅读效果自会更好一些。

5月10日

老孙昨夜梦见遭老虎袭击，半夜间，他在被窝里发出一声凄厉的怪叫，滚下床来，光着身子，冲出寝室，在校园里发疯似的猛跑，半个映秋院都被他惊醒了。我们生怕他出什么意外，披起衣裳，冒着刺骨的夜寒出外找他。不一会，在北后门三合土路上找到，直挺挺躺在路中间。我们想拉他起来，老孙乱打乱踢，我的额头就挨了两下。费了好大的劲送到医务室，医生检查了他的血压和瞳孔，笑着说："没事，发梦颠。"喊着名字叫醒了。这时，已是午夜1点半钟。

6月1日

一出校门我就摘下了校徽。否则，在采访对象面前，云南大学学生和云南日报记者这两种身份是很难统一起来的。

拿着编辑部开的介绍信，我来到采访单位，先从外围问起，得到一些基本情况后，直接与采访对象见面，细节和轮廓都有了，于是，采访结束，该告辞了。

到底是个新手，在单位门口，人家向我挥手道再见时，我竟忘了作答，走出好远了这才察觉自己失礼。真不好意思，只得在文字上好好补偿了。

6月3日

我的这位同学喜欢伟人格言，在他的床铺旁边，墙壁上贴满了这方面的座右铭。譬如："虚心使人进步，骄傲使人落后""一有动摇，立即坚持，久而久之成习惯"等等。他本人也爱模仿着编写自己的警句。下晚自习时，走在回宿舍的路上，他说："我想起了一句话：坚强的意志是在对自己严格要求中培养起来的——你看咯要得？"我说："很好。"老兄比平时多笑了几声。

6月6日

《萧红小传》，骆宾基著。这本小书写于1946年，160页，坐在教室里，一口气读完。作者简明地写出了萧红的思想发展，全书也以此作为骨架。语言比较晦涩，不很喜欢。

书看完了，雨还没停。会泽院宽大的玻璃窗关不住雨声。雨幕遮暗了天光。教室里的五盏日光灯，放出白花花的光亮，照得钢笔套上的金属箍子闪闪发光。心头充盈着"好好干活"的念想，心境也变得恬适了。

6月11日

文章要想写得好，有一点很重要：要让读者乐于亲近。款款道来比刻意修饰更有效果。我就是这样选择阅读物的。遇到那些花枝招展、粉彩堆叠的文字，常常调头而去。有的作者，看起来很笨，也没什么装点，文字氛围犹如仙境，让你乐而忘返。读完了，逢人就会推荐，自愿当起宣传员来。学写作，要以后者为师。

6月12日

在一座高山底下，有一方水塘。塘边奇石古树，塘里游鱼可观。一位青年寻梦者，在池边蹀躞晨昏，流连不去，他告诉自己，他发现了美的最高境界，再往它山寻求，简直就是浪费生命。此生有此一景，足矣。谁知就在这座高山背后，还有一片更大的湖泊，湖岸的林荫道，是用宝石铺就，通向湖泊的小溪，清莹透彻。湖水是那么蓝，与天空同一色调；湖上起落的天鹅，唱着太阳也会欢喜的歌。这样的景观，山底下的年轻人是无法领略了。

6月13日

中文系参考室设在图书馆西侧三楼。远眺西山，近览翠湖，一个吸引人的好地方。室内轩敞明亮，随便挑一个座位，愿意的话，尽可坐拥一片阳光。

爱来这里看书的同学，我数了数，也就是三十人左右。进门后，朝里走，我喜欢在临窗的栗木长条桌边坐下，桌面厚重坚实，正合我的脾气。

参考室专为中文系学生开设。藏书丰富，中外古今名著应有尽有，想看哪本拿哪本，就像在私人书斋那么自由。进门的小房间里，存放着数章《金瓶梅》手抄本，也不知是何年何月留下的。民国时期的文学刊物，时或也能见到一些。李金发带点夕阳光泽的诗句，我就是在这里读到的。肖洛霍夫写晨鸡高唱的神奇文字，也是在参考室得见。在我的感觉中，中文系这方宝地，应是学校最美的风景。

6月14日

华侨同学发表三条歇后语：

房亚海生病——想吃面。

李西江的东西——样样都好。

黄淼祥吃蚕豆——死去活来。

每条歇后语背后都有一个故事，从略。受华侨同学影响，124宿舍也有所发明，编出了他们的歇后语"姜宗伦擦皮鞋——星期六"。老姜是舞迷，周末，学校必在大球场举办舞会，有文工团乐队伴奏。每到这天，老姜准要打整他的黑皮鞋，我们这些迟钝的家伙一看就知道：星期六了。

6月16日

黄光辉告诉我，古籍书店在卖王云五主编的《晚明小品文选》，还剩最后一套，共四册。听到这个消息，不到半小时，我冒雨赶到书店，花了六毛钱买到此书。一路翻看，雨水打湿书页也不顾。回到寝室，碰见老高从球场回来，他擦着汗，不屑地说："这种书也值得买？"我捧着书，以傻笑作答。

6月27日

　　写散文《山村夜话》，三千余字。稿子誊清后，在抽屉里放了几天，犹豫再三，课外活动时，决定送出去。

　　"柏鸿鹄咯在？"我问作协收发室一位老人。

　　"在在在。"他接过我的稿子，忙忙地就要往编辑部送。

　　"谢谢了。"我说。

　　"不用，不用。"老人家颤巍巍跨出门槛。

　　柏鸿鹄是《边疆文艺》小说散文组组长，一位睿智、谦和的好编辑。读初中时，我投过稿，她见稿后，来信说了很多温暖的话。一年冬天，她写信召我去，预支了一些稿费给我，说："天冷了，你应该添件棉衣。"这些年，每当寒流袭来的日子，看见棉衣就会想起她的名字：柏鸿鹄。

7月3日

　　我是班上的学习委员，课间操去系办公室取信取报，几乎成了我的分内之事。

　　今早，在系办公室遇见李广田校长。中三一个学生请假回山东，按新的规定，需李校长批准。我去时刚批好。

　　桌子上摊着一大摞邮局送来的退稿信，信封有两种颜色：土红色与霜白色。前者是《边疆文艺》的退稿信，后者是《云南日报》的退稿信。我都看惯了。李校长见我一件件翻找，他也俯下身来和我一起看。他指着收件人名字问："这都是笔名还是真名？"我说："笔名也有，真名也有。"办事员在一旁听了，不耐烦地嘀咕出声："天天都有这么一堆。"李校长一定是在她的语气中听出了什么，说："没关系，我写出去的也还是常被退回来呢。"我知道，作为中国乡土派文学的代表人物，李广田校长是在鼓励我们，他的作品发在《人民日报》，读者仅从编排的位置，也能感觉出编辑对他的推崇。我从信堆里找出了我们班的几封，李校长问："有没有你的？"我腼腆一笑，递过一封我的退稿信，李校长看看稿子，又看了看编辑部意见，说："哦，写小孩的，不要紧，修改了再寄出去嘛。"

校长的理解和鼓励，壮了我们的胆，也在中文系造成一种风气：写作，不要怕失败。退稿是正常的，用不着害羞。

7月7日

听说，上海发了"供应票"。上海人就是精细，粮票论两，布票论寸。云南发的名叫"购物证"，牛皮纸印制的小本本。同学告诉我，凭证可以上街买到火柴、手绢、小铫锅、绒衣等商品。会算计的人做出统计，一个证上的东西全部买完，要四百元左右。四百元，相当于老父亲一年的工资了。学校要求我们，在开始供应这段时间，共产党员、共青团员要起带头作用，不要凑热闹，商品不多，要让群众先买。这些话对我来说，完全是多余的，本人的购买力，仅限饭票而已。

7月10日

这些日子，我每天下午都在中文系参考室坐三个小时。肖洛霍夫的《被开垦的处女地》（第一部）把我的魂都勾引进去了。这本书读初中时看过，再读，仍是那么激动人心，理解似也深切了一些。我边读边想，有人埋怨当今的年轻人不爱看书，不对，事实是：摄人心魄的好书太少了。《被开垦的处女地》，我的天，这是怎样的书啊，阅读时，我揉着眼睛，时时发出这样的惊叹：神人降世才会有如此笔力啊。

7月11日

重读《高尔基选集》，瞿秋白译。译笔流畅、准确、优美。读书人将之与鲁迅译的《死魂灵》并称，合为翻译文学的范本。

读一些蹩脚的译文真是受罪。一些人舌头还没有理顺，忙忙地又急于表达，美其名曰"信"——读这样的译本，牙疼。

暑假开始了，没有路费，留校看书。书的折痕也是时间的折痕。晚饭后，寝室里只有我一个人，散步回来，打开书本，接着白天的折痕往下读，直到熄灯钟敲响。

7月25日

期末考结束。学校派我们二下龙潭收洋芋，休整了几天，同学又聚拢了。

青春最害怕孤独。围坐在宿舍，说说闲话也是好的。很多时候，我们也没有那么多正经话可说，天南地北的闲扯居多。不要小看了这些闲话。闲谈中有关照，有思想感情的交流。闲谈也在为友情充电。正是有了这样的接触，离开的时候，读书、写字，内心更有一份宁静。

傍晚，我和同学又来到翠湖。湖边立起了石栏杆。翠湖像一幅名画，自此，名画镶进了画框。站在翠湖东岸看云大，绿树环绕的仰止楼背后，耸起一座赭红色的石山，那是徐霞客游过的蛇山；从翠湖边望去，蛇山似乎也成了校园的组成部分，愈更衬托出仰止楼的巍峨——这样的景观感受，在校园里是领会不到的。

7月31日

> 好久不到农场来，
> 农场山水惹人爱。
> 茅草屋边牵牛花，
> 又有几朵向阳开？

这是我口占的半首诗。站在农场土基墙边，念念有词地正想往下编，被钱天恒发现了，他说："你嘴皮一动一动的，又想说什么。"我告诉他："我想写诗。""念给我听听。"他说。我背出了刚出炉的四句，老钱笑了："你胡扯，农场是个干坝子，哪来的水呀？"遭此打击，我的下半首诗，这辈子再也找不回来了。

8月1日

在洋芋地劳动的同学，一个个口无遮拦，他们也不忌讳有女同学在场，说话不讲究"封面设计"，我问农场师傅有什么感觉，他说："年轻人嘛，就是爱说爱笑，也难怪的。"

粗野的山地笑谈，使得刨泥巴一伙，多了一项文娱活动。

挖起的洋芋够装一车。我和几个力气大的同学负责搬运。我们挑了一转又一转。天阴落雨，地滑多刺。我打着赤板脚，山路上，就在你眉飞色舞张狂说笑之际，冷不防一根尖刺"锯"地戳进脚板心，那滋味，只能用鼻子嘴巴疼得挪动位置来形容了。

最后一挑59公斤重，创全班最高纪录。

8月2日

我们在山坡头上，一边刨洋芋，一边讨论爱情问题。结论是：爱情是上层建筑，必须要有物质基础支撑。支部书记陈永信带头，人人参与讨论，就连整天捧着俄语单词不放的何谓安，也争红了脸发表看法。

快收工时，来了一位采药老人，话题岔开了。

老人六十来岁，茨沟村的。他的灰布上衣洗得寡白，缀联着大大小小补丁。上衣前襟翘起，就像被什么东西提着似的。破帽檐下一张虚浮的黄脸。老人很开朗，一路走一路吼着滇戏。他在我们的洋芋地里发现一种草药，名叫白草金，他说能治胃病，老人蹲下身抠草药时，和我们聊了起来。

老人家很喜欢有一群大学生围着，支部书记递过一支香烟，他眼里更多了几分笑意，谈锋也健了。从谈话中我们得知，这位茨沟村的邻居，与云大的学生颇有缘分。三年前，他用金头蜈蚣、乌蛇，拌着香油，医好了生物系一个学生的毒疮。这是他很得意的一件事情。交谈中，我有这样的感觉：这是一位隐士，他的才学太丰富了。在医学方面，从神农尝百草，再到用龙涎香治愈神经病，他都能侃。在历史掌故方面，他从东陆大学聊到陆军讲武堂，从意大利单响老毛瑟，聊到矮鼻子洋人——日本，从希腊的西历谈到1962壬寅年。最后，又从唐继尧聊到孙文，他告诉我们，唐继尧是中国第一号美男子，孙文站在他身边，只打齐胸脯子，显现出一副哭相。在他的眼里，唐继尧算得上是个人物，真正的"南天一柱"。

我和我的同学，围坐老人身边，山野之地，竟还有这么一位出众人物，奇了。老人自谦，总说自己是"深山里的阳雀没见过世面"。不过，隐隐约约地也透露出些许遗憾，他说，年轻时去石屏赶考，"偏偏就在这一年，废科了。"他的喟叹伴着苦笑，几十年了，还是那么真切。

8月3日

何谓安学习刻苦，一碗白开水，一本字典，就能在图书馆待上一整天。来到农场，偏偏派书呆子放牛。牛站着不动，他拍着牛屁股，商商量量喊出两个字："牛，走！"山坡上，牛不见了，他焦急万状，漫山寻找，就在他急得掉眼泪的时候，一回头，老黄牛站在之前乘凉的树荫下，"抓抓抓"啃着草。洋芋收上来，紧跟着就要犁地撒荞籽，我的这位学友自告奋勇要和师傅一起犁地，谁知他牵着牛还尽绊跤，惹得师傅一阵好笑，最后赏给他一个美差：地埂边垅火烧洋芋吃。

8月8日

师院附中三位老师，一个长得比一个好看，很让我们班小伙子动心。上工路过她们住的茅屋，总想多看两眼。三个姑娘，说起来也怪寂寞的，除了唱歌，除了身边的手风琴，似乎就没有什么陪伴了。晚间，我们待在弥漫着泥土气味的黑茅屋里，常常会听见她们的歌声随着琴音飘来，弄得大伙好一阵不想说话。原先，我们还以为她们是高三学生，后来才知道，她们是师院61级毕业生，三个人分到附中教书，新近下放农场劳动，与我们是近邻。陈永信对那个每天黄昏从牧场牵回一匹白马的姑娘特别感兴趣，他说白马姑娘要来读中文系，肯定是全系的皇后。中午，三位美女戴着油光光的黄篾帽，挑起空竹箩，从我们面前款款走过，她们出工去了。不一会，山坡青松林里，传来女声二重唱《阿伊拉》，歌声柔曼深情，我们这些憨男生，个个听得入神入醉。收工回来，茅屋里的同学，似乎每个人都想谈一次恋爱了，毫不害羞地敞开了自己的恋爱观。陈永信找出三张信纸，交给我，要我执笔代他写一封情书，特别嘱咐说："信的末尾，一定要写上我的名字啊。"写信容易，对方叫什么名字呢？总不能称呼人家白马姑娘呀。陈永信陷入苦恼，我们也跟着叹气了。

8月9日

天黑了，我们的茅草屋，就像举行婚礼一样热闹。讲讲讲，叫叫叫，笑笑笑，成了茅草棚的全部内容。昨天，洋芋挑回来，过秤时，看秤的师傅走开了，支部书记趁机抱起一箩紫皮洋芋送进厨房。黄晋宇，外号"将军"，翘翘着胖身子，也搬了一箩洋芋进去。洗净，煮熟，收工回来，蘸着点盐巴，成了茅草屋兄弟们今夜的佳肴。

肚子里有了热乎乎的食物，故事会拉开了序幕。煤油灯在墙角画出一片淡黄的光，照亮了钱天恒半个身子，他盘腿坐在床上，给我们讲他的童年趣事。老钱说：

"黄鼠狼偷蜂蜜吃的事情你咯见过？没有？你听我告诉你，这完全是真的。有天晚上,两个黄鼠狼约着来偷蜂蜜,一个进去了,一个蹲在矮墙外,一边等着接蜜一边放哨。这些场面,碰巧让我看见。我走回房间,墙上摘下弓弩,瞄准了,'嗖'的射出一箭,射死了哨兵。心想何不弄点蜂蜜来蘸糍粑吃?我轻脚轻手摸过去,猫起身子,蹲在墙脚下,张开衣兜接蜂蜜。里边的黄鼠狼怕挨蜜蜂叮,只敢闭起眼睛朝蜂房里掏,我在外边只管接,一边接一边撮一指头尝尝,甜着呢!"

他说得有趣,我听得有味。书呆子何谓安坐在我身旁,他抬了抬眼镜,放下了手里的《俄语语法汇编》,偏着头问:"咯是真的?"

8月10日

吃过晚饭,我和赵世杰接受了新任务:住到窝棚里看守洋芋地。发给我们的武器是电筒和扁担。夹起铺盖卷,上路了。

人字形窝棚搭盖在高山顶上,距离场部半小时路程。赶到时,天色已暗。趁着最后一点暮光,我们找到一处清泉,洗净了身上的红泥巴,进到茅草棚,摊开席草,铺开被子,放下草帘,点亮油灯,听风听雨的生活开始了。

风雨大作。草帘缝隙间,不时晃进几寸耀眼的青光,那是闪电劈出来的。箐涧松林,发大水似的吼。我和老赵就像彼此约定了似的,只讲壮胆的话。我们想睡了,却睡不安稳。总听见窝棚外有人走路。迷迷糊糊困到下半夜,出事了。

刺目的手电光,一下惊醒了我。草棚外,风雨声中夹着一声招呼:"老乔,老乔,有人来了!"负责巡逻的同学在喊我,掀开草帘门,见到了支部书记陈永信的瘦脸,满脸是"大事不好"的严重神色。不到一分钟,我穿好衣服,披上蓑衣,拿着电筒,站到了风飘雨扫的地埂上。同住一个窝棚的老赵动作稍慢一些,钻出草棚时衣裳也忘了穿,站在夜风里直打哆嗦。

陈永信说,我们农场的洋芋,到底引来了偷盗者。他带领我们,猫着腰,循声找到了踪迹。就在偏坡地上,借着闪电的亮光,有个壮汉,飞快地舞着锄头，一旁蹲着个小个子，唰唰地抖甩着根茎上的泥土。十步开外，还有一个大汉放哨，此人的肩膀，怕有我的两个宽。夜色裹着雨水，看不清他的面孔，看他耸身挺立的架势，目光也会十分凶悍。我先自害怕了。心想来挖洋芋的人，多半也是远近农民，口粮不够，半夜出来摸点吃的，我们权且远远吼一嗓子，吓跑算了。我正这么寻思呢，支部书记出声了：

"什么人——站住！"

他的身把不高，人也长得瘦，没想到吼出的这一嗓子会那么有威势，有分量。我和他同学两年了，还是第一次听见他瘦精干巴的躯体里，迸发出这么吓人的声音。不要说还是贼，就是站在他身旁的同学，也会陡然一震。刨地的，放哨的，抖泥巴的，撒腿跑进了丛林，动作之快，脚后跟飞来的闪电也追不上。

第二天，清理现场时发现，支部书记陈永信这一嗓子，起码保住了一百多斤洋芋。场部表扬了我们。

8月16日

我和赵世杰，在窝棚里守了五天五夜洋芋。最大的收获是磨炼了胆子。独个人站在荒山野地，脊梁沟也不会发凉了。开始时，看见树影也疑神疑鬼的，脑神经绷得琴弦一样紧。过了两天，习惯了，独自坐在蜗牛壳大小的窝棚里，也不觉得可怕了。

劳动结束。今下晚，我们回到映秋院。月光照进窗子，桌上的烛光几乎成了多余的。就在我伏在桌前写日记的时候，一闭上眼睛，就会觉得自己还站在大山梁子上，手里摁亮电筒，陈永信压低了嗓门，他指着前方树影，在报告敌情：有人偷袭我们的洋芋地……惊心动魄的感觉，真真切切留在心上。

8月22日

我拿着学校开具的证明，买到了回家的半价火车票。昆明到开远，正点十一个小时。可惜晚点了,在车厢里耗去十五个钟头,幸而旅伴有趣,听到一个好故事,记下:土峪寨有一个大力士,他跟着牛车队送公粮,领头的牛车压上一座木桥时,桥身经不住牛车的重量,摇摇晃晃,吱吱嘎嘎,眼看就会散塌。危急时刻,大力士跳下河去,河水灌齐腰部,他双臂撑起横梁,掌稳了木桥,一辆又一辆牛车,安安稳稳从他的头顶碾了过去。牛车过完,他穿的三件衣裳,全都被汗水泡湿了。

过了桥,赶车的伙伴称赞说:你呀,怕是水牛托生的。

8月23日

卖艺武师来到开远,他在迎街岔路口,选了块空地站定场子,向四方抱拳作揖,开场白颇有江湖气:"各位,年老的是师傅,年轻的是师弟,在下献丑了。比画得好,大家鼓个掌;不好,哈哈一笑……别人的钱我不要,单要那些用过钱、见过钱的;要那些南走八百里、北撞上千里、鞋子上打过掌、扣过钉的……"我挤在人群中,伸长脖子还想往下看,又怕赶不上回渡口的马车,一步一回首离开了。

8月25日

白玉云来访。他是江边小寨青年农民,中学毕业后回乡务农,读了很多书,对文学多有憧憬之情。

紫青色的暮霭中,我们在庄稼地里闲步,他教给我不少农事知识。

滇南天气热,村舍边种有密密的芭蕉。白玉云告诉我,不待立秋,芭蕉芋的叶子有蒲扇大小时,先把中间几棵齐根砍去,仅留边叶,这样,芭蕉芋的根,就会向四方窜发开去,结出的果实又多又饱满。

芭蕉林篱栅似的围住了苞谷地。久旱缺水,苞谷叶干得可以搓绳子。看来,"红姑娘"是背不成了。白玉云惋惜地说,这些苞谷少了一个工序:人工授粉。他提醒说,苞谷刚冒天花时,你把苞谷秆扳弯了,将天花上的粉抖在红须须上,这样,每一包都会长得有垒球棒那么粗,饱绽绽的。

这块沙地肥料足,苞谷秆手脖粗细,背出的苞谷二尺左右。可惜苞米都让雕鼠啃去大半。炎炎夏日,父亲弓着腰在地里薅草、壅土,脊背上晒糊的疤痕大小不一,那是太阳钻进他的破衣洞烤的。痛惜之情充溢心头。我说,有杆气枪就好了,把偷吃的雕鼠统统杀死。白玉云一笑,说:那倒不必。割些粘人草栅在地埂边就行了,雕鼠怕粘人草,碰在草上,皮毛结疙瘩,过不两天准掉毛。皮毛是雕鼠的衣裳,这种衣裳买不到,它躲还来不及呢。

白玉云讲得有趣,可惜天色转成鼠灰,我们该回去了,真有些惋惜。

8月26日

少先队宣传委员,捏着粉笔在黑板上写通知。刚写好,他弓着腰,在黑板右下角,规规矩矩加了个"完"字。不放心,又退后几步,打量着。就在他默神思忖时,他的眼睛,被一双温软的手蒙住了。蒙眼睛的人不出声气,只是稍稍又在手指上用了点力,意思是:"你猜!"宣传委员一边急着去扳手指,一边脱口叫出声:

"武慧!"

蒙眼睛的手松开了。宣传委员揉着眼睛转过身来,望着他的同学,对方面露惊讶:"你先看见啦?"写粉笔字的人没说话,只是笑笑。同学不知道,她的动作、气味,哪怕只是微微喘一口气,对他来说,都是那样的熟悉。

"你帮我看看,通知咯写明白了?"

歇了歇,他这么说。

龙潭劳动回来,街头碰见武慧同学。少时,校园一角发生的这些小事,又撞上心头。那时的同班学友,面目多模糊了,独有路工新村的武慧,怎么也忘不了,每过一段时间,记忆的彩笔就会重新描摹一遍,照片一样清晰。

8月28日

楷甸小学门口，有一棵大榕树，树荫如巨伞，罩满地浓荫。大树虬起的根茎，抱紧了一块块青石，历经岁月打磨，青石光洁如镜。盛夏坐在石上乘凉，阴凉浸入肌肤，有如用冰石琢成的，浑身热汗，不一会就落了。每一个毛孔都能感受到大树给予的阴凉。傍晚，村里学童爱来树下，围着他们的老师，坐在宽窄不一的"石凳"上，听老师讲故事。我想，青石上的孩子，长大了，有的人或许会离开生养他们的村庄，不管走多远，此生此世，他们怎么也走不出故乡大榕树的绿荫了。

8月30日

四个多月，家里炒菜不见一滴油，铁锅都快生锈了。父母亲在苦熬中等我回来。暑假，昆明读书的儿子到家了。从这天起，灶台上有了油烟气，粗陶油罐也贮满了香油。我问，母亲说："这些油是我们平时攒的，专等你回来再用。"

8月31日

江水落了，撞在礁石上的声音也不如前些天响了。江岸上的绿树青草映到水底，也分得出颜色来了。阳光尽情尽兴地施展着它的热力，江边鹅卵石晒得烙脚。

晌午，小毛约我到江边洗澡。我不想去，他说："不怕嘛，我教你。"我被说服了。

江水清亮。泡在水里，夏天一下隔远了。沙粒是那么软，一脚踩下去，大脚丫一下沦陷了，被泡乎乎的沙子埋在其中。走出水来站到光滑的江石上，脚上竟不粘一星沙粒。多讨人喜欢的南盘江啊。

弟弟终归是在江边长大的。他扑打在水里，波浪伸出长臂，一个浪头抛起，另一个浪头接住，哗哗的江声和他咯咯的笑声混在一起。游了几个来回，他探明了水底深浅，"扑"地抹了一把脸上的水珠，说："下来吧，可以了。"他的口气，充满了保驾护航的意味，那一刻，弟弟变成哥哥了。

太阳很辣。尽管站在齐胸深的水里，肩头还是晒得烫烫的。南盘江的阳光，伙同与波浪嬉戏的少年，在我心里，他们合二为一了。

9月2日
又该回校了。

日色烘烈。路边的野草晒糊了；地里的苞谷，干得起火；红薯藤枯萎的叶片，像一只只小手，紧紧地贴在地皮上。庄稼人哭了。

乡村里，有一些流言。我听到的是：这些年，人事不顺天意，怪事必然多了起来。就连黑黢黢的山箐里，长虫也出来抱蛋了。

出了校门我才知道，社会真的是太大了。会泽院，只是它的一个小角落。

小毛挑着行李，送我来到开远。一路阳光火热，二十里山道，无处不撒有我们的汗滴。进到城里，日色还是那么新，找了家旅店住下了。

洗了脸，擦了身子，我站在窗口，汽车驶过，带起的黄灰三丈高，小雀混着灰尘飞歇树枝上，困倦地发着牢骚，那声音，也是这个腔调："天太干了，天太干了！"

9月7日
读峻青的《胶东纪事》。作者擅长在激烈、尖锐的情景中表现人物。《老水牛爷爷》感人至深，梨园月夜的景色写得那么美，在当代文学中，确为少见。准备再读一遍。

9月14日
中秋节，与同学结伴游大观楼。

人太多了。大观河十分拥挤。河里行船,路上行人。街道上,公共汽车一辆跟着一辆。车上车下,塞满了游人。入口处,喧腾的人声轰鸣不已,没有一个音符你能听明白。不过,尽管有人大叫"挤死我了",表情还是乐不可支的样子。

月亮升起来了,不算很圆,有云隔着,蒙蒙的。我明白了,天上地下都在挤,挤月亮的是云彩。月亮也在挣扎,好一会了这才冒了出来,却很少有人抬起头来瞻仰,地面上的人不得安稳,哪还顾得上天边发生的事情?

今夜,大观楼有人唱戏,唱花灯,亭子里还有人对调子。每到一处,我都想留下来多看看,多听听,无奈我的同伴性子急,催着赶路。只得是少数服从多数,弄得我一路走一路回头张望。

匆匆而来,匆匆而回。这次出游,更像当了一次信差,赶着送了个什么通知似的。爬完九十五级台阶,快近映秋院的时候,月亮到底挣脱了云层的包围,开始大放光明了。我等一身疲累,站在石凳上,只得与它挥一挥手了。

9月27日

冷同学与我同级,民专团支部书记。吃饭时,我和老陈碰见他正和生物系一个名叫"小保山"的女生说笑走过,两人一边走一边在一个碗里让着菜吃。他们过去后,老陈给我讲了一件事,一件不爽的事:

读中学时,冷与同班一个女生相恋,对方高考落榜了,成了一名小学教师。进大学后,他们仍保持通信联系,每月两封情书。放假回家,冷住在姑娘工作的学校里,优哉游哉玩了一个暑假。上学期,情况变了,冷在云大舞会上认识了"小保山",一下坠入爱河。两相权衡,他决定采用"拖"的办法,过去的恋人,只能做"替补"了。自此,与小学老师的通信改为两月一封、三月一封。女孩病了,辗转病榻,盼医生,盼远方来信,只是,大学生的来信有如土地坼裂日子的雨滴,艰难了。情变的预感折磨着女孩。一天,女孩收到了冷的最后一封信,一封情断义绝的分手信。女孩昏了过去,她无稿可焚,竟也郁结而亡了。死讯传到学校，冷同学为表示悼念之意，胳膊上还箍了几天黑纱。

我和老陈回到映秋院时，冷同学也先一步回来了，他站在石阶上，正在给他们班的同学布置工作，挨近了，听到一句："这是一项政治任务，个个都要参加！"

任务可以用"政治"管，灵魂该用什么管？我想。

10月9日

课外活动时，派我们刨红薯。一丘一丘红薯地，围绕在足球场周边。在这里，我们认识了体育老师的宝贝女儿，一个扎羊角辫的小姑娘。我问她几岁了，她眨着眼睛，仰起头来说："你猜！"我说："五岁。""呀，谁告诉你的？"小女孩吃惊了。

同学喜欢逗她玩。问她叫什么名字，她不说。架不住我们东问西问的，到底套出了她的名号，有人拖长了声调喊道："小——园——园！"故意把那个"小"字强调出来，小姑娘立时反驳："你才是小园园！"本来答应要唱的歌也不唱了。

休息时，我和几个同学坐在锄头把上，邀请小园园和我们一起开故事会。小女孩高兴了，她给我们唱了好几支好听的歌，还讲了一个小白兔把老虎骗到井里去的故事。故事讲完了，她学着幼儿园阿姨的口气问我们："你们说，小白兔咯聪明？"

一群大学生，也学着小朋友的声调，卷着舌头齐声回答："聪——明！"

10月26日

午睡时，映秋院石磴下，停有一辆三匹骡子拉的胶轮马车。赶车的是一位军人，鞭梢上飘着红缨子。从车板上跳下来两个军官，穿着草绿色军大衣，黑皮鞋在校园三合土路道上，踩出"嘎扎嘎扎"的声音。他们径直奔学生宿舍楼上走去。

中文系62级有一个同学分到部队工作，连队派大车来校迎接。

这些日子，九十五级台阶前，告别的声音多了起来。高年级学生毕业分配了。他们胸前别着毕业纪念章，陆续离开学校。挂着云南大学校牌的大门口，含泪挥别的场面天天可见。

10月30日

读英国19世纪中叶女作家夏洛蒂·勃朗特的《简·爱》。作家是一位妇女平权拥护者。她崇拜爱，崇拜自由，崇拜才能和热情，对来自任何一方的轻侮都给予反抗。也许，这就是小说社会意义之所在吧。就小说的笔法而言，以下几点值得学习：一、写两个人对话，由一个人的谈话中刻画出另一个人的神态和表情，自然、紧凑，加强了故事的氛围；二、小说中有一个小道具：画画。这个细节在《简·爱》中有多种用场，介绍阿立夫小姐以及她与里弗尔先生的关系，等。"匠心"者，常常流布于此；三、主人公在迷茫中被人发现，直接推动了故事情节的发展。这样的情节的安排，顺带也展示出乡村的人文环境，引出了不同人物的脸谱和心谱。作家的用心，与《红楼梦》中的宝玉挨打有几分相似：一种安排，起多种用途。

11月8日

秋雨绵绵，哪里也去不了，正好窝在教室写日记。

我想起了小时候的事情。1950年春天，我该进初小上学了。解放军刚进昆明，乡村里的谣言，黑乌鸦似的四处乱飞。最吓人的谣言是：不能去学校读书，读不上三个月，你会被送到苏联做苦工，一辈子也见不到父母。

回到家里，我把这些乱七八糟的传言告诉母亲。她说："不要听这些人嚼舌头。"前些天她去黑土凹，路过地主家大门口，这家人养的大黄狗，再不敢窜出来咬人了。"解放军一来，世道变了。"这话是母亲说的，我信。壮起胆子，去到关上中心小学报了名。

老师姓张，名永春。很年轻，更像是学生的大哥哥。大雄宝殿侧边，有一间小厢房，张老师的宿舍、办公室就在这里。老师在一个本本上记下我的名字，他拉开抽屉，拿出一本油印书给我，老师说，这本油印读物是他刻写编印的，新教材还没领到，我们将就着先读上边的文章。

好多年过去了，油印读本上的一首诗，我还记得两句："流浪呀流浪，流浪到海角天涯"——这些年，"海角天涯"这四个字，不知被我用过多少遍，而第一次见到它，就是在张老师刻写的读本上。

11月14日

钱天恒来自大姚农村，靠全额助学金读书，领取甲等补助，每月两块五角零用钱。老钱爱读书，全班几十号人，他是唯一读完《资本论》的人。下午没课的时候，胳肢窝夹一本大书，去到翠湖，找一张石椅子坐下，一个姿势，一把椅子，一坐小半天。《资本论》读完，毛病也落下了：右边肩头，晒着太阳也会酸疼。我的这位同学，也不知从何处弄得一个偏方，以毒攻毒。每天，他起得很早，穿一件小背心，在寒风里跑步、做操，折腾完了，满头大汗也不休息，铺满浓霜的草地上，寒气砭人筋骨，老钱睡在草地上打滚，磨蹭，直到肩背擦红、背心被霜水打湿，这才起身，满面红光进到食堂，领取他的那份苞谷馒头。就靠这股狠劲，老钱告诉我，他治愈了肩头酸疼的毛病，还读出了一肚子《资本论》心得。

11月17日

收到家信。小毛告诉我，每到课余时间，他就出去帮人托土基。弟弟说，他打算挣够二十块钱，帮家里买头小猪。小毛在来信上还说："妈妈给你的钱你先用着，冲洗照片的钱，我卖了土基寄来给你。"

弟弟还告诉我，物理测验他得了90分。

11月18日

这些日子，报纸总是到得晚。下第四节课、快近中午了才能见到当天的《人民日报》。经验告诉我们：出大事了。中印边境正在打仗。战报牵动着每个中国人的神经。尼赫鲁在印度鼓动说，要和中国战斗到"最后一个人，最后一杆枪"。印度的商店、工厂都进入战时状态。今天的报纸告诉我们：解放军与印军劲旅作战，俘获印军官兵 927 人，内有准将 1 名，校官 10 余名。对这些俘虏，我军按照对方的民族风习，给予妥善安置。感觉就像接待旅行团那么周到。邻居交恶，处理起来，还是得讲究礼数。

11月23日

我们围坐钟楼草地开会。偏西的太阳，照射在肩背上，没有了热度。身旁的山茶也在瑟瑟发抖，枝杈间的绿叶，剥剥作响，在与秋风对话。

秋风说："开花吧，开花吧！"

山茶说："还早呢，还早呢。"

物理大楼前的海棠花，听见了这些争吵的声音。海棠忍不住了，它要给山茶花做出榜样，顶着风里的小刀，这里那里，绽放出鲜鲜亮亮的花簇，海棠在用自家的俏丽鼓动山茶：积攒起每一束阳光，开花吧。

山茶花似乎受到触动，叶柄上，试探着冒出了芽苞。

11月29日

时断时续，读完了司汤达的《红与黑》。作家在地球上增加了三个有体温、有灵魂的活人：于连·索黑尔、玛特尔、德·瑞娜夫人。与我有过交往的一些人，我会渐渐忘记。作家用文字赋予生命的这些人物，怎么也不能从记忆中删掉了。生命搅动生命。生命混合生命。生命楔入生命。对于连这个人物，我的心情很复杂，批判与同情相纠结。不过，更多的是同情。我想，这也是司汤达的态度。作家的抗议和愤懑，有如撒遍世界的传单。

12月1日

去黑龙潭康复医院看望一位生病的亲戚。中午出发，走了三个多小时。一路吞食公共汽车攘起的黄灰。路过上庄时，村口小摊支起簸箕卖铁豆，一角钱一盅。我身上留有一角七分钱，那是回程的车费钱，不敢用。尽管老蚕豆炒得油黄泡脆，看看就走了。

12月5日

与人谈话，开口闭口，总是"我我我"，这样的谈伴，最让人生厌。"人苦不自知"，说的就是此类先生。

12月8日

包法利夫人俗不可耐，福楼拜却说："我就是包法利夫人"——福楼拜为什么这样说？或许，这就是作家塑造人物形象的秘密？联系包法利夫人的命运来理解，追寻下去，小说艺术的"藏宝图"，说不定就能找到。

12月9日

他的情绪越坏，胡子越长。

12月10日

正要去省图书馆还书，下石阶时碰见《云南日报》副刊编辑杨明渊。"啊，我正要来找你呢。"他说。我们站在石柱脚下，小谈了一会。

《文化生活》要我帮他们采访一位少数民族大学生，写成特写或报告文学。待线索确定后即写信通知我。

有的民族，长期结绳记事，除了税册和账簿，不知世间还有书籍一说。正是这样的民族，如今有了自己的第一代大学生。这个过程内涵丰富，只可惜本人笔力太弱了。

福楼拜的《包法利夫人》看了一百多页就被人拿走了。文字相当美，字里行间有一种普希金式的简朴。北欧映照夕阳光辉的乡村泥舍，就给人这种感觉。

12月27日

傍晚，坐在会泽院柏树荫里背诵古文，已成习惯。在这个时段，有如与千百年前古人聚谈，诸多乐趣，理科生是无法领会的。石凳凉了，书上的字迹也模糊了，仰起头望望树梢闪出的星星，这才醒悟：该上自习了。

教室还没坐满，同学正陆续走来。先到的，有的看报纸，有的读小说，也有的捏着粉笔画黑板，默写俄语单词。像我这样的角色，就趴在桌上写日记，用一种没有声音的语言，在心里和自己大声交谈。

《被开垦的处女地》第二部，总算借到了。越读越有味。惊奇，几次中断了阅读。写这本书的人，有着怎样的神经结构啊。他的笔力，就像挖掘机那么有力，生活内容，被他连根带土刨出来，完完整整呈献给读者，神了。品读再三，恍然醒悟：肖洛霍夫，俄国小个子男人，他不是神仙下凡，像我们一样，也是一个有鼻子有眼睛的凡胎俗体。这时，惊讶转变成赞叹："我的天，多了不起啊！"阅读时，也会一声不响，对着这本书，像一个好奇的孩童瞪着魔术箱，呆呆的。

肖洛霍夫的文字，颇带几分仙气。指山，山媚；指水，水流；指人，喏，来了，那个路希卡，那个骚娘们，大胆地提起裙子向你撞来，漂亮的脸上，有一种挑战的、嘲讽的神情。在她的身后，是充满苦艾气息的辽阔的草原——生活的热力向你迎面扑来，用一种不容分辩的力量，瞬间将你引向作家创造的艺术境界。

读书之余，也常参与同学的嬉闹和谈话。眼看就是元旦，膳食科粉墙上，有关过节的通知，一天里贴出好多张，晚会，电影，球赛，文工团排练通知——花花绿绿的纸张，把墙壁本来的颜色都盖住了。

看书吧，不记了。

12月29日

琨钰有即兴表演才能，这些日子，他身体里的表演细胞特别亢奋。他喜欢演丑角。比如扮演《青春之歌》里的余永泽，嘴里甜声蜜气叫着"静妹"，胳膊早已搭到你的肩上。他也擅长演《十五贯》里的娄阿鼠，瘦黄脸一瘪，吸紧双颊，歪着身子，醉醺醺向你走来。《三好报》约他画边花，我这位同学，也没有什么正经的，彩笔一挥，连画五个丑角，还说：丑角有喜气。

琨钰如此癫狂，好像还是最近的事情。

同学告诉我，生物系有个女生，和琨钰中学时见过面，他俩的关系处于认识与不认识之间。这学期开始，琨钰发狠进攻，午睡时间也敢往女生宿舍送电影票，操着刚被我们表扬过的普通话，和对方搭讪聊天。有一次，走在银杏道上，碰面时，生物系女生没和他说话，却转过头去向她的闺蜜挤挤眼睛，神秘笑笑，似在暗示什么。琨钰见状竟兴奋异常，回到宿舍向我们报捷：有戏了。

我负责打考勤。晚间，他没来上自习。第二天，又缺了四节课，我问他到哪去了，他先是推说生病，看看蒙混不了，只得照实招认，他买贺年片去了。他说，为这张贺年片，他跑遍了昆明所有的照相馆，没有一张合意。最后，他去到正义路国际照相馆，要人家专为他印制两张有红山茶的。说这些话的时候，他脸上没有一丝疲倦，显现出的，完全是一个殉道者的得意。我服了。后来，他把这两张贺年片送给了生物系女生，画片背面，还写了一首诗《吟山茶》。他问我，诗写得怎么样，我说，比你那首《三面红旗颂》好多了。他抿嘴一笑，说："这首诗，完全是爱情的火焰烧出来的。"

我想起了"痴汉"这个词，有些可怜琨钰了。课间操他去送贺年片，生物系女生一声"谢谢"，也让他激动万分。当晚，琨钰失眠了。

12月31日

大清早,学校的电工就忙活开了,他们架起梯子,在大球场挂彩灯、装喇叭。晚间活动很多,游园、看电影、开露天舞会。

新年钟声响了,李广田校长站在篝火旁,向全校师生员工致新年祝词。午夜时分,膳食科抬出了一笼笼糖包子,热腾腾的,每人发一个。吃过夜宵,等待中的新年舞会开始了。李校长身着米灰色中山服,和我们一起跳舞。教务处一个女干部陪他先跳。我发现李校长哪怕是在深夜的露天舞场上,他的穿着也很认真,衣领上的风纪扣没有片刻脱开。他的舞步稳健、潇洒,旋转时,不忘和身边的老师、同学打招呼。

午夜两点多钟,舞会结束。我和我的同学一点儿也不觉得累,我们又在至公堂前坐了好一会,蜡梅的清香染透了衣襟。

1963年

1月5日

学习《红旗》杂志社论《陶里亚蒂同志和我们的分歧》。小组会上出现争论,回到寝室还没消停。开头,双方还比较克制,争论的焦点:社论使用"同志"二字是否合适。发金认为,既然称"修正主义者",就不能使用这样的字眼,用了,只能说明对方是"犯修正主义错误的同志",而不是修正主义者。徐中高不同意,他说,称陶里亚蒂为同志,这是斗争的策略。渐渐的,争论变成了争吵,吸引了更多的人参加进来。魏其平急得脸红筋胀,翻出《列宁全集》找武器,他们先是坐在床上、凳子上挥臂叫喊,后来,干脆站起来争叫,词锋露出嘲讽的意味,诸如"声气小点,不要以为嗓门大真理就在你一边!""偏见比无知离真理更远!""你是修正主义者!""你是铁托!"吐沫星子飞来飞去。眼看就能碰出火光,班主席吓得推门进来,以为我们宿舍出事了,他站在门口听了一阵,一笑,离开了。班主席走了,当事人还不依不饶。林发金一激动就会结巴,此时,结得更加厉害了。他坚持自己的观点,说:"你,你,你就,就是说到哪里,我,我也是对的!"手指尖打战战了。

1月6日

艺术剧院看省歌舞团演出。每一个音符、每一个舞姿、每一片风景,我们都能感受到云南的美好。艺术家们呈现给观众的,不是舞台,舞台太小了,哪里装得下这些场面：山野、村寨、竹楼。歌舞团的编导，把大半个云南都搬到我们面前来了，月夜清溪，傣女曼妙起舞；山寨火把，阿瓦人喧腾的碓房，色彩浓烈而神秘——多么抓人的边地啊。回到学校尽管已是深夜，我们丝毫也不觉得困倦，浑身有一种沐浴而起的清爽。

1月7日

文学研究所吴晓铃教授来昆，在至公堂给中文系师生做学术报告。讲题《清代宫廷戏》。吴先生儒雅随和，幽默风趣。他说，他是来卖书、做广告的，万不敢称"报告"。他介绍了清代宫廷戏的产生和发展轮廓，讲了相关的文学背景。先生的治学心得、读书经验也贯穿其中。吴晓铃十分谦虚，他说，他在戏曲史的研究中，做的是搬砖运瓦的工作。系主任刘尧民先生插话："吴先生搬的，不是一般的砖，是金砖。"

吴晓铃先生曾在西南联大教书。他对昆明怀有很深的感情。这次再来，清晨出去，一闻见山野弥漫的雾气，似乎一下回到了二十年前。吴晓铃回忆说，那时，他租住在青云街一间窄小的暗楼里，桌上一只破碗，搁两条灯芯，浸润着少许灯油。他在灯下读《元曲选》，经常读到深夜两三点钟。吴先生感慨系之地说，那时，他没有什么书可看，就这么一本元曲，一读再读，打下了基础，练就了基本功。

吴先生的讲话，已详细记于另纸，从略。

1月17日

赵世杰约我逛街，晚饭后，我们来到正义路，街面上人很多，人行道挤不下，只得再往街道中间挤。我们来到一家玩具店，站下了。上了发条的小鸡一跳一跳的，好不新奇啊，弄得两个大学生，对着橱窗一看就是好一会。当今的孩子太幸福了，能够玩上这么新奇的东西。老赵说，我们小时候，舞一把木关刀就很知足了。我俩转到了南屏街百货大楼，我问老赵：要是你在里边当售货员,你喜欢卖什么东西。"老赵说,他愿意卖乐器,笛子、三弦、手风琴,每样都可以试试。老赵是我们班的文娱委员,他有这个想法一点也不奇怪。老赵问我,你呢? 我说,我想卖收音机,买的人不多,自家还可以听听。说话间,我们来到了二楼收音机柜台,隔着玻璃,货架上一台收音机,指示灯闪烁不定,正在播放报纸社论《在莫斯科声明的基础上团结起来》。播音员名叫夏青,他的声音带有磁性,很好听。我们跟别的顾客一起,一声不吭地围着柜台听广播。

走出百货大楼时,天已昏黑,广播的内容压在心上,一点也轻松不起来。

1月28日

德国统一社会党召开全国代表大会,全球有70多个国家派人参加,与会代表有2500人。中国全权代表伍修权上台讲话时,会众跺脚、嘘叫、嘶喊,表示不愿听中国人发言。大会执行主席摇了四次铃,粗暴地要中国代表离开讲坛。我们从《参考消息》上看到这些报道时,心里非常气愤,铁托——赫鲁晓夫修正主义集团太可恶了。

1月29日

后天考俄语。紧张透了。梦中几次吓醒。中午出外办事,上公共汽车时,刚刚踩上踏板,脑子里窜出一个单词"别列皆勒卡",心头在问:"这是什么意思?"售票员似要回答我的问话,一手夹着票板,一手摇着红铅笔,说:

"刚上车的,买票了,不要下车补票。"

初春的阳光,照得蓝灰灰的天空发亮。蓝天用不完的光焰,又倾泻地上,一部分被树枝接去,一部分被高高的屋檐遮住,只剩下最后一小部分,落到民居窗格上,嵌得满满的,毛玻璃也被照亮了,闪眼的亮。真让人惊奇,一块玻璃竟会发出这么耀眼的光,如火焰,如宝石——熠熠闪烁的窗玻璃之美,暂时纾解了大考前的紧张。

2月10日

真险！7点35分冲出校门，离开车时间只剩25分钟，从云大赶到火车南站，还有好几条长街啊。

运气真好。昆明不多几辆公共汽车，偏偏有一辆出现了。迅即跳了上去。幸亏是星期天，没有人赶早班，汽车一路畅达。8点，我进到月台，登上车厢踏板，咣当咣当，火车开动了。

我的座位上有一位老大娘，心想她买的多半是站票。一问，就是。我站在老人身边，看报纸，听车厢喇叭播送的山东快书《大搬家》。遇到不喜欢的节目，翻开马雅可夫斯基短诗读上几页，也不觉得辛苦。下午两点，候老人下车了这才落座。

盘溪，车停三分钟。下去买甘蔗。跨过钢轨刚要钻入人群，有人使一条鲜红的头巾打我："你在这里！"我吃惊的回头一看，原来是中文系61级邵学芝，一个黑眼睛的女同学，平时在会泽院走廊碰见，也只是点头一笑，不承想在旅途中遇到。此刻，她就像从天上掉下来的，笑嘻嘻站在我的面前，手指尖绞着那条鲜红鲜红的头巾角。

"走，跟我们去，我们这边空着一个位子。"她说。

我接受了她的邀请。

我们一起吃甘蔗，打扑克，谈列夫·托尔斯泰的《复活》。累了，谁都不说话，视线投向窗外，望着一路相伴的南盘江。从昆明到开远，南盘江陪了我们一百多里，时而在车窗左边，时而在车窗右边。时而像一个安静的少女，江湾处水面平阔，碧波显现出柔情的沉默；时而又像一个爱打爱闹的小伙子，举起岩石上迸溅出的一束束水花，在山峡间猛跑。每次回家，车过南盘江的时候，不管多么疲倦，我都要挣醒来，多看她一阵。

天色黑尽到开远，与邵同学车站挥别。

2月11日

住公路养护段招待所，见到一些有意思的人。

他是一个老养路工，总段派他上昆明疗养。老人忙了一夜，真像第一次出远门的小伙子那么激动。他请我明早提前喊醒他，不得误了点。老人家已经躺下了，又几次爬起来，担心零碎东西没有收捡好。老人的枕头边，摆着一双长筒胶皮水鞋，黑黑亮亮，那是他拌水泥时穿的，不知怎么也带上了。老人说，兴许还用得着。

房间里住着三个人。靠墙一张床上，有一位老师傅，看脸型、听声气，五十岁出头。我指指躺下的老工人，问他说："怕是要去白渔口疗养？"他点点头，跟着又撇撇嘴，满无所谓对我说："白渔口，1954年我就去过，住了三天，那些人，祖老爹一样服侍我，实在受不了。第四天，我背起行李跑回军转会，要求快些分我工作。"

这个人，一开口说话我就喜欢。他两岁时，母亲去世，八岁时，父亲去世。十二岁那年，被人贩子骗到个旧背矿，干了六年，受不住地狱苦，大风刮倒窝棚的夜晚，他跑了出来，跑到昆明帮人赶马车，和资本家女儿谈恋爱。一二·一学生运动期间，受大学生鼓动，他的马车拉过大学生的宣传队。最后，鞭子一丢，参加了朱家璧的游击队，扛杆破枪出没在深山老林。

"哎，"他叹了口气，"十几二十岁时，年轻轻的，心里边有过多少打算啊，想做多少事情啊，如今，人老了，一样不是一样的，就像做了一个梦似的——日子真是不饶人啊。"

他趴在枕头上，跟我讲起了他的家庭，他说，他的媳妇太好了，相处这么多年，从没跟他红过脸，每次回家，迎接他，就像迎接最尊贵的客人。不说现在，就说新中国成立前缺穿少吃的年月，那些米缸反扑地上的日子，他们喝碗凉水也是甜的。望着那些整天打架闹离婚夫妻，他着实想不通，也常常用自家的体会去劝说。他又讲到女儿，还把照片拿给我看，一个二十岁左右、长得十分秀气的姑娘。

"她只读过四年书就工作去了，"他说。一谈到女儿，他推开枕头坐了起来，"姑娘笨是有些笨，不过好些技术员也比不过她，她在道班上做事，弯道多出几分几寸，她用不着扯尺画线，动动笔就算出来了，比算盘珠子还算得快。"

"纸上得来终觉浅，"印在书上的，不一定都是好东西。听老人说话，就像在读一本名著。他在叙说一件事情时，不经意间，总会有一些很精彩的句子冒出来，比如，"不要把希望放在嘴上，而要放在手上"，这些话，讲得多好啊。

听老师傅说话，不觉已是深夜，房间里，那位要到昆明休养的老工人，早已进入梦乡。老人家多半是梦见了昆明，梦见了金马碧鸡坊，一迭连声说着梦话："昆明，昆明！"

2月17日

流了点汗，知道了甘蔗的栽种方法：剥去甘蔗梢尖的叶片，露出节疤下的芽苞，连同本该丢弃的甘蔗尖一起，将芽苞埋进地垄。埋的时候芽苞不可朝下，应平置两侧。盖土，浇水。待秧苗长到膝头高了，砍来苦刺尖做肥料，压在沟垄里，这样种出的甘蔗，又甜又脆，水分也足。

蔗农告诉我，甘蔗是一种讲情分的作物。种一颗米粒大的芽苞，待以时日，还给你的，将是一眼粗粗实实的甜泉。

甘蔗重情义，就像滇南种甘蔗的人。

3月8日

周末，我们闲坐宿舍聊天，讲童年故事。杜夔昌先讲，没想到他小时候的遭遇那么悲惨，听后，令人感叹不已。追记如下：

家里没有吃的，父亲走远路帮人背炭，我和母亲上山找棠梨花。有天，下着露水的夜里，我和母亲摸上山去了，挽着两个提筐，在山上转啊转啊，枝枝杈杈都被村里人剔净了,哪还有呢?空着篮子,我们回到家里。

父亲早就系好了背带,等我们摘棠梨花做早饭吃。他蹲在门槛上,面前靠着背炭的篾箩,见我们空手而归,他生气了,恶狠狠地和母亲吵了一架。母亲是个性情温顺的人,倒在床角上,捂着脸的哭。父亲一赌气,背起箩箩走了。就在这时,隔壁三婶家送来一碗冷饭,母亲端着饭就去追父亲,一直追出村去才追着,饭倒进干粮篾盒里。

天黑定了,父亲拖着疲乏的脚步,从几十里以外的煤窑回来。他的脸上,汗水和煤炭灰搅在一起,填平了一道一道皱纹。父亲回到家,又从背箩里拿出那一碗饭,倒在锅里热了我们一家人吃。他回来的路上,一路揪了些槐刺花,一齐煮在锅里。背了一天的炭,还说不饿,尽着我们多吃。

老杜的经历,让人心头哽咽,沉默了一阵,以话引话,孙天良从高床上跳了下来,唉唉两声,给我们讲起了他小时候的事情——

"母亲说,我是出生在山坡顶上,原本不想要了,最后又拾回来的。"老孙说,"生下我的第二天,父亲上山砍柴,心头记挂着,绕路看看,见我还在苞谷地里哭,他忍心不下,脱下蓑衣,包了回来。父亲说,怪得很,一路上蓑衣包里都有我的哭声,进了村子,一踏进门槛,就像有人对着我的耳朵,说了句悄悄话似的,哭声歇了。长到七八岁了,我还记得,家里就四口人,爹妈、哥哥、我。每到天黑,一家人围坐在火塘边的四块火塘石上,膝头上盖张羊皮就睡。十岁那年,我进学堂了,那年下大雪,村子里的雪,堆得有牛车轱辘厚。有人说,你敢脱光衣裳在雪地上打个滚,我就送你一杆毛笔,这正是我想要的东西。我真的滚了,哪知爬起来一看,这家伙骗人,跑了。"

——两个同学的童年经历,让人难以入眠。下半夜了,我还听见舍友的叹息声。

3月20日

全班郊游。路过油菜花地。黄灿灿的菜花,鼓荡进人们鼻孔里去的,是菜籽油的气味，稀薄一些而已。快近黑龙潭时，见到一片水洼，挺挺地长满了菖蒲。我喜欢闻菖蒲的气味，清淳甘凉，带些历史味。见到它，闻到它，自然而然会想起久远的过去，想起五月端午，想起大热天编柳条帽的情景。菖蒲草带着我们回到童年。盛夏黄昏，柔韧挺直的草尖背后，天幕低垂，星星就像挂在草尖上似的；暮色中飘着几点萤火，村庄尽头，竹绕子响着"呜呜"的鸣声。就是在这样的暮景里，童年的我，第一次闻见了菖蒲的气味，从此，它就藏在记忆深处，再也不会出逃了。

3月21日

读卡维林长篇小说《船长与大尉》，一本少见的好书，小说讲了一个具有传奇色彩的故事：空军大尉萨尼亚历经艰险，寻找失踪多年的船长和他的船队，最终解开了失踪之秘。一打开书本，字里行间，仿佛就有一双手，紧紧攥住你的心。阅读过程中，也不知笑了多少回、叹了多少气。合上书本，思索过多少次，对书里的人物，如萨尼亚、卡佳、柯拉布略夫等，就像邻居和朋友那么熟悉。正直、热情、疾恶如仇，这是有血有肉有体温有灵魂的品质啊。作家像一个魔法师，沿着他专设的文字小路，我们一路行去，生活的历史空间变了，身份也变了，云大校园的茶花、钟楼，也消失了，眼里心里，唯见卡维林描绘的世界。

好的书，具有很强的置换作用。置换环境，置换心境。遗憾的是当代中国，具有此等魅力的作品太少了。

3月23日

稀里糊涂走进了五华山省政府舞厅。

周末，按约去到武成小学，拜访张映老师。没想到他们要去五华山跳舞，还一定要拉着我参加，他笑着说："学中文的，什么事都得了解；你不跳，在一边欣赏一下也好呀。"拽起袖口就走。

路上，又有多人参加进来，男男女女一大群，让人吃惊的是，这群人竟没有一张舞票，仅仅依仗熟人的一个工作证，里外夹击之下，居然混过了多重警卫，进到了华丽的舞场。舞厅极气派，听说，早在龙云时代就建成了。浅陋的我站在舞池边，真正明白了一个词：舞迷。一张舞票在他们眼里，真像太空飞船的船票一样了不起。宫廷舞、探戈、华尔兹，以及各种叉花舞步，他们讲起来那么有感情，那么带劲，困守会泽院的我，听得眼睛一眨一眨的。

据说，五华山的舞会，比昆明饭店、政协礼堂、国际旅行社举办的舞会，都要精彩。也有人认为算不得什么，一个圆头圆脑圆鼻子，样子十分精明的人对我说："有一回我去国际旅行社，跟在一位胖首长身边，一进门就有人迎上前来，含笑弯腰，手扶门把，客客气气道出一个请字。"他讲得那么忘情，事过小半年了，他的面部肌肉，还在享受那个"请"字带来的快乐。

以我有限的见识打量，五华山的舞会也够吓人了。溜滑如镜的舞池，软腾腾的皮沙发，壁上难得遇见的油画，窗帘、灯光、大理石圆柱，带有香料气息的空气，再加上进了门尽都显得风雅的舞者，云大露天舞会怎能相比？受舞场气氛的熏陶，就连塑在墙角里的石膏人像，也摆出气度不凡的样子。舞会的主角，那些不知道从哪里冒出来的美人，她们旋转起来，故意让精致的发辫，也跟着飞起来，飞得比肩头还高。气场变了，这些女子看人的神态也变了，目光斜斜的，带一些矜持的傲慢。

总觉浑身不自在。听了几只曲子，借口逃了出来。出了五华山，真好，春夜的青云街，星星共路灯争辉，晚风与车声齐鸣。人行道上，几个将要走进考场的中学生，在讨论第一次大革命。他们数道出一大串伟人的名字：周恩来、王明、博古——这样的谈话和气氛我是多么熟悉啊，内心也觉得十分亲切。

我加快了脚步，急行军似的往前奔。目标：云大映秋院，我亲爱的127舍！

3月24日

全班出动，大搞三个食堂的卫生，窗、桌、地，都用清水洗过。地砖露出砖缝，饭桌露出木色。在学生食堂吃饭，快有三个年头了，第一次发现，铺满地面的，原来还是青砖，青得发亮的砖。

这次活动是班委会发起的。全班照集体相的经费得以解决。感受更多的是做了好事的快乐。晚饭时走进食堂，听到同学啧啧称赞声，心头还是很高兴的。

3月25日

全福同学上街买布，他说，打算缝三条裤衩，我两条，他一条，剩下的布头给我补衣裳。快睡午觉时，老兄推门进来了，扔给我一卷柔软闪光的人造绸，说："运气真好，碰见好料子，给你缝件衬衫吧。"问他多少钱，他说，五块七。我说："你哪来的钱？！"他说："回机关借的。我知道你喜欢这种颜色，做件衬衫，飘呀飘的。"说这些话时，满脸都是孩子气的笑容，端起桌上的冷饭，大口吃着。

买这些布，我仅出了三尺残损布票。他呢，这个月的糕点票、糖票原封不动还装在衣兜里，没钱打发出去。他知道我没有钱还他，偏偏又借钱买了这种会飘的衣料。我说，你借别人的钱怎么还，他说："不要紧，发调干金就有钱了。"他每月可得调干金22元，扣除伙食费，仅余10元。

3月29日

想知道教授的学问，帮他搬一次家就明白了。

汤鹤逸先生给我们上《古代作品选》。他是那种一个"一"字可以讲两节课的先生。他在课堂上，似乎多是"闲话"，殊不知学问正包含在闲谈之中。同学都很爱听，特别是华侨同学，他们的古典文学根底好，听起来更觉过瘾。

汤老师住原农新村。近日，学校在北院新建的独栋别墅完工了，分给他一套，班主席找了几个人帮他搬家，我也被点名了。

帮汤老师搬了一下午的书。他的藏书不唯数量多，种类也繁。线装书，洋装书，石印本古籍，珍本善本，都有。哲学、史学、经学方面的书也不少，有一本《莲华经》，听说还是一位老和尚送的。汤老师精通多国语言，他的藏书还有不少日文的、英文的、法文的，那套日文版的《马克思全集》，封面是枣红色的，硬壳精装，沉甸甸的，装进背篓里，颇能感觉出马克思的分量。

汤老师的著作中，有小说，散文，更有大量的学术著作。他的论文《易经的唯物辩证法》刚刚在《新建设》杂志发表，"他们寄了两百五十块稿费给我。"汤老师说。疲累中，他摩挲着手里的《易经》，看他的神态，就像在和我们共同追慕一位令人钦敬的先贤。

帮汤老师搬家时，书页间掉出一个民国年代的信封，朱红的信框里写着："中央 交通部 汤秘书鹤逸先生勋鉴"字样，我想问问，话到嘴边，又忍住了。

4月10日

街头见到这样的招贴：翠湖举办杜鹃花展。正好一、二节没课，摸去看看。

早了，园门深闭。转到湖心亭外堤，隔着浓浓簇簇的垂柳，夹着书，踮起脚尖，远远地向杜鹃花张望。

看不真切。心头反倒梳理出几句看花的句子：

朝阳初上看杜鹃，
花色更比霞光艳。
翠柳碧透堤边水，
杜鹃啼红水中天。

没有诗才。面对良辰美景，徒唤奈何的遗憾，太多太多了。

隔水隔树，九龙池那边的杜鹃花看不见我，我也见不到她。既是如此，还是回望翠湖吧。翠湖的"翠"，可谓点睛神笔，映衬着湖光柳色，远远近近的白石桥，绿了。

4月11日

报纸来得晚，凭经验推断，又有重大新闻了。

果真不错。刘主席和夫人王光美，到印尼进行国事访问，今天凌晨离开昆明。此刻，专机想已飞抵赤道。倒回去几个小时，大多数昆明人还在黎明中酣睡时，刘主席已登上舷梯，挥手告别春城了。

下午，同学告诉我，刘主席在昆明住了半个多月，还在省委三级干部会议上讲了话。这些天，我们学校的高音喇叭都停止了广播。据说，就是为了让刘主席休息好。一位受人尊敬的国家领导人，这些日子就和昆明的老百姓一起看茶花，一起分享昆明的蓝天白云。想想，也是一桩盛事。

4月14日

中国乒乓球队荣获三项世界冠军。云大学生奔走相告。进到食堂，文科理科，饭桌上一片赞叹声。庄则栋的抽杀、张燮林的切削，令人回味不已。

全福帮我买的衣料，裁缝说，名叫"绒棉蓝绸"。他问：做什么用？我说：做衬衫。师傅说：就做夏威夷式吧。他说的夏什么者，本人见也没见过，傻瓜似的，竟点头同意了。衣裳做成了，下午去取，怪模怪样的，很不习惯，胸口袒露出一大块，让人联想起沙俄时代舞会上的贵妇人，她们的脖下胸前，总有一大块面积露出来吹冷风——这么一想，更觉得不自在了。

没办法，就像相声里说的：这壶酒钱，只得自家认了。总不能拆了重做。凑合着穿吧。

该长的记性是：点头，是要负责任的。

4月17日

母亲来信了,像往常一样,依旧是请人写的。信封里夹了三元钱寄给我。母亲说,怕我不够用。每一次收到家里的钱,心里都不好受,郁结着阴冷的暗雾。我知道,这几块钱是怎么得来的。纸票上的花纹,在我的感觉中,是父母亲额头的汗印。我对自己说,1964年快些到来吧,剥削者的生活真是过够了。

4月19日

四十周年校庆快到了,学校一片忙碌。油漆工,赶着给栏杆门窗刷新漆。电工,一个一个地检验着钟楼上的彩灯灯泡。中文系舞蹈队的同学,晚饭后准时赶到会泽院平台排练节目。尽管步履匆匆,舞蹈队的同学总不忘顺路采一束"三月雪"握在手里。"三月雪"漫开在钟楼草地上,每天黄昏时分,它们总是和月光一起来到校园。编《三好报》的同学也很辛苦,画刊头,抄写文稿,他们每天晚上都要忙到下半夜,回到寝室,困得连手上的颜料、墨迹都顾不得洗就睡了。今下午,最新一期《三好报》和大家见面了,我挤在人群里,引颈瞠视,真为我的同学感到高兴。版面富丽堂皇,红柱、飞龙、青天、白云,连同会泽院金粉图案,全都用立体浮雕部件组成。校庆的喜气,从版面扑到我们心里来了。

4月20日

校庆,师生有过节的感觉。

上午,在大课堂开庆祝会,我们和历史系同学分坐会场外侧过道,高年级学生就要离校了,特别照顾他们,可以和老师一起,坐在礼堂宽条凳上。不过,我们坐在外边,也自有乐趣。仰头看天,云彩在旗杆顶上飞驰,旗杆又像船桅,整个云南大学不就是一艘大船,正破浪前行。这样的感受,坐在会场里边的人,是领略不到的。

高书记、刘省长披云、第一任校长董泽、首届毕业生代表方国瑜讲完话,庆祝大会也结束了。来宾们出了会场，绕过一排排瓦蓝瓦亮的小汽车，向理化大楼、图书馆走去。站在一旁，我发现来宾们的年纪确实很大了，上下石槛都得有人搀扶。他们名副其实是我的老同学，我还没出世，他们就在会泽院教室上课了，说不定就在我坐的位子上。他们也高声朗读过这样的句子："大凡物不平则鸣——"会泽院有知，应当记得这些学兄。

晚间放映了两场露天电影《洪湖赤卫队》《柳毅传书》。电影放完，已是午夜，大课堂里的文娱演出这才开始。看的人很少，冷冷清清的，李广田校长、寸树声副校长坐在第一排，还在看，神情还是那么专注。隐隐地，我有些可怜两位老人，夜这么深了，还得挺起腰板坐在那里。

回到宿舍，倒在床上，一、二、三——"四"还没数出来就睡着了。

4月21日

天黑了，和老任、天恒游翠湖，我们背靠垂柳，面对湖水，或坐或卧，纵意闲谈。我选了一张没有靠背的石凳，仰天躺下，枕着手臂，嗅着忽浓忽淡的花香，快乐得几乎流出眼泪。老任说，这是木樨花的香气。我们说不准是不是，又怕受骗，没有吭声。我一只耳朵听着同学有一句没一句的交谈。一只耳朵，听着水亭那边飘来的手风琴声。隔我们不远的翠竹林里，不时也会透出几声笑闹。不过，更吸引我的，还是夜翠湖的灯光。石栏外就是堤上人家，连同五华山上的重重楼台，楼窗灯火倒映翠湖，水波摇曳出荡漾不定的光芒，如长篙，如一柄柄金色大桨，映在水里的五华山，也成了一艘大客船，载着一船灯火，即将夜航了。

4月23日

吴光范生物系毕业，留校，分来我们系担任团总支书记。他的年纪跟我们相仿，私下里，我们叫他小吴。刚到中文系那些日子，他连红校徽都不好意思戴，穿一身早在中学时代就上身的褪色制服，袖子缩短了，露出一大截手脖。团员过组织生活时,他和我们一起坐在草地上讨论,一发言脸就红,红得像个红纸灯笼。不知底细的人见了,还以为是个插班生。

中文系开过几次团员大会,都由吴光范主持。教室坐满人。吴光范总是站在教室的斜角线上,一只手扶着第一张课桌,目光躲闪,不知看哪里好。他讲话时,想尽量做到声音洪亮,谁知一紧张,尖声气有时都会叫出来。教室里有一些人低下头,捂着嘴笑,他见了竟不动声色,停顿两三秒钟,让自己镇定下来,接着,又自信地捧着本本说开去。那一刻,我有一个预感:眼面前我们叫小吴的这个人,未来,必定会成长为一个成熟的党务干部。自我见到他的那天起,中文系办公室,总是他第一个来上班。进到办公室,扫地,打开水,八磅热水瓶,一只手提两把。在做这些事情的时候,衣领上的风纪扣,从来没有解开过。他像军人那么严谨。

今下午,在会泽院106教室,吴光范给我们传达校代会精神。他还是站在教室的斜角线上,他的面前,还是那张课桌,捧在手里的,还是那本记得满满的小本子。只是,在他身上,我们再也见不到局促不安的样子了。他讲得很从容,一句是一句的。走出会场的时候,我分明感觉到:在我们身边,有一个人,就像校园里的树,成长得很好。

4月28日

寸树声副校长给我们做报告,听报告的全是1960年入学的三年级学生,大课堂坐得满满的。会议由李广田主持。

寸副校长特别谈到恋爱问题。他说,单个的人,算不得什么,可以说微不足道。但是一个人的智慧却是不容忽视的,有谁能计算出来,在一个革命者的智慧里,包含有多少亿卡的热能?你们在校时间只有十五个月了,大家要珍惜,切切实实学好本领,毕业后,不论你是做梁、做柱、做一个楔子,都要以一当十,对社会产生积极作用。我劝你们不要过早谈恋爱,三十岁结婚也不迟。在校的时间不多了,宝贵的光阴不是用来钻研学问,而是用来琢磨男女之间的事情，太不值得了。感情问题上，不要陷得太深，否则就是一种热病，有出息的青年人不应该受到此种热病的感染。寸副校长说，好好学习，学好本领，何愁将来找不到爱人？怕的是今天挥"时"如土，沉溺于浅薄的感情游戏，这样的人，即便是有个爱人，家庭生活也不会幸福，说不定你的女朋友有一天会看不起你，认为你太窝囊了。这样的悲剧，我们看得太多了。

寸副校长的报告，语重心长，怪不得我在心里记了那么多。散会时很晚了，李广田校长说，寸副校长的话，也是他想说的，要我们好好想想。另外，他联系当前实际，特别嘱咐我们，一定要遵守交通规则，上街走路要靠边，要注意往来车辆。

两位校长的话，不像给我们做报告，听起来，每一句都是父母亲的嘱告，入脑，入心。

5月4日

学校举办青年节庆祝晚会。中文系排演的话剧《破旧的别墅》在大课堂演出，节目排在最后，却大获成功，这是一出悬疑剧，场上演员就两个人，雷波演女特务，李仲甫演侦察员。剧情跌宕起伏，险象环生，演出结束时，全场起立，不肯散去，掌声、心潮，际天而来。我跟着很多同学绕到后台，雷波、李仲甫和导演郑月蓉老师，正站在镁光灯前照相。雷波高我一级，再歇三四个月就要毕业了，往后，谁来和李仲甫搭档呼应呢？我还是个中学生时就听人说，中文系学生演戏很有名。当年，话剧《阿Q正传》上演时曾轰动半个昆明，吴祖光先生都来看过。今夜的演出证明，中文系确实没有浪得虚名。

5月6日

临近毕业，同学心里都有些发慌，东抓一把，西抓一把，不知道该怎么读书。下晚，我和班主席罗玉章朝张文勋老师家走去，想请老师给我们讲讲他的治学经验。

张老师住原农新村2栋207号。去时，张老师正在给他的小女儿喂药，见我们来访，他把药瓶、汤匙交给他爱人，把我们让进书房。书房窄小，从地板到天花板，堆满了书；除去门框位置，四边墙上靠满了书，室里的空间，勉强可容师生三人。临门墙上，悬挂着刘尧民主任录陆士衡《文赋》篆书条幅；书桌一侧，挂着张老师的结婚照片。北窗外，紧挨一棵老柏树，苍秀遒劲，绿荫可掬。隔着窗纱，室内隐隐透进柏树的清香。

张老师谦让了几句，最后还是接受了我们的邀请。

5月13日

高年级同学说，李广田校长从清华调来云大，到任不久，作出一项规定：延续熊庆来时代的安排，中文系学生上课仍在会泽院，映秋院分给中文系男生做宿舍。

私底下，我们都觉得庆幸。能在这样讲究的环境里读书，太有福气了。

映秋院距离翠湖最近，晚饭后，按顺时针方向翠湖散步，成了我们的习惯。

迎着晚风，映秋院左邻右舍的同学，不约而同又走在一起，拍打着湖边石栏杆漫步。有人提议，光走不行，还得讲笑话，一人讲一个，文娱委员赵世杰带头，他说：

某日，教授给人讲解"川"字，众人笑他语多悖谬，教授说："你叫什么，我有据可查。"他进屋抱出《辞海》，一时又找不到这个字。教授淌汗了。末了，翻出一个"山"字，教授乐了，顿足拍膝，一声惊叫："哈，害得我好找，老兄睡在这里啊。"

讲到这里，话题插到了中学时代。抢着说话的人一下多了起来，我也凑热闹讲了一个，大伙倒在笑声里。快近校门时，老杜似乎在发泄怨愤，淡淡说道：

我们的语文老师，讲开了就没有个谱。有一回，他给我们上闻一多的

《最后一次演讲》，先生来劲了，他抹抹袖子，拿出说评书的架势："闻一多走出云南大学大门，来到吉仓坡，特务躲在暗角里，无声手枪瞄准他，嘣嘣响了两枪——嘣嘣两声，老师叫得比放炮仗还响。"我举手站起来："老师，既是无声的，怎么还有嘣嘣声？"老师愣了愣，摸着自家的脖后颈，和我们一起笑了。

回到学校，爬会泽院石槛时，天黑了。棕叶蔽天的斜坡上，吹来一阵清凉的小风，脖后颈汗气，顿时消去不少。

5月16日

《三好报》约稿，写了首打油诗：

>花前月下，
>说不完喁喁情话。
>"哥哥妹妹"不断纤，
>直唤到，
>月落星斜，
>
>第二天都得了重感冒，
>人去座位空，
>请了病假。
>看记分册上，
>添一对烧鸭。

5月17日

《红楼梦》十七回"大观园试才题对额，荣国府归省庆元宵"，在风景描写中演示出人物关系，楼台亭榭，花溪石山，文字是那样精美，可谓写景文范本。可贵的是，人物的尊卑贵贱，聪愚美丑，亦恰到好处地穿逗其间。第十九回写元妃归省，场面热闹已极，站在书边招呼一声，纸面上可立时走下数十个人物，噼里啪啦，烈焰喧腾。到了第二十回，另有一番幽篁闺趣，文字传达出的，全是情切切、意绵绵的冷清色调。前后映衬，神采倍增。小说的诸多笔法，尽藏其间。

5月18日

感谢老舍，27年前，给我们写了《骆驼祥子》，十万字，一部可以和子孙对话的书。这是我今年读到的最好的一本当代小说。过去，也读过老舍的一些散文小说作品，作家给人的印象，可以用四个字来概括：宽厚温蔼。读过《骆驼祥子》，印象变了，作家心头的悲愤之情时时冲出纸面，咬着人的心。

我也爱读老舍的文论，举重若轻，语浅意深。老舍笔下的几句大白话，胜过很多高头大章讲义。

5月22日

读刘尧民主任的《论宋词》，颇受教益。对宋词的回廊曲院，有了大致了解。明白了各家优劣。就像与人相处似的，对哪些人应该亲近，对哪些家伙，远远扫上一眼也就够了。刘主任写的是入门书，特别适合我等半瓶醋阅读。

好文章，具有这样的魔力：从人的躯体里，一点一点撵走愚昧。下自习了，我走出会泽院教室，心头充满了轻快感。夜气清凉，和同学一起，绕到至公堂背后，这里有一大排金银花花架，我们在花荫里多站了一会，浓郁的甜香气息，把人的衣裳都浸透了。

5月24日

在文学作品中，不管什么样的想象，只要能感动人，都是真实的。

5月25日

天气很热,空气烧到30摄氏度。在我的感觉中,几乎达到燃点。大街两种汽车最多:公共汽车和洒水车。

我想起了开远的亲人。在那个地方,阳光似乎能把烟头点燃。家里没有肥皂。肥皂这东西,一年多没供应了。

晚间,中文系在至公堂举办文娱晚会。"有歌有舞有话剧",海报上的这句话,特别用美术字体标出。我们班的女同学表演的柬埔寨舞大受欢迎。张福英的儿子名叫张旭,今年八岁,他和我们坐在一起,有人问他:你看,你的妈妈跳得多好。小家伙摇摇头:说了么说,我妈又不会跳舞。

张福英化了装,穿上短衣长裙,小张旭竟认不出来了。

5月29日

夜间,静悄悄落了雨。

映秋院窗外,摆满了盆花。有金鱼红,法国兰,盈盈润润,开得甚是适意。更可喜的是,花坛砖缝间长出的喇叭花也开了,粉蓝粉蓝的花颈上,还粘着粒粒雨珠,太阳升得老高了,雨点还保存在喇叭花上。喇叭花也懂得,雨水,这是好东西。

学校的大球场最气派,十块篮球场连在一起,课外活动时,没有一个角落是空地。篮球之外,还有围成一圈一圈的排球场地。或高吊重扣,或轻举轻送,认识不认识的同学凑在一起,几声"好球"之后,大家都成了熟人。托排球是我最喜欢的运动,课外活动奔向大球场的路上,揉手指,甩胳膊,准备活动就在进行了。

也喜欢会泽院教室外的晚课。七点过一点,太阳刚坠到西山背后。夜色离我们还有一段距离。校园仍是晴光照人。此刻,正是读书好时光。从教室里抬出一把火腿椅,放置在柏树荫下,读宋词,背古文,爽心惬意。

6月4日

午睡起来向教室走去。太阳很毒，晒得死蚂蚁。我夹着书，躲在树荫里走路。快近会泽院时，又看见扫地的老人，她穿一身家织粗布衣裤，身形瘦小，戴顶篾帽，双手挥动一把比她还高的竹编扫帚，"唰唰"扫地。地上的落叶并不多，老人还是在扫。有一次，李广田校长遇见了，称她"蔡大妈"，我们这才知道老人的姓氏。我从老人身旁走过，进到教室了，还能听见扫帚划地的"唰唰"声。

蔡大妈就住在东宿舍，听她说话的口音，好像也是宣威人，我的老乡。

6月6日

出了会泽院，这才发现：月色太好了。杜夔昌一声邀约，我们放下书本又出来了。

月亮不很圆，星星也不多。已是中夜时分，天地万物，清清白白呈现眼前。钟楼底下有一方石桌，桌上的石筋石脉清晰可见，置下棋子，尽可对弈。琵琶园那边，高年级一位姓狄的同学，隐在浓黑的竹阴里吹笛。笛音里有一种用语言无法表达的惆怅，让人听了，眼里热蒙蒙的。

钟楼上电灯灭了。熄灯钟最后一记余响落向何处？有夜风驮着，会飘到滇池岸边么？夜愈静，月愈明。校园三合土路上的树影，黑黢黢的。我和我的同学做了一天的功课，此刻仍不想归去。流连再流连，在我们的每一片思绪里，都粘有今夜月色的痕迹，悠悠的，亮亮的，带一些校园的芬芳。

水池边遇见教现代文学的岳文志老师。东北人，形貌俊伟，讲课语声镗镗，富于情感。岳老师袖口半绾，肩上拂动着柳树的影子，笑笑地和我们打招呼。老师邀我们一起去会泽院附近看缅桂花，师生的影子，自此并作一处。一路碰见好几起看花归来的同学，他们一定是在花树下站了许久，衣襟上透着缅桂花的清芬。

回到宿舍，也不知几点了，明月仍在窗口，那么执拗，会跟到梦里去么?

6月9日

上海某著名剧团到各地巡回演出,人们争相购票。谁知戏才演了个开头,观众就走了大半。导演急了,追出来问一位老大娘是什么缘故。老大娘回答说:"台上正在开会,等你们开完会我再来。"

老大娘的话,批评尖锐,同学赞她是老百姓的"别林斯基"。在舞台上,在银幕上,郑重其事大开其会的场面,太多太多了。更有的作品,通篇都在开会,厂长说完工程师说,工程师说完工人说,翻来覆去不是"加油器"就是"百分之几"。

当然,这些颇具匠心的剧本,贡献也还是有的:可以让观众打盹养神,再不就像那位老大娘一样,回家织袜子去。

6月23日

在大球场看露天电影《带阁楼的房子》,非常过瘾。这部片子是根据契诃夫同名小说拍摄的,充满了诗的情调。雾气,白桦林,草地上的月光,油画一样美。说这么多,是想说明:我在云大校园里,也找到了同样的美。卷一本书,踯躅在学校的松荫花径,赏心悦目的景色,让人流连不已。特别在春二三月,校园的海棠花开了,花天花地,一阵小风吹过,游人就站在花雨里。学校有一位花工,名叫伍文忠,李广田校长还请他给生物系学生讲过课。伍文忠在会泽院南坡上,引种的香花,听说是从原始森林里移来的,这些花木,早已化成一片浓荫,一年四季,都有花香飘进会泽院教室。云大有这样的环境,隐隐地,也成了读书人的一份骄傲。

7月4日

考完试,劳动21天。

好长时间没有下雨了，一见天都是不黑不白的云彩，热昏昏滤下太阳的热度，人像蹲在锅炉里一样难受。

没有雨，石头晒得烫脚板心。

一出工，我们就仰起头来看天。天边只要现出一朵黑云，人的心头就会发出祈愿：下雨吧，下雨吧，云和树叶，都快晒枯了。

盼雨，不单是盼舒适，也在盼粮食。饿过肚子的人，最能体会雨水的珍贵。大雨倾盆的日子，我们的心情总是畅快的。天上地下，万丈银丝，该给人多少欢喜呀。

正午，我们在校农场拔草。雨来了！有人跑到洋丝瓜架下避雨。多不礼貌呀！朋友来了，应该上前迎接才对。我站上地埂，平摊手掌捧接天上来客。啊，掌心里，跳动着多少活泼的珠子，一瓣瓣散开来，像是一粒粒砸碎了的钻石。

雨停了，衣襟也湿了，湿了一大片。那是我和雨水亲近的纪念。

7月20日

邓小平率领中共代表团抵达莫斯科会谈，苏联方面出来迎接的是苏斯洛夫。据说，是一位分管意识形态的书记处书记。这条消息刊登在今天的报纸上。我出三分钱，嘉文摸遍了他的衣袋，也只找出两分钱，我俩在云大校门口，合买了一份《云南日报》。

整整三个月，我的零用钱加起来不足五元。理发、寄信、洗澡、买杂志，前前后后，向同学借了不少债，登记于下：

李学忠 5角√　　钱天恒 1角√　　董开礼 5分
徐嘉文 1角　　　刘昆钰 2角√
林发金 5角√　　田笃行 5角√
（已赔付的画√）

7月25日

暑假开始了，发现两个绝好去处：上午蹲中文系资料室；下午奔省图书馆。后者尽管只有空桌空椅，好处是离学校近，自本月初起，省图书馆迁来丁字坡附近。出校门左转，五分钱买一串葡萄，刚刚酸得你眉毛跳起来的时候——到了。挑一个靠窗座位，打开自己爱读的书，咫尺之间，另是一片天地。

散文《山村纪事》在《边疆文艺》第七期发表。收到25元稿费。

7月30日

上街理发，路过青云街一家茶室，茶烟人影里，传来竹板的刮哒声，响动随心意变化，非常吸引人。本不愿耽搁的，没想到小小几片竹板，也能划拉出这么动人的节奏，站在茶室门口，脖子也伸长了。

一个四川口音的披发青年正在说评书，讲《武松打虎》。说词不算精彩，拨动手上的三片竹板，表现力却是异常丰富。说书人的十个手指尖上，似乎藏有一个打击乐队，故事情节需要传达的种种音响，尽可表现出来。武松进到山里，酒劲上来了，脚步有些趔趄，忽爆一声虎啸，山摇地动，武松心头咯噔一跳——这些，尽在响板声中细微流出。竹板的击打声里，有山石震响，也有空寂处的瞠目逼视；有一扑一剪的厮杀，也有山月没林时的冷峭。我身不由己进到茶馆，买盅茶坐下了。

又过了一些时辰，这才想起我是出来做什么的，再不赶去理发，我也快变成"披发青年"了。正要起身时，说书人指顾之间，忽觉天色暗了下来，屋顶雷声隆隆——本人暗自叫苦：怎能不带雨具出门？

走出茶馆，笑了：青云街见到的，仍是半街夕阳、一片和煦。哪来什么雨呀。

8月6日

我又回到渡口。

家里来了不少解放军官兵。破庙大殿及西厢房，住了不少战士。江边架起了一顶顶草绿色帐篷。弟弟告诉我，解放军是来南盘江练兵的。

雨季，江水浑浊，挑回家的，尽是泥巴水。母亲也不知听谁说的，往年，总要交代我从省城买些明矾，带回家洒在缸里，说是可以澄清浑水，又酸又涩，就这么过了好多年。现在可好了，解放军帮我们家，在江边挖出一眼水井，往后，再不用喝浑汤了。

缸里的水，从来没有这么清洌，亮悠悠的，透着凉气。

弟弟带我来到井边。水井方方正正，有两丈多深，井壁用鹅卵石镶砌，密实紧当；云彩照在水底，每一丝亮花花都看得见。战士担心两位老人到井边汲水不方便，还在井沿上铺起青石板，平平整整，一直通到我家门口。

弟弟先回去，我坐在井边石墩上，发了好一阵呆。

8月8日

立秋。奇热。高温闷杀了声音。山间野地，唯剩两种响动：南盘江浊浪喧哗；岩荫下山鹧鸪低声啼咕"苞谷——粑粑""苞谷——粑粑"，肚子都让它叫饿了。

演练武装泅渡的士兵今日休整。沙滩上满是他们的嬉笑。也有的战士纵身激流，施展他们的游泳本领。司号员小关不下水，站在树荫下，低头在给铮亮的铜号编织化学丝带，一边还悠闲地吹着口哨。

连长和指导员来我们家串门。母亲在找小鸡。

连长说："是不是走丢了？"

指导员说："会不会在苞谷地里？"

卫生员放下药箱，一拍衣襟："我去找！"话声未落，"噔噔噔"的脚步声已到门外。

8月18日

煮猪食。在铁锅里撒一把火炭灰，祛毒并调剂饲料口味。

取南瓜一个，去皮，剔空瓜瓤，填充红糖及拌有佐料肉末；瓜皮抹蜂蜜，置锅底蒸熟，反扣盘中，名曰"瓢瓜"，乃山乡待客名菜。

用香油炸花椒喂半大公鸡，不上十天，比阉鸡还壮。

鱼跟人一样聪明。

鲢鱼尾巴最有力气。

8月20日

我喜欢听小关吹号。他在屋里吹，房顶的瓦片也会簌簌抖动。他在空旷的公路上吹，山啊树啊路啊，也有一种跟着号音簸动的感觉。

清晨，我在号声里醒来。携一本《宋诗一百首》，跑到五孔桥上，读诗，做操。回家时，曙光照亮了渡口沙滩，父亲自江边收网回来了。鱼篓里倒出满捧肥亮的大虾，每一只都有拇指粗细，捻一个放在掌心里，一扳一挣，很有劲头。父亲说，这些虾是从海里逆水游来的。雨季，江里鱼也多，网兜里还坠着两条大鲢鱼，沉甸甸的，网也撞破了。

下午，坐在石板院里，帮父亲补渔网。

8月21日

窗下读《诗词例话》，没看几页，听副连长给几个班长讲话：

搭浮桥，就差芦苇了。昨天，八班的同志跑了一整天，一根芦苇也没找到。回来，坐在帐篷外边，气瘪瘪的，谁也不说话。叫吃饭，他们说："任务没完成，吃啥饭？"这是多好的战士啊。还有五班的同志，他们划着铁舟撑过十几个水滩，也没发现芦苇。没办法，钻到水底下摸煤，装了一船煤划回来。他们说，反正不能空着手回连队。

副连长的这些话，比书上的文字还打动我。丢下手里的《诗词》，起身来到南盘江边。涨水了，风在耳边呜呜地发出哨音，水浪扑上石岸，发出"空空"震响，似乎也想跳上山坡，摘一朵红红的山花。

8月22日

顺着吊桥往西走，南盘江一下让山峡挤窄了。水声汹汹，山势险峻。就在这些野兔也难立稳脚跟的地方，我和小弟站在陡坡上砍柴。脚下有一块石头，弟弟蹬了一脚，石头"骨碌，骨碌"滚下山去，响声拖得很长，最后，"嘭"的跌进江里。"不要往下看！"我提醒弟弟。山坡直上直下，看多了头晕。

小弟在前，我殿后，每一棱可以搁下脚指头的岩石，每一把可以抓牢的山茅草，都成了我们身边的帮手。我们挑着柴，一寸一寸往山下挪动。

下到山脚，过了吊桥，来到公路上，快近家了，小弟在我身后提醒说："哥，直起腰杆来！"弟弟是个完美主义者，他不想让他的哥哥在众人面前，显出弓腰驼背的样子。

8月24日

清晨，山坡草丛，有小鸟在唱："啾——啾——"一声，又一声，声音像一根银丝，飘得很远很远。

过去，我听过画眉叫，也听过狮子花雀叫，唯独没有听过这么奇特的鸟音。它的歌吟，让人联想起一个洒脱的小伙子，吹着口哨，悠闲地在山林里走过。我追着叫声找了去，轻轻悄悄挨近了，终于发现了这位歌者的尊容：身子比鸽蛋大不了多少，灰亮灰亮的，站在斑茅草尖尖上，荡秋千似的，一边荡，一边仰着脑袋唱歌。

弟弟告诉我，这就是小米雀。小，正是它的优势。弟弟说，小米雀有时也会飞进他们校园，飞进芭蕉棵，踩在半片花瓣上喔小水珠。淘气娃娃举起弹弓向它瞄准，小米雀分明看见了，丝毫也不惊慌，照样喔它的水珠。它是那么镇静，似乎早已料到了：反正你们打不到我。学生娃娃急了，等他们约来伙伴，同时举起弹弓时，聪明的小米雀一个激灵，"突"地飞了，无影无踪飞了。

弟弟说，小米雀，又叫口袋雀。窝巢的形状就像一个口袋，挂在悬崖刺丛间，入侵者很难找到它。

8月28日

给《云南日报》副刊"文化生活"写的一篇稿子，北京《民族团结》《光明日报》转载后，暑假收到稿费，有四十多元，对我来说，算是一笔巨款了。用三块钱买了一双塑料底圆口布鞋，给家里邮寄了一些衣物，帮袁震高等六位同学交了讲义费。不交就不得注册，此中况味，本人多有领会。

暑假告诉我：学校的天地确实太窄了，不走出校门看看真不行。我们还有多少事情不知晓啊。闭目塞听，就像小河沟里的谷花鱼，遇到生活的洪流，时时有发晕的感觉。

10月8日

午睡刚醒，班主席敲门通知：民兵班长快到操场紧急集合。

天阴。霏霏细雨沾湿面颊，冷得打哆嗦。

几分钟的工夫，全校百分之九十的班长来到球场。武装部长郭大尉站在石阶上，神色严峻，对我们挥臂训示："阿尔及利亚外宾要到学校参观，停课迎接。不开连长会，不开营长会，找你们来，这叫一竿子插到底，要求大家做到：欢迎要热烈、整齐，同时注意纪律，凡是违反纪律的，要算政治账、国际账！你们都是大学生，会说外国话，今天，最好不要说了，否则，你一放炮，这一炮就打到阿尔及利亚去了。"

郭大尉说的"国际账"，我懂。意思就是"政治账"的平方。我们的心情，也跟着一下严峻起来。

全校大搞卫生,各班涌向自己的清洁区。地上落一片树叶也算垃圾,均在扫除之列。中文系传统的区域就在会泽院。每一块花瓷砖我们都重新洗过。以前,去总务处领一个拖把都费力,今天,还没张口总务处长就塞给你一大捆。

上街买鲜花的人骑着自行车飞速驶过。

校长高治国换上了最经典的礼服,从轿车里走了出来。

4点半钟,大课堂坐满了师生。我是民兵班长,指定坐在过道边上。一个穿西服的年轻人走上主席台,指挥工作人员撤下毛主席巨幅画像,讲台也改变了位置,从正中间移至黄金分割线的切合点上,台布换成孔雀绒,富丽而庄重。有经验的人告诉我,台上的年轻人是礼宾司派出的。我猜想那块罩布也是他带来的,云大好像没有这份财产。

贵宾还没到来,党委副书记袁光走到麦克风前先做布置。

"今天"袁光说了两个字就不说了,大礼堂一下静了下来。静默说明我们都竖直了耳朵,她这才接着讲,"今天,阿尔及利亚政府代表团在团长马加尔乌兹尼加率领下,就要来我们学校参观。陪同前来的,有陈毅元帅——同学们,静一静!"

礼堂里全是掌声。感觉中,座椅也兴奋得跳起舞来。

镁光灯闪光灯亮得晃眼的时候,客人们到来了。摄影机的"兹兹"声也同时响起。献花。高校长向"阁下"致欢迎词。阿尔及利亚国务部部长马加尔乌兹尼加发表演说。大意是:他代表进行了7年残酷的民族解放战争的阿尔及利亚人民,向中国人民致意。他说,没有中国人民武器上、道义上的援助,他们的斗争是不可能获得胜利的。他的讲话伴以手势,讲到殖民者跪地投降的样子时,他的比画,引发出哑哑的笑声。

说实话,我们更多的时候没有使用耳朵,我和我的同学,目光只落在陈毅元帅身上。他走到讲坛前,也讲了几分钟。有一个细节给人很深的印象,陈毅身体前倾,拳头伸到讲坛外边,用我们都很熟悉的川音,大声喊出一句:

"打倒帝国主义！"

送走了客人，天早黑了。我们在灯光里吃晚饭。回到教室，班主席通知：不上自习了，回宿舍睡觉，明天凌晨3点起床，去机场欢送贵宾。

10月10日

钱天恒批评我：给你提个意见，与人谈话，一不耐烦你就岔开别人的话头，这样做，损害了同学的自尊心。另外，旁人挨你说话，你也带理不理的，这样做，很不好。

老钱直截了当的批评，有如给我照了镜子，让我看到了自己的畸形，当牢记。

看担当书画展。担当诗、书、画三绝。确乎如此。这位三百多年前的山僧，下笔清奇冷峻，视其字画，颇能想见其为人。担当活在他的字画里。

山桥野渡、飞岩古松，为什么古人总喜欢变来变去的画？千百年来，亭子和水，与画家的笔墨总是粘粘连连的，为什么？这是什么样的审美窠臼？

10月20日

今年3月，曹雪芹逝世二百周年，云大举办纪念活动，请王兰馨先生讲《红楼梦》。那天，大课堂坐满了人，外单位也派人参加，礼堂座位不够，许多人就站在窗外听。王老师五十多岁了，走起路来，病病歪歪的，穿一身长襟青布衣裤，一个十足的北方老太太模样。待她坐到麦克风前开口说话，听众猛然惊觉，面对的，唯有两个字能够说明：不凡。

这学期，王老师给我们上宋词课。我们都喜欢听她说话，王老师讲出的每一个句子，自自然然合乎汉语的音韵平仄，富于节奏感，音乐一样动听。我常想，这得经过怎样的文化历练啊。今上午，王老师在106教室讲清真词，她怕我们听不明白，转身将周邦彦《玉楼春》原文写在黑板上：

　　　　桃溪不作从容住，秋藕绝来无续处。当时相候赤栏桥，今日独寻黄叶路。

　　　　烟中列岫青无数，雁背夕阳红欲暮。人如风后入江云，情似雨余黏地絮。

　　写完这些板书，王老师的手上、衣襟上，沾满了粉笔灰。跟着，她又朗声吟诵了写在黑板上的作品。此刻，我第一次明白，我们过去只会念诗，不会唱诗。要想真正触摸到古典诗词的灵魂，"唱"是最好的效果。王老师的声调，有高有低，节律有缓有急。这一切，又是诗词意境的自然延伸。

　　不过，更为精彩的还是王老师"以诗解词"的精微，听她说话，真想把每一个字都捉来笔下。王老师是这样讲解黑板上的清真词的："这些词句，通体都是对比的写法，旧时桃溪匆匆，今日藕断丝连；因有当时的桥头相候，才有今日的路上相寻。赤栏桥仍在，如今成了黄叶路，节候、心情，自是不同。客观事物，也都成了有情之物。烟里青山，雁背夕阳，此映彼衬，风景如画。可是人如风后之云，情似雨后之絮，留又留不住，飞又飞不起。一个偶然的机会，造成无限的追念，无限的伤怀。"

　　听到这里、记到这里，忽觉身后有鼻息声。扭头一看，一位调干同学，竟伏在书桌上，呼呼睡着了。

10月24日

　　宿舍调整，搬到映秋院楼上来了。房间里丢着一把破伞，算是毕业班同学留下的礼物。我拿起来试着撑开，哗啦一声，伞面裂出一个大口子。"丢了吧，丢了好搞卫生。"我说。钱天恒一把夺了过去："哪里，修修还可以用。"跟着，他又补上一句："修好了，还会有人来借呢。"

　　麻线加针线，老钱到底补缀好了这把破伞。缺点是伞轴顶上只剩几根伞骨了，有漏雨之嫌，不过，撑开来斜着打，上半身多半不会淋湿了。整整一个雨季。撑着这把伞，我们半夜起来上厕所；撑着这把伞，我和老钱好多次跑到大课堂看电影。

渐渐的，我对这把破伞有了感情，特别是下雨天，眼见一些同学淋成落汤鸡的时候。

11月5日

《边地之边地》，彭桂萼著，1939年昆明出版。我在校图书馆借到此书。作者系临沧人，应是民国时期云南的文学青年。作者随勘滇缅边界时的沿途纪闻，构成全书的主要内容。文字具有现场目击的真实感。文章多是20世纪30年代南疆边寨的风情实录，文笔生动、清朗，研究云南的民族文化史，彭桂萼的记述或有一定价值。例如，他写边寨的早晨："一家的鸡高唱茶花——两朵，接着就有左邻右舍以至全村的都和唱起来，充耳尽是一片鸡声；待茶花鸡叫得稀疏了些，舂米的脚碓又咚、咚、咚地跟着震出惊人清梦的声浪。"缺乏实地体验的人，是不可能写得这么有层次的。《边地之边地》的作者，对少数民族的生产生活、民族风习、建筑、衣饰，也多有翔实记载，如早年的卡佤女人："戴的帽子是尖顶的，钉满了银奶钉，只箍着脑壳的后半球，耳塞有木的，有银的，粗如大手指，长四五寸，下端成花瓶口形。黑粗布短衣，以线结合代纽扣，大黑奶及腰肚，大半显露在外面，下身束桶裙。"这些记载现在是看不到了。越是看不到，越更说明书的历史价值。

11月6日

这段时间，映秋院多次失盗。前不久，一年级有一个同学，下晚自习回到宿舍，垫的盖的全不见了，只剩下几块光板板等着他。那天，吵到午夜12点钟还没平息下来。小贼过于猖狂了。从这天开始，不管功课有多紧，每天晚上，各班都得派人看守宿舍。今晚轮着我当值，守在楼梯口，微有响动就得四处探视，遇有抱着被子走动的人就会觉得可疑。楼上楼下，各班派出的哨兵不时会在"边境"碰头，彼此相视一笑，大有互报平安之意。68级的小万到底抗不住寂寞，他端着棋盘找到我："来来来，杀上一盘再说。"小万下棋不喜声张，从他挪动棋子猛然一将的气势不难看出，这是一个很有主见的人。只是，本人不敢恋战。快下晚自习时，忙着冲回房间，提上瓦罐，朝开水房跑去，迟了就得排长队。天冷，脚僵，往常都是学忠、天恒帮我打热水泡脚，今晚，也该我上阵了。

11月8日

赵眼镜是我们班的文体委员，他用毛笔抄写了好多张歌谱，挂在教室墙上。晚自习休息二十分钟，每一分钟都有我们的歌声。会泽院这时最热闹。开头，只是几个人小声哼唱，跟着，男女同学不约而同聚到歌谱跟前，有如一条条小溪流汇聚在一起，形成一条歌声的洪流。尽情唱，放开嗓子唱，每个人都在合唱声里找到了当歌唱家的感觉。赵眼镜站在歌篇前拍着巴掌打拍子，他想教我们唱《长城谣》，大家不同意，嫌这支歌哭腔哭调的，赵眼镜只得依了，说："那就唱《游击队之歌》吧。"同学来劲了，口哨声配上分声部合唱，每个人都参加进来，唱得好不起劲。唱着唱着，一个个好像真成了当年的游击战士，行进在崇山峻岭。唱完《游击队之歌》又唱《在太行山上》，绵绵不绝的歌唱像一条河流，把我们的心，荡得很远很远。晚自习的钟声再次响起我们也没听见，还在唱。直到有人敲门："上自习了！"唱歌人这才噤声，各自散回课桌。

全班四十多人，大家都爱唱歌。歌声带着我们旅行。在歌声中站上"太行山"顶的感觉，每体验一次都觉得舒服。

11月10日

我从球场回来，推门一看，寝室里飘出一股清新的湿气。学忠刚刚拖了地板，正勾着腰抹桌子脚，见我进来，他仰起头笑笑，问："咯干净了？"

学忠是我的宣威老乡，一个耿直热情的人。

北窗下读柯罗连柯的《盲音乐家》。从声音里写出人对色彩的感觉,绝了。一部少有的心理小说,作品以诗情取胜。有很多处让人从内心生出亲切的喜悦,写出了我们某一时刻的生命体验。正看得有趣,昆玉推门进来了,他斜靠在学忠的被褥上,有一句没一句和我聊了起来:

"晌午出去闲逛,下了百货大楼进到书店瞌睡就来了,眼皮十分紧张。——哦,你见过卫星式座钟吧?好是好,不知可经久?价钱也相宜。——哎,假期里遇到一位初中时的女同学,长得好高了。你咯觉得,同学越早,见面时越亲热?可惜我已想不起她的芳名了,是姓宋吧,宋什么芳,中间一个字怎么也考察不出来了。"

说着,昆玉抓了把炒蚕豆给我,我俩嗑得就像打小钢炮似的响,把这一天也给轰了。

11月26日

歌咏比赛,三年级夺得第一。他们将代表中文系参加全校晚会。为了扩充实力,又从一、二年级抽调十个女生,从我们班抽调十个男生加盟,有我一个。

中三的米思及担任指挥。瘦瘦高高,戴副眼镜,上身穿细呢米色中山装,下身着蓝布裤,打有补丁。他手上挥着一根散了的报夹当指挥棒,动作抒情,头也跟着悠悠扬扬摆动,唱到高音要求戛然休止时,左右手臂上下一挫——看他的气势,有根钢筋也能折断。

我们唱《东方红》第二声部,不一会就摸熟了。女同学的和声比较难,在最后一个乐段,男生以沉厚之气唱着"咱们永远跟着共产党,咱们永远得解放",女同学须激扬地"咳哟"着,按米思及的要求,又不能那么简单。教室的讲台搬到墙边,米思及站在中间位置,对女同学说:"唱到这里,停七拍,拖七拍;停半拍,半拍起——唱出海浪托起红日的气势。"

米思及是诗人,说话也有诗的意味。不过,他的"七拍三拍"听起来有些复杂，难为指挥棒下的小女生了。

11月30日

"一二·一"前夕，学校举办纪念晚会。中文系的话剧《中秋节之夜》（郑月蓉老师导演）大获成功。

开演之前，大课堂灯火骤灭。台上台下，一片漆黑。这时，喇叭里响起了低沉伤痛的声音："同学们，我们不能忘记过去，这里介绍给大家的，是一个老贫农的血泪史……"板胡声响起，曲调是《月儿弯弯照九州》，酸楚凄切，似有若无，观众一下进入剧情规定的氛围。

大幕缓缓拉开，舞台上的画面是：破壁，破草席，一对摇曳的红烛，供奉着老父的灵牌。扮演二保的一个同学，伏在母亲膝边，嘤嘤啜泣。杨振昆演父亲，病卧在床，赤脚半露。他挣扎着欠起身子，一声咳嗽，咔出血团，使双手捧住，观众似能觉出鲜红的血滴，正从他的指缝间滴落。这时，门外响起了杂沓的脚步声、狗吠声，赖保长抓人来了，眼看就要撞进柴门。大课堂外边窗台上，蹲着一个还没有资格参加大学生晚会的幼童，他急了，忘了是在看戏，大叫着："二保，快跑！"扮演保他娘的女主角，是二年级的蒙圆圆同学，中文系的女高音皇后，她在郑老师的调教下，表演得十分细腻。剧中有一个细节：她扶着门柱，慢慢梭滑落地，似有巨大的痛苦从她心上碾压而过。她的动作，引得好多人的喉头哽噎了。

散场时，我绕到后台，向杨振昆同学表示祝贺。他还没有从悲剧气氛中脱离出来，见了我，语调里含着泪声，说："你也来看了？"

球场上霜气稀薄，天空中星月皎洁，回宿舍路上，也摸不清几点了，问一位戴表的同学，他说："1点半了。"

12月2日

课余聊天，大家还是不忘前晚的演出。兴味仍是那么浓。同学说，就是请专业剧团来演出，能给予我们的，怕也不会更多了。谢幕时，坐在前排的高治国校长、刘尧民主任起立鼓掌；化学系、外语系、物理系的同学也站起来鼓掌；掌声里，分明响着一句话："中文系真厉害！"我羡慕那些参加演出的同学，以后每过一次中秋节，他们都会记得这个夜晚。将来，老了，牙齿不关风了，还可以对后辈吹吹："读大学时，我们演出过一场话剧，名叫中秋节之夜……"学校的大课堂里，存放着多少青春的记忆啊。

12月4日

不要偏爱春天。在大自然的四个女儿中，冬天也是很美的。一种朴素淡爽的美。就说校园水池边的柳树枝吧，叶子脱尽了，柔条光光滑滑，清晰地散在冷风里，承接阳光的照耀，柳枝透出了亮色，泛青抹银的亮色。心头不禁发问：隆冬的柳枝啊，你是用什么做的，是锡与银的合金吗？

12月5日

崔应发，宜良煤矿老工人，中文系邀请他做报告。文科四个系学生都来了，至公堂挤得满满的。崔师傅的童年遭遇，值得记下。他说："我们全家流落街头，找了孔干石桥住下。父亲死了，母亲死了，妹妹三升米卖了，我带着弟弟讨饭，龙烟村村口，有三棵大树，我让弟弟坐在树脚下等我，我端着碗进了村，出来时，弟弟不见了。被人拐走了。我守在树底下，哭了两天两夜，总不见有人送他回来。没办法，我又回到城里，昆明的每一条大街都有我的足迹。消息传到乡下，爷爷卖了镰刀锄头，上昆明找我，找了一个多月，钱也用完了，没办法，拄根棍子也在街头讨饭。一天，爷孙俩在逼死坡碰见了，爷爷抱着我大哭。爷爷的身子骨太弱了，不久，也丢下我，独自走了。这年，八岁的我，除了电影院门口那块夜间做靠枕的石头，我没有一个亲人了。"

12月6日

大学生活只剩八分之一，期末，停课复习一周，考两门课：《诗经研究》《鲁迅研究》。下午，公布了毕业论文选题。原先，我准备写《李准十年创作述评》，作品熟，材料熟，可依傍的文章也多，写下来，有可能得高分。斟酌再三，还是放弃了，最终选定张维骐先生出的题目：《唐代义侠故事》。对我来说，这是一块生荒地，阻力也大，写下来，成绩也不会理想，不过，正是因为这个原因我才改变主意，选张老师出的题目，可以逼着自己多读古典文学作品，夯实古文基础。在我看来，这是更为重要的储备。

12月7日

这些日子，全国的报纸几乎都在做一件事：用整版整版的篇幅，转载上海戏剧学院老师陈耘创作的话剧《年青的一代》。《中国青年报》一次用两个版面，两天刊完。

物理系闷声不出气，倾全系之力，排演了这出话剧。剧中年纪最大的一个人，就由他们的总支书记马维龙出演父亲这个角色。昨晚、今晚，向全校公演。高治国校长连着看了两场，给物理系颁发了特等奖锦旗。他们的演出非常成功。被人誉为当代的《青春之歌》。有一个朋友对我说，他看了话剧回去，想了一个晚上，他觉得自己这些年都在睡懒觉，青春像衣袋里的金币，被小偷摸走了。前些天，领导通知十多位老教师去开会，其中竟然也有他，他这才打了个冷战，惊悟到自己再不是青年，他动情地告诉我："《年青的一代》给了我一张车票，从现在起，我要在一条更宽广的道路上飞驰了。"

我喜欢这出剧，有一个重要的原因：戏是我们同学自己演的，看起来倍觉亲切。女主角林岚，就由毕业班一位同学担纲。没想到一个理科学生对角色体验得那么深，把握得那么准，岚岚的热情、正直、纯洁，从外表到灵魂的纯洁，都被她表现出来了。演出快结束时，岚岚即将远行，她挥手与观众告别，坐在大课堂里，我们都忘了是在看话剧，真像有一个好朋友要走了，痛惜之情，让人眼角湿了。

12月11日

　　上初中时，读过李广田校长的《散文三十篇》，追索起来，已记不清当时的阅读心境了。有一个细节还记得：雨天，慕名拜访一位军旅诗人，他说："李广田的散文，像纸花一样，漂亮是漂亮，可惜没有香味。"此人小有名气，比喻又是这么新颖，他的话，枉记了好多年。

　　重读李校长的散文选，这才发觉自己的可笑。竟有那么多日子，扮演了一个小瓦雀的角色。下午坐在资料室里，四周除了翻书的声音外，就只有我的心思在活动了。李校长的散文作品，很少有奇巧的句子，也很少有过猛的形容和修饰，他总是写得那么朴素，那么真诚。一切都像油灯下老祖母讲述的故事，诚挚动人，句句入心。《山之子》《没有名字的人们》《冬景》《水的裁判》等篇什，深深感动了我，读的时候，情不自禁扭紧了书角，差些撕破了。我忘了是坐在资料室里，忘了身下还有一把木椅，那一刻，我仿佛是坐在农家木墩上，空谷山野，传来冷凉的蝉声。

　　朋友告诉我，抗战结束后，因了王兰馨老师的缘故，李校长失去奔赴延安的机会。我想，李校长要是像何其芳一样也到延安，他后来的创作，又会呈现出什么新的变化？

1964年

1月1日

高二下学期，补考物理。自此懂得：上课时书箱里放一本小说，该是多么危险的事情。最后两学期，再也不敢放肆。物理老师再看见我，也有了笑容。

考场生涯，眼看到了尽头，另一场大考又迫在眉睫。元旦壁报上的标语，透露出这方面的消息："好男儿志在四方！""祖国的需要就是我的志愿！"等等。毕业分配，成了经常性话题。还是个中学生时，我就梦想着当一个记者，我害怕闲散，害怕坐在原地不动，害怕将自己的天地限制在办公桌上。走出校门，进入社会的大课堂，正是我的向往。只是，学校会派我去吗？悬悬。

胡某是"家乡宝"，他家住在正义路附近，谈到未来，他讲得很干脆："以近日楼为圆心、翠湖为半径，画圆。除了这个范围，哪里我都不去。"我问："要是分你到新疆工作怎么办？"他不吭气了，小声咕哝出一句带叉的粗话。

1月8日

沉寂了一些日子的映秋院，又热闹起来。民专同学下乡搞调查，回来了。与他们闲聊，多开眼界。老左去到怒江，他说，解放前，怒江峡谷驻有保安团士兵，军纪非常涣散，他们抬着枪出来游逛，嫌麻烦，顺便把步枪寄放在傈僳人家里；取枪时，主人还得交钱，名为"搁枪税"。——"搁枪税"，于是成为当地诸多税种之一。

老左还告诉我，傈僳人特别欢迎医生、小学老师、电影放映队员到怒江工作。街子天，傈僳汉子端着杜鹃花木挖出的酒碗，喝得酩酊大醉，躺在街上，喊出的酒话也是："医生阿卡基！"意即："好啊，医生！"

听君一席话，感慨颇多，当初报考医学院就好了。

1月10日

同样是下乡采风，这位学兄唯一的变化就是晒黑了，也比先前胖出一圈。他的脸型比较长，一胖起来，更接近于一个大西瓜。谈到下乡收获，老兄翻来覆去也就是这么几句话："我这次下去，吃了两百多个鸡蛋，伙食费超支三十多元。大理这边，山水好；圭山这边，人热情。我去时，正赶上他们玩小姑娘，摁倒在田埂上就……"民族文学调查队，竟有这样的角色占据一个位置，浪费了。

1月11日

劳动。全班大多数同学留在校农场管理菜地，另外，还得抽调六个人去龙潭农场盖房子。我报了名，还差五个人。小组会上，说什么的都有：

"下龙滩？我又没撑多了！"

"不去不去！"

"算了，留在学校，肚子饿了我还可以溜到外面加点餐。"

"抽签嘛，谁抽着谁去！"

"讲自愿，我就不报名，不过，派着了，去就去。"

班委会讨论了一下午，最后敲定六个人：我，两个组长，一个团支书，两个正在争取入团的华侨同学。

龙潭的艰苦生活早有领教。艰苦中的乐趣,也只有个中人才可体味。这是我第一个报名的主要原因。

1月13日

昨天,也是黄昏时分,我坐在古色古香的映秋院,和同学谈天说地。今天,同样是木窗昏黑的傍晚,我来到龙潭农场,坐在小茅屋里,听着房头上怒扫而过的山风,点亮了煤油灯。

我们六个人,离开班集体,扛着行李,坐上学校的大卡车。六个人,缩在车厢角落。汽车开动时,总有一种还有很多人没有上车的感觉。六个人也唱歌,歌声一飞出嘴唇就被冷风刮跑了。噎着,不唱了。车板外边,公路随山势打转。汽车没装重物,几个人豆子似的颠来簸去,我们挽紧了手臂。最难将息之际,到农场了,车厢外边的山岗,一下停止了起伏簸动的态势。

三下农场,又是冬天,到处都是深深浅浅的黄,焦黄褚黄,黄得一塌糊涂。坡地刚刚翻耕出来,晒着太阳。茨沟村在西边,村里盖起几栋新瓦房,另有几家也在赶着春墙备料,斧钉之声可闻。村口山路上,行进着几张装运石料的牛车,车轴发出尖锐的吱嘎声。

农场养了两条狗,黑身子白脚爪,胸脯也是白的,就像小娃娃系口水兜。它俩都有一个脾气:不咬知识分子。茨沟村的狗就不同了,见着扛锄头穿草鞋的人它们摇尾巴,一嗅见墨水味,龇出牙齿汪汪叫,脚脚爪爪都是敌意。环境使然也。

小茅屋散发着干草的甜香气息。睡了一个好午觉,午后开始干活。活计不重,抱着撤下的旧茅草,一捆捆堆到羊圈土墙边。抱多抱少以个人的臂力而定。累是不累,只是灰气呛人,洗脸时,每个人至少用去三盆水,这才还原出各自的本来面目。水是冷的,冰水一样冷,冰得脸皮子、手指尖发疼。热水瓶里有开水,谁也不用,总想留给别的同学。

入夜了,龙潭的风,还在不知疲倦地刮着。我的日记已快写完,育才写完日记,歪在枕头上读古文。隔壁屋里,发金、何谓安油灯下看书,老杜可能又在构思他的剧本,瞪着灯芯,眼睛珠一动不动。只有团支书小董没回来,开会去了。

1月14日

放羊。山坡上遇见和平村放牛娃。面对两个大学生,他一点儿也不客气,自称是"放牛大将"。小鬼歪戴着帽子,遮阳塌了,推在后脑勺上,脸色朴红,咧着嘴光爱笑。问他家今年分得多少粮食,他横竖不说,问多了,只有一句话:"反正比你们多得多。"

我们转而打听他的名字,他顺嘴乱编,一时三刻,叫出好几个名号:小亮、大狗、二锁、"同志"。他一面编,一面笑,两个大学生被他耍得干着急,小家伙一定很得意。不过,他的山野知识到底比我们丰富,他告诉我们,对面山上脆棠叶多,羊爱吃,吃起来也不会乱跑。我们照着他的话试了试,果然有效。

龙潭的风不会休息,吹啊,刮啊,土地都被它削瘦了。滇东北来的老杜,指着山坡脚下的村落告诉我,他的外婆家在山里,龙潭要没有这么大的风,就像他的外婆家了。

1月15日

"放羊,跑断肠;放牛,睡扁头;放马,跑断胯;放猪,眼睛哭的水渌渌。"——这些话,是昨天那位放牛娃娃教的,补记如上。

堆积在干茅草里的灰尘迷人眼睛,一天过去了,眼睛珠还在疼。

我们搬了家。搬到一间背风的茅屋。每个人都有一种住进了大瓦房的感觉。光线也明亮了许多,立一扇落地玻璃窗也不过如此。

1月16日

雨水沤，太阳晒，房顶上苫的茅草，熬过了好几个冬天，该撤换了。按照农场师傅的安排，我们爬上屋去，干起了拆房顶的工作。

吸了一天的灰。哈出来的气流也是黑的。收工时，端了五盆水也没把自己淘洗清爽。

两位华侨同学干得真好，没叫一声苦，眼眶全是黑的，见了面，露着白牙齿笑。

晚间，围着火塘读报，读到了巴拿马的消息。首都两百多万人上街游行。美国佬开枪射击手执国旗的巴拿马青年，在巴拿马的土地上，巴拿马人举着自家国旗也犯法。火塘架上柴，旺了，火光似愤怒的面影，在报纸的字行间闪动。

"天气阴了！"老杜挟一身冷风扑进屋来，打着哆嗦向我们报告。农场的李师傅，给我们讲起雪的故事。

1月17日

房顶苫茅草，不漏雨，不透风，这是技术活，我们干不了。场部去到村里，专门请来三位农民帮忙，发给他们的报酬是每个工一元五角钱。九点多钟，三位师傅抱着水烟筒来了，其中一位给我的印象特别深，他上身穿一件黑直贡呢对襟衣，领口油黑，下身套豆蓝色单裤，裤脚一尺多宽；头上戴顶羊毛织的滚圆小帽。看得出来，这是一位见过世面的农民，随和，爱逗笑，领薪水这件事，他调侃做"领饷银"。谈到村里的掌故，一套一套的。收工时，他走在最后，提着他的水烟筒，一路吼着花灯："二月里来菜花黄……"潇潇洒洒回村去了。

1月18日

不知什么缘故，昨天的三位师傅不来了，另换了几位。其中一位面目冷竣，不苟言笑，做人颇有底气。听听他和村人的对话：

"老张，几点了？"

"5点。"

"你咋个会晓得？"

汉子抬起头，下巴朝偏西的太阳点了点，粗硬的大手用劲拧紧草把，甩手扔上房头，他说："喏，那就是我的大钟。"

听他说话的口气，我和我的同学不约而同抬起头来，朝他说的金晃晃的大"钟"多看了几眼。太阳还是昨天的太阳，没有什么新奇的，蓝天上新抹出的云彩勾勾，引起我们的注意。茨沟村来的师傅说：

"不用看了，那是雪勾。通知你：要下雪了。"

1月19日

夏天有杨梅，冬天，龙潭的土特产，只剩下风了。龙潭的风，确实"疯"了，一天到晚不停息，吹啊，吹啊，场部门前的空地，打扫得干干净净。

顶着风挑起担子走路，可不是容易的。瞧，发金、育材从对面走来了，他俩就像踩着滚木走路，摇摇晃晃的。风扭着扁担，拽着身子，他们自己，犟着脾气又要往前赶。每迈出一步都得做出抗争。就在这时，"哎"的一声，连人带挑子滑下田埂，他俩笑着，叫嚷着我们听不懂的印尼话，重新爬上田埂。

龙潭的风，冷且猛。呼啸声里挟带着砭人肌骨的霜花子、冰渣子。这些，何谓安、老杜体会得最为深切。派他俩山上放羊，另加一个副业：帮助训练农场的猎犬。我的这两位同学，整天都在甩着鞭子练长跑，他们的衣裳也被野刺挂烂了，迎着风，暴露出好些个破洞。不过，每当夕阳衔山，他俩挥鞭从云彩里走下来时，大老远的，唱着歌，与骑在房梁柱上的同学打招呼。

骑梁柱的人，是小董和老乔。另有两位最近快提升为"二师傅"的华侨同学。他俩跟着从村里请来的社员学本事，铺草、扎檩条、穿针，颇得师傅好评，两个整天只会背诵"文章合为时而著，歌诗合为事而作"的书呆子，居然也有一技之长了。说到这里，还不能忘了龙潭的风，风是化妆师，下班时，我们都成了黑人，鼻孔黑了，牙齿黑了，嘴巴里也充塞着茅檐黑灰，化妆了。

六个人情绪还不错，老杜在茅屋门板上，用桴炭写下一副墨黑的对联：

砍柴放羊不惧风寒露重
烧火做饭习惯早进晚出

1月20日

坐在油灯下补好裤子，何谓安说："来，对对联。"我说："你先说嘛。"他张口道出一句："踏雾披露进山岗。"我接口对了一句："撕布补裤针线忙。"大伙笑了。笑声里，老杜也动了兴头，他说："来来来，我说上句：上山下乡和劳动人民相结合。"他念完，我也想出下句："穿云破雾与青山牛羊做伙伴。"说话间，煤油灯也已燃尽，茅屋里黑洞洞的，我们在黑地里的笑谈满是戏谑。何谓安上山放羊，一脚下去，踩中野鸡翅子，他以为踩到麻蛇了，吓得惊叫着一步跳开。彩色翅翼的野鸡，钻出草丛，贴着地皮，扑棱棱飞落到箐沟对面去了。宿舍里的兄弟个个觉得可惜，我说："你呀，你真是个书呆子。"何谓安轻叹一声，认了。

1月21日

翻盖茅屋，学会了好些个新词：压条，穿针，捆扎椽子的老米酒藤——老米酒藤夏天结籽，果实黑里透红，酸甜有味。它的藤条绵软有韧劲，扭成疙瘩，风雨沤不烂，岁月解不开。在茨沟，老辈人用它当"铁丝"扭紧茅椽，也不知用过多少辈了。

站在茅草屋下，举起竹竿往上"穿针"，本人多得师傅表扬。他说，我可以出师了。我戳出的针头，恰在师傅需要的位置。好像我能透过厚厚的草排，看得见师傅的操作似的。举着竹竿，我捅得更加用心了。

又到薄暮时分，龙潭的黄昏太美了。美得不敢着笔，生怕不争气的文字损害了眼前的景色。此刻，我伫立在晚风里，遥望太阳坠落的位置，熔金似的云霞铺满半个天空，映衬着山岗画出的轮廓线，每一个细节都是那么清晰。瞧，山边边上，分明长着一棵小树，像一个充满好奇心的孩子，也在向大地的那头驻足张望，看一看每天的太阳，到底落在什么样的金盘子里……

1月22日

昨夜刮东风，发金念叨："图书馆门前的蜡梅花，不知又开了多少？"

同学都想回去了。算了算，还差七天，几个人回到茅屋里，情不自禁地，也会发生"即从巴峡穿巫峡，便下襄阳向洛阳"式的谈话。小董说："三十号那天，清早起来，捆好行李，吃过早点就上路。到了筇竹寺进去玩玩，数数五百罗汉，出来。赶到黑林铺，跳上公共汽车……哈哈，就到映秋院了！"

映秋院，不管走多远，你都在我们心里。

清晨，常在薄暗中醒来，望着发黑的屋顶，扳着指头筹划，回校后要做哪些事情。每到这个时辰，就会听见画眉鸟的叫声。茅屋外有麦地，有梨树，早起的画眉嚼过麦苗尖上的露水，总要站到树枝唱上一阵。声音甜润，就像听得懂似的令人欢喜。映秋院可读，龙潭的山野可恋，对我来说，真想两头都拥有。

1月24日

茅屋里没有桌子，也没有凳子，写日记，惯常的做法就是斜倚在被子上，捧着本子，就着油灯完成。灯焰豆粒大小，距离日记本两拃左右，太近了，黑烟时时飘进鼻孔。

煮饭的贺师傅是个女的，四十多岁了，她耳朵有些背，我们跟她说话，常常要偏过头去，对着她的耳朵大叫。久而久之，贺师傅说话也学我们的样子，偏过头来，对着我们的耳朵大叫。贺师傅除了煮饭，还负责吹着哨子、端起木盆喂鸡。中午,大家休息的时候,她系上围腰,草丛间,四处捡拾野蛋。一边还要催促老伴:"你呀,不要再晒太阳了,你怕可以放出牛来饮水了。"声音照例盖过全场。

月色很好,隐约可辨远山青绿。茅屋外的两条黑狗,一定是把树影当成了怪兽,吠声不绝于耳。农场的风,一阵紧似一阵,听去就像有一伙捣蛋鬼,拖着薄铁皮满世界奔跑。这些家伙,谁给它们发工钱啊?

1月26日

天晚了,小羊羔颠到路口,扬起头,颤声颤气叫唤。听它的声音,就像刚会说话的孩子在找妈妈。真的,像极了。说不定,人类最早就是模仿这个声音,喊出"妈妈"这个不朽的词。

上山放羊的同学还没回来。我们睁大了眼睛,好多次跑出去张望,总想在葱绿的松林间,看见涌出的羊群。看见放羊的老杜扬鞭走来。老杜的羊倌打扮很专业,头上裹一条羊肚白毛巾。后脑勺上,用毛巾角结成疙瘩,腰间系一条银灰夹黑线的长围巾,手上甩着根长竹条。他的这副模样,让人想起陕北的大春。

等待是焦急的,上山放羊的同学还是不见踪影。

暮色也像庄稼一样,能够从地里、山谷里,自己生长出来。它们越长越宽,越聚越浓。渐渐蒙上我们的眼睛。涨潮似的晚风里,云彩向昆明方向泛滥而去。我回到李师傅住的屋里,在火塘边坐下,听着松柴在火焰里爆裂的声音,我和师傅都没有说话,他哑着一杆尺来长的铜烟袋,低着头,好像全部心思都放到烟袋里去了。木窗外,有邻村人走过,说了些下雪的闲话。

我站起身,忽听李师傅的小儿子,拍着巴掌跑来报告:

"回来了,回来了,快到大柏树脚下了!帮着找羊的小董叔叔也回来了。"

小董下午和我们一起挑草,快下班时,他听说羊群在山上跑散了,放下扁担就往山上跑。此刻，他和放羊的老杜、何谓安一起，赶着一大片"咩咩咩"的家伙回到场部，悬着的心落下来了。

饭后，又回到小茅屋。嚣张了一整天的大风，此刻终算伏在地上休息了。风大，云彩也散得快，现出了只有星斗和月光的碧天。十五的月亮，好圆啊，房头上支棱着的一根茅草也看得清楚。月亮衬在星辉里，像一盏大电灯，可什么地方是它的电站呢？

发金在抄柳永词，何谓安在准备今年二月的研究生考试，老杜补好了野刺挂破的手袖，正坐在油灯下写日记，时不时会停下笔来，望着灯焰凝想。他想起了什么？想起了寻找羊群的艰难？想起了那条撒满松针的小路？不知道。我坐在他旁边，他的额头、鼻子、脸颊，被灯光照得黧红发亮，那是整天在山野里奔走，阳光赠给的"太阳釉"。

入夜，风伸了个懒腰，抖抖大氅，又起来跑了。

1月27日

搬茅草，一捆又一捆。明白了：这些年的灰沙烟气，并没有跑远，它们全都藏起来了，就藏在茅草窝里。稍一动弹，变本加厉飞了出来，迷得你眼睛睁不开。灰天灰地，遮云蔽日。我们就像吸尘器似的站在灰雾中工作。也不知吞下多少房灰，辣得肠胃灼疼。农场有一只大公鸡，羽毛雪白，高贵得像一只天鹅，受野猫追赶，它从灰雾里仓皇穿过，等它再出现时，瞬间化了妆，变成了土红色的肥火鸡，就连头顶一甩一甩的大肉冠，也跟着换了颜色。看着这个趾高气扬的家伙，我想，它昔日的老友路上遇见，还会认识它么？说不定还会跳起来啄它，以为它是一只洋鸡——大公鸡尚且如此，我们变成什么模样，就不用说了。

1月28日

龙潭茅屋十八天，
天天灰里当神仙。
狂风吹得青山转，
月亮少了大半边。

整天与尘灰打交道，裹在灰雾里，我们也变成"土地公公"了。憋气喘气之间，吟成这首打油诗。到了夜晚，望着初七初八的弯月，细细窄窄的，真像是被大风吹瘦了。

梦里寻得几句好话，慌忙提笔写在练习本上。练习本的样子还记得，好像是中学时的代数作业本。醒来后，竟当成真的，伸手在枕边摸找，傻到家了。梦里的"警句"终不可得。难剩一句话，还有印象：文字像是军队，要经常训练才有战斗力。

昨夜还做了一个有趣的梦：一株青绿的小草能在地上跳动。跳到哪里就在哪里开出白玉似的花朵，花瓣不多，但是很美丽。这株小草连同开出的花，极像一个孩子，听，她还会和我说话呢：

"你叫什么名字？"我问她说。

"小姑。"

会说话的小草嬉笑出声，双脚一蹬，跳到我的手板心上——入梦者醒了。

1月29日

我们不来农场，一百多只羊，就归李正宏师傅管。李师也算老职工了，四十来岁，矮个，瘦小。他放羊有个特点，几乎给每一只羊都取了名号，有的叫"大干部"，有的叫"马戏团"，有的叫"相公"。清晨，他打开羊厩门，羊群闷了一夜，闻见山上的青气就兴奋，朝山上猛跑，李师跟在后边，一边撵，一边扬着鞭子喊："相公，莫乱跑，等等你媳妇。"相公是一只白额山羊，集体观念不强，喜欢独自野跑。李师说，一定要把这个家伙盯紧了，慢慢盯，它就不见了影子。李师傅呵斥羊群的声气很凶，心头憋了多大仇恨似的。其实，他的心很软，陡崖上见到嫩嫩的奶浆草，他也会爬上去，掐在手里，"咩咩咩"唤着小羊过来吃。遇到天气晴好，李师的心情也对路，玩高兴了，他还会攥紧羊角，骑在"马戏团"的背上，嘻嘻哈哈逗着乐。这时，大伙都会忘了他的年纪，骑在山羊背上的，分明就是一个心性单纯的老儿童。

1月30日
回校。

我挑着两个人的行李，最先杀到筇竹寺。一路没休息，只换了几次肩。竹扁担绵软，担子也不重，山道上，踢得碎石子溜溜滚。过林子，上高坡，扁担尖上，也不知划过玉案山多少流云飞雾。

到校后，理发，洗澡，换衣服。杜锦章钟楼下碰见我，跑过来，拉着我的双手，喊了一声："啊呀，我的毛胡子！"

除了实在不想理睬的几个人，同学间的每一次握手，都觉得亲切，涌出满心的欢喜。

2月2日
驻昆部队文工团来学校演出，全校轰动。这些用生命和青春保卫我们的人，真让人敬佩，他们是穿军装的诗人。大课堂里的观众，时而笑倒在前排人的肩膀上，时而又托腮凝想，沉入深思。民乐合奏《快乐的运输兵》，明朗轻快，带给人多少婉转入云的享受。乐声飘远了，铜铃碰响的余音还留在我们心底。演出结束时，有二十多位女同学上台献花。大幕合上了，没想到战士们赶着完成的第二项工作竟是打扫舞台。全场掌声不断，唢呐声、大鼓声又响起。

参加演出的全体战士走下台来送别观众，观众不走，他们不走，要不是李广田校长上前再三请回，真不知大课堂前的送别场面，会相持多久。

2月12日

寒假，我又回到南盘江渡口。像往年一样，只等我到家才宰猪。膘有巴掌宽，板油炼了两坛子。请杀猪客那天，火塘边坐不下，挪到院子石桌上又摆了一桌。肉骨头丢得遍地都是，大黑狗快活得直打转转。

大年三十这天，我和弟弟上山撕青松毛。路过一片橄榄林，成串的橄榄压弯枝头，果实有李子大小，可惜无人采摘。父亲怕我们背不动松毛，他也来了。他在松坡上发现很多干柴，说了好几声："是了，下回就来这里找。"

母亲忙了一天，做了好些菜。炸的，蒸的，煮的，烩的，炒的，凉拌的，盛在白瓷碗里，盘挨盘，碗挤碗，青松毛地上，摆出一席圆圆的图案。客人还没到，我们一家人坐到门槛、石阶上，望着大路两头。暮色模糊中，客人来了，放羊的，守桥的，划船的，他们是家里的老朋友，远远的就听见牛皮底扣铁钉鞋子，踩得碎石子嘎嘎响。父亲忙忙站起身，进到屋里，坐在青松毛地上，粗陶土碗里，挨个斟满苞谷酒。冽冽酒香告诉我，喝甘蔗酒的年份终于过去了。

弟弟在院子里点燃鞭炮。鞭炮是江川出的，响声特别干烈，没有一个哑炮。

2月14日

过弥勒，过竹园，过松龙寺，临江断崖上，有一个路边小村，名叫楷甸。村里有古树，有青石板路，有清澈泉水从住家门口绕过。在我的印象里，这是一个古气森郁的村子。上午，我和弟弟去村里代销店为父亲打酒，在一处斑驳的后山墙上，见到一条落满灰尘的旧标语："精诚团结，抗战到底。"大排笔蘸着赭红的颜料写成，字形斗大见方，立在墙头。二十多年过去了，看去还是那么有气势。

僻远之地的呐喊，格外动人心魄。

2月22日

新学期开始，连续几天都在学习、讨论"中共中央反修防修宣传提纲"。系领导做出新安排，让老教师和我们一起开会。同学大为欢迎。我们小组分在系办公室讨论，靠窗的位置，唯有两把藤椅，其余的全是硬板凳。开会时，我们乐意挤坐在条凳上，留出藤椅给老师。

王兰馨先生下午来到我们组，她视力不好，离开老花镜就不能看书写字。王老师要求自己每天要读六页毛主席的书，读书笔记写了不少，都是工工楷楷的毛笔字。去年，阿尔巴尼亚赠送我国两万棵油橄榄树，云大分得十棵，四棵种在钟楼下。王老师体质弱，她每天都要偏着身子，提桶给树苗浇水。

王老师是诗人，她写海棠花的诗句，恭录如下：

一片两片霞，千朵万朵花。喷云吐火破空去，虬枝翻蠢肆腾拿。垂丝葳蕤叶扶疏，群花如伞小如珠。高花映天天尽赤，低花照地地亦朱。猩红鹦绿泛崇光，翠荫为幄花为廊。夭桃失色无人顾，山下游人趋若狂。来者去者两徘徊，行者坐者去复来。倾城看花惜日暮，莫教绛雪委尘埃。胭脂着雨娇欲流，飞红点点拂人头。化作春泥花更好，不必伤春为花愁。

据说，王老师为海棠写诗在前，李广田校长的散文《花潮》写于后。两相对照，不难读出伉俪间琴瑟相合的款款心曲。

2月23日

上午，傅懋勣先生在课堂上给我们讲《桃花源记》，听课时，情不自禁在笔记本上写下四个字："如坐春风。"傅先生认为，《桃花源记》是一篇躲避暴政的寓言。课讲完了，好半天我们都不能从傅先生的语言氛围中走出来。下午，政治学习时傅老师来到我们组。华侨同学告诉我，中文系老教师前些日子参加学校组织的歌咏比赛，傅老师站在第一排，唱起歌来，依然那么有精神。同学说的场面我没有赶上，读傅先生赛后写的两首述怀诗，亦感佩。其一，"和风细细雨蒙蒙，新春未到兴转浓。未奏新翻革命曲，高声先唱东方红。"其二，"新春未到唱歌忙，喜气洋洋共一堂。漫道鬓丝白胜雪，豪情不减少年郎。"

2月24日

黄钺先生五十多岁，古汉语专家。山东人，说话语气和缓，饶有风趣。政治学习时，他来到我们组，讲了两则苏共政治笑话：

美国人送了苏联一匹马、一头牛、一只羊。过不多久，牛和马都跑回美国去了，羊没有跑，留下了。

有人问牛："你为什么要跑？"

牛摇摇头，叹了口气："咳，别提了。赫鲁晓夫只管挤奶，从不喂草料。我不跑更待何时？"

"你呢？"转而又问马。

这是一匹瘦马。它抖抖鬃毛，说："赫鲁晓夫的拖拉机生锈了，天天赶着我犁地，苦不堪言，我也想家了。"

羊在草地上闲逛，它生活得满意吗？美国人乘飞机来到苏联，专门采访羊。羊抬起头来，抿了一嘴青草，回答说：

"你没看见吗？我确实是生活得很好。在苏联，凡是俯首帖耳的人，都能这样生活。"

黄老师说得兴起，跟着又讲一个：

有一次，飞机在莫斯科机场失事，乘飞机的人有法国人、美国人、中国人、埃塞俄比亚人、智利人……独独没有苏联人。说起来，苏联该不受什么损失吧？顶多是飞机把地皮撞凹了一点。围着飞机查看的一个苏联人，偏偏哭丧着脸，外国记者很奇怪，他回答说：

"你不知道，我们苏联人民这次损失有多大。"

"为什么？"

"赫鲁晓夫不在上边啊。"

2月26日

小组会上，黄钺老师发言很积极。他不讲空道理，我们都爱听。抗战时期，他在西南联大读书。黄老师说："那年月，我最大的梦想就是有一双皮鞋，底是汽车轮胎底，一寸厚——"说到这里，黄老师伸出拇指和食指，张开来，比出一寸的厚度，"那样，穿个百十年也穿不坏。"黄老师告诉我们，抗战时期，日本飞机轰炸昆明，他和同学，跑到黄土坡坟地躲警报，最常见的景观就是：西南联大的学生，坐在断碑下，翻着衣裳找虱子。"抗战末期，我去到重庆，"黄老师回忆说，"喝茶、吃早饭，这些规矩，全废了。我没照镜子，不知道自己怎么样，就我见到的重庆人，脸上都像贴着金铂一样黄。航空大蟹有没有？有，你吃不起，那是专供官员吃的。"

2月27日

听说，黄钺老师每月工资一百二十元左右，爱人在粮店工作，四个孩子，读小学、上初中。负担可能有些重。中午，两个最小的孩子，在鲁迅像前等到父亲，讨要上学的冰棒钱，黄老师摸摸衣袋，都是瘪的，急了，说话就有些口吃："爸爸没，没有钱。没发工资，不应该向爸爸要钱。""没发工资"四个字，字音咬的特别清楚。这一幕，恰被刘昆玉碰见，他站在鲁迅雕像后边，看了个真切。回到宿舍，昆玉口吻毕肖地对我们学说了一遍，他连黄老师的眼神、口气都模仿出来了。大家都为"台下演员"的表演叫绝，站在一旁，我只是咧了咧嘴，笑不出来。

2月29日
再读《契诃夫论文学》。在书的每一个位置，我们都能感觉到契诃夫的存在。即使蒙上眼睛——你得知道，纸一挨上契诃夫的文字，就有一种特别的、俄罗斯泉水的气息冒出。

轮着我和学忠、老九搞教室清洁。学忠卷起裤脚，跪在地板上，他像抹桌子一样认真，他更信任的是手里的抹布，每一道地板缝都照顾到了。

我和老九负责擦玻璃。旧报纸蹭出的窗子，玻璃就像新装上的一样明亮。工作完了，老九不让我走，他说，他想演习一下毕业后当老师的样子。面对空教室，老九比画出腋下夹有大摞教案的样子，大步跨上讲台，对着课桌课椅，行了个大礼，说道：

"同学们，我初出茅庐，课讲不好，大家要多提意见……"

我坐在最后一排，尽管老九目光躲闪，嘴皮还有些打战，我还是为他鼓了掌。

3月4日
仲夏，金星，或称启明星、长庚星，5月14日升得最高、最亮，以后日渐暗淡，6月以后，只能在黎明之前见到。

3月5日
为万物写照，为花鸟传神。只有龙未曾见过，不能大胆敢为也——齐白石

3月6日
青年人较适于发明而不适于判断。——培根

3月14日

钟楼下、物理大楼东边，樱花、海棠花喷薄怒放。花光射进教室，映进寝室，照亮了校园的条条小路。在钟楼下行走，随处可遇看花人。对我们这些即将离校的毕业生来说，心头格外增多一分眷恋之情。

校外的朋友说，你们的学校，简直就是一座大花园。此话不假。春日，昆明人有圆通山看花的习惯，街头小巷，时听相约看花的应答。云大人很少被这些吆喝所动。我们自己就处在花事中心。校园的海棠，花期长，花意浓，花色亮，云大的学生，有自己更多的"花间集"。在花荫下漫步，手握万丈春光的富足感，时时涌向心头。

还没有离开云大，我们就如此依恋校园的春天。一旦远行，一旦站在异乡的街头，钟楼下的这片花光，真不知会有多少次被我们提及。

3月18日

课外活动，中文系在体育场拔河比赛。

刘尧民主任也来了，傅懋勣先生双手叉腰，颇有大将风度，他卷起手袖，拽最后一把绳。教师队和民专学生对垒，不言而喻，我们都是教师队支持者。

一年级同学真有力气，不过，到底还是败给我们。比赛开始，一度相持，五秒，十秒，拔河绳绷紧了，一动不动，绳上的红布处于静止状态。关键时刻，场外啦啦队发挥出作用，我的耳朵眼里，窜进一股热热的气流："加油！加油！"排山倒海的声浪似乎都在我们这边，闷着头，咬紧牙，小红布一下奔我们梭过来了。

我们班获得冠军。不用谁宣布，仅从同学的眼里、笑声里，也能知道谁是胜利者。回到宿舍，冠军们的激动心情还没平复，说啊讲啊，眉里眼里都是兴奋。房间闷热，激动分子们忘了打开窗子，任凭窗外的霞光染红面颊。

瘦小的老陈充当啦啦队队长，比赛完了，他比我们还累，手臂酸软，嗓子也嘶哑了。

3月19日

杨辉茹同学又住院了。像前几次一样,她的课堂笔记由几个同学帮助补记。我和龚国元负责整理《楚辞研究》课老师讲的内容。

杨同学是一位转业军人。她的笔记本是红壳的,油布封面,第一页留有八个工人签名,写着一行大字:送给最可爱的人——杨辉茹是湖北人,十四岁参军,在志愿军文工团当演员。小组会上,她给我们讲起当年的经历时,略带感伤地笑着说:"在部队,生活苦是苦,又要打仗,又要演出,有时粮食还上不来,穿行在山坳里,什么都没有,只有雪……那是怎样的生活啊,一个人,只要能再生活几年就不错了。"

她患有严重的支气管扩张,肺叶坏去半边,时常咯血。在武大读书时,当地的医院里差不多都有她的病历,有她的肺叶照片。转来我们学校后,她的表现一直很好,一个病弱而坚强的女性。

3月26日

今天我当值。

清晨,跳下床来,裤带还没拉紧就忙着拉开房门。蹦出去,"嚯——嚯!"过道上吹响哨子,凑近门缝瞅瞅,老钱还在被窝里揉眼睛。

带完操,值日生的工作完成了一半。

一、二节没课,在阅览室准备毕业论文。提前十分钟出来,打上一壶开水。向调干同学要了两撮茶叶,夹着《楚辞研究》笔记朝教室走去。班上规定,值日生要给上课老师端藤椅,还得给老师准备茶水,要把老师用的玻璃杯洗得晶晶发亮。

刘尧民主任给我们讲楚辞。他的课讲得真好,又受益,又享受。每到他上课,我们就像迎接节日一样快乐。刘主任说一口滇东北土话,单独来看,一句一句，都是一些朴素的家常话，连起来听，你会发觉，他说的每一句话都是那么有意思，有韵味，有见解。他的语言，似乎可以捧在手上，就像一串刚离枝的山葡萄。

课外活动时，与中三比赛排球。我们班赢了。围观的同学很多。场外的跟场内的一样紧张。对手技术不行，唯一的撒手锏就是杨建农，这家伙擅长偷球，冷不防偷着好几个。杨建农满场乱飞，只要他喊一声"我来"，别人就不动了，光看他的。一场比赛下来，杨建农的"我来"起码叫了七八十声，要给他赠送雅号，"我来"怕是最合适的。

3月28日

张文勋老师扁桃体发炎，不能上课了。晚饭后，大球场放映《李双双》。电影开映之前还有一个多小时，我们结伴去看望他。张老师家住楼上，房子不宽，刘尧民主任题写的篆书条幅，装裱后，悬挂在客厅东墙，一个很触目的位置。看望老师的人多了一些，茶杯不够，张老师略带歉意地说："谁喝谁倒吧。"谈话离不开一个病字，有的人还会夸大受病痛折磨的苦楚，最后，也会讲讲本人是如何配合医生治疗的。这些谈话，也不知张老师烦不烦。末后，话题又转而说到中文系老师的体质，似不如理科教师结实。张老师首肯了，他说："中文系老师看书都很夜，常常是12点过了还不睡。"说话间，竹帘一掀，进来一位四十多岁的中年女子，朴朴实实，一身白族装束，头帕、围裙、绣鞋，就像刚刚从洱海边来的，张老师笑着和她用白族话交谈，我们在一旁，半句也听不懂。事后，张老师告诉我们，他也是白族，进来的，是他的亲姐姐。

我们不敢久待，怕影响老师休息，彼此以目相示，告辞了。

4月2日

母校给云大校长室寄来一封信，邀请我回昆三中参加校庆活动。我拿着信，走进会泽院，在楼道口遇见李广田校长。

"你是哪一系的？"李校长问。

"中文系。"

"叫什么名字？"

"乔传藻。"

"哦，你不是经常写文章吗？最近写了什么没有？"

一个普通学生的习作文字，李校长也留意到了，站在校长室门口，心头唯觉惭愧和感动。再说，我是来请假的，双手递交请假报告，这是应该的。面对一个寂寂无名的大学生，没想到李校长也双手接过。一个不经意的动作告诉我：什么是老师。

午饭后，先乘车，后走路，我回到了昆三中。快近学校围墙时，心里涌出诸多感慨，习惯地将一些纷杂的思绪，捻毛线似的捻成一个个句子：

> 越走近母校心越跳，
> 转着脑袋四处瞧：
> 在这条路上看过落霞，
> 在那棵树下读过板报。
>
> 越走近母校心越跳，
> 看见同学心窝里笑：
> 我用过的那张课桌那把椅，
> 你是否又划出新道道？
>
> 越走近母校心越跳，
> 杨树荫里钟声飘。
> 听见钟声我走得快，

真的，生怕上课又迟到。

我的这些长短句还没编完，校门口遇见教务处陆景芬老师。她迎上来，拉着我的双手，说："接到我的信了？"

母校大变样，处处粉刷一新。翠竹林边飘着红绸彩旗；玻璃窗里，传来"毛主席啊我们日夜想念您"的合唱声。气氛是欢乐的、昂扬的，可惜好景不长，礼堂里突然发生的爆炸，将这些全都抹去了。

庆祝会在大礼堂举行。我是学校邀请的客人，安排坐在第一排，一个距离主席台最近的位置。第二排是初中部同学。会议开始，校长讲话，发奖，文艺演出。第一个节目：请化学教研室有名的爆破专家石少松老师现场做礼花表演。石老师有四十来岁，广东人，他一身白衣白裤，喜形于色走到前台，桌布上放有一个金属花瓶，先生得意地看了台下一眼，低头擦燃火柴，花瓶口，瞬间喷出花的瀑布。就在这时，紧跟着一声巨响，礼堂里顿时昏天黑地、烟雾腾腾。低头一看，我的白衬衣上已落了一层黑灰屑。人们的惊愕还没有过去，初中部的小同学拍着胸脯说："吓死我了！"紧贴我的身后，在我伸出胳膊也能触及的右侧座位上，眼见一个小男孩倒在血泊中，他的同伴沙着嗓子呼喊："伤着人了，伤着人了！"孩子梭倒在地，一脸一身鲜血，全身抽搐，一块半尺余长的花瓶铁片，刀子似的楔进他的脑门。旁边座位上的一个女孩，手掌齐齐削去半截。一位女教师当场昏倒在地。

这块杀人的铁花瓶破片，本是擦着我的耳边飞掠下去的。当时，我竟什么也感觉不到。潜意识里有一句话：不幸的孩子，你是替我受害的。

喜事成了丧事。礼花成了丧花。

学校大乱。

受伤的学生读初二。当即送到就近的铁路医院抢救。数百人赶去为他献血。不多时，消息传来，孩子停止了呼吸。年仅十三岁。

5点多钟，天色暗了下来。教导处一个老师，奉命在黑板上写通知：今天晚上的自习，照常进行。黑板前围有几个学生，他们一片沉默，偏着头，在看通知，嘴唇微微哆嗦。

回云大的路上，我想起了读初中时的化学课。记得，上课的也是石少松老师。他在课堂上说的一句大话，至今还记得："全昆明市只有我最懂爆破。"好些个年头过去了，石老师狂劲依旧，校庆日，终于狂出大祸。

4月13日

中文、历史、外语三个系的毕业班同学，按照市委支援农业办公室要求，集队到苏家塘劳动十天。任务很明确：挖深公路边一个臭水塘。

"苏家塘是穷队，但不是落后队。"这是生产队长和我们见面时说的第一句话。他说，村里的男人有早起的习惯，清晨5点钟，天还蒙蒙亮，村里的壮劳力已从城里挑着粪水回来了。一到家，男的忙农活，女的做好早饭，湿手在围腰上一擦，也赶着下地去了。

勤劳并没有给他们带来好运。村里土地瘠薄，山坡山凹，尽是一色的红土。看去，就像火塘里烧剩的红灰。山头上，最大的一棵树也拴不住一头小驴，稀稀拉拉，隔老远才有一棵。妇女在山头壅苞谷，太阳毒了，躲荫凉的树荫也找不着一蓬。说到树，队长告诉我们，早年间，还是很密的，牛踩马踏的岁月，败了。20世纪40年代末，国民党第十九师在这里驻防，不到两年功夫，树就砍光了。砍倒树还不算，地里的老麦瓜熟了，他们用扁担戳个洞洞，穿起来，扛车轮似的肩走了。种地填不饱肚子，男人偷偷摸进城挑扁担。火车站、汽车站上的挑夫，有一些就是从苏家塘出去的。这几年，城市扩大了，苏家塘改种蔬菜，村里缺水，拿什么种啊？不错，水塘是有一个，存水不多啊，水塘边要是能架上两张水车，农民心气也会安逸一些。可惜，这样的风景太少了。塘子边长着两棵柳树，一年到头，柳树也像个病人，不等春天过完叶子就蜕落了。

我们就是在这样的背景下来到苏家塘的。天气还很冷，污泥像冰凌一样刺骨，同学卷起裤脚就往泥巴塘里跳。中文系总支书记尤正发和同学一起挖泥，手板心磨出三个大血泡。臭浆泥溅得满脸都是。

4月26日

劳动结束，大学生活，只剩下一个小尾巴了。

离开母校的日子一天天迫近。对云南大学的依恋之情，一天比一天强烈。晚饭后，我穿过大球场，走上银桦夹道的校园"南京路"，仰望着当初由云大学生自己设计的数理大楼，心里再次涌起崇敬之情。一切都像进校第一天看到的那么新鲜。

同学聚在一起聊天，一说起会泽院的山茶、映秋院的枇杷、钟楼下我们围坐在一起开小组会的草地，心里，就像春水似的漾开涟漪。这些说不清、道不明的情愫还没有理出一个头绪，喷珠池畔的柳丝，又把我们缠住了。

我和我的同学，这些日子重复得最多的一句话就是："毕业以后，不知会怎样想念云大呢。"这是大实话。不管我们走多远，钟楼草地上，每到黄昏时分，常常与月光一起来到校园的小白花，在我们这辈人的记忆里，是不会凋谢了。

4月27日

这学期，张维骐先生给我们上《文选》。单是肖统的一篇《文选序》，先生就讲了四节课。张老师告诉我们，他有考据癖，为一个字查一两天工具书，那是常有的事。在古典文学教研室，他是最后一位穿长衫的先生。张老师在辅导我的毕业论文时，听说我的老父亲在家咳得厉害，他几次提醒我，北京有一种药，名叫"施今墨气管炎丸"，用后效果很好。张老师生性厚道、耿直，他在课堂上批评我们说，你们读书太少了，给老师提出的问题，要在过去，他真不好意思问老师。书读得少，正是我们的软肋，课堂上谁也不敢吭气。

晚自习，张老师来到教室，给我们进行辅导。他进来时，读报员还在读报，张老师坐在扶手椅上和我们一起听。黑板上，班主席写下了本周政治学习讨论题："核武器的出现对世界形势有没有影响？为什么有的人掌握了核武器，反而害怕核武器？为什么有的人没有核武器，反而不怕核武器？"张老师转过身去看了一遍，他说：这个题目出得好，前两年，赫鲁晓夫逼我们还债，"炎黄的子孙最有志气，"张老师语声堂堂，"我们紧一紧，少吃点，赔了。"话题引申开来，一下转到"邪不压正"这个题目上。张老师说，这四个字具有无穷的威力，《隐溪笔谈》就有这样的记载：宋太祖与臣属谈话，宋太祖问："世上什么最大？""道理最大。"臣子回答说。他答得好。要知道，有了真理，就有人心。

《文选》辅导课，似乎成了政治时事辅导课。不过，我们也不觉得烦絮。第一节晚自习在钟声里结束了。我的日记也写完了，套上笔筒，双手握在一起，压在书上，望着讲台上的张维骐先生，他端起水杯，仰头喝干了。

4月30日

进入大学后，汉语言文学专业，从三年级上学期开始，分为两个专门化，即文学专门化和语言专门化。后者只有八个学生。黄钺先生给语言组上课。胡幸生爱运动，穿一件蓝背心，黄老师问：你叫什么名字？听到回答后，他在学生调查表上写着：穿背心，黑瘦，有精神。说起有精神，胡某一天连看三场电影回来，端杯茶，照样精神焕发地写毕业论文。语言组还有一个女同学，名叫董桂华，黄老师问她：你的学号是多少？回答：六〇〇三三。黄老师在董桂华的名字下画了个括弧，写着：60033是也。

5月1日

昆明一整天都在下雨。

同学都出去了，独自坐在映秋院南窗下读《大卫·科波菲尔》。看书倦了就挂着椅子做俯卧撑。末了，再回到座位上，拉过枕头当座垫，压在屁股底下。

3点钟,望着窗外的雨,想起了翠湖。在这样的天气里,撑把伞,行走在柳荫长堤上,雨点落在伞上,落在无声的水面上,就像狄更斯的文字,一句句落在我们心上——这一切,该是多么好的享受。想着想着,站起身,撑开伞出门了。

我想错了。虽是雨天,翠湖还是那么热闹。处处都有红领巾的笑闹声,湖心亭边,挂着雨珠的彩灯下,游人或张伞,或顶着雨衣,在听亭子角上的大喇叭广播云南评书,瞧,那个小学生模样的女孩,一个手指托在腮上,听到入迷处,还笑呢。

是啊,听见的,看见的,似乎都盈溢着哗哗的笑声——雨水从碧瓦红檐滑下的声音。

4点钟回到我的映秋院,南窗下,接着读《大卫·科波菲尔》。

5月2日

在大礼堂看历史系毕业班演出的话剧《候鸟》。布景比中文系的阔气。雪丝绒编花窗帘,也不知是从何处借来的,我在台下,盯着看,足足欣赏了三分钟。

这些日子,中文系的话剧《箭杆河边》也大获成功。听说,张官营一对新婚小夫妻,把他俩的嫁妆也借出来,给《箭杆河边》做道具用。文工团的同学颇受感动,准备把他们的话剧搬到乡下去演。

5月3日

昆明小调,萦绕在昆明人灵魂深处的乡音。要把这种声音原汁原味唱出来,云南舞台上,好像只有黄虹能做到。

黄虹唱《猜调》,唱弥渡山歌,她唱出了云南泥土特有的芬芳,唱出了昆明城阳光的气息。在黄虹的歌声里,我们能触摸到滇池的帆影,感觉出呈贡一带乡村女孩的泼辣与慧黠。一句话，她唱出了浓浓的云南味。一种出自乡野、发自灵魂的云南味。

我们都爱黄虹的歌。今晚，她和她的同事来学校演出，大课堂座位不够，我们就站着看。掌声拽住她的绿裙，唱了好几支歌还想听她唱，最后，怕她太辛苦，掌声这才不情愿地消歇。

5月10日

与张官营农民联欢。我和发金去晚了，傍黑时分，我俩穿过大片农田、菜地、水塘，向张官营走去。快近村子时，天色断黑，下起了大雨。透过雨幕，我们看见了红灯笼闪出的亮光，就在村头一栋高高的大瓦房里，还有一阵一阵嬉笑声传来。不用再问路了。

地面窄，天井里还下着雨，中文系准备演出的话剧《箭杆河边》只得作罢。同学即兴表演了一些小节目。68级崔东海就眼前景、村中事，出口成章，现蒸热卖演出山东快书《说说张官营》，大受欢迎，社员报以热烈掌声。张官营农民演出传统花灯《补缸》《四下河南》。队长说，这些花灯都是"雍正钱"了，意思是很老很旧了，演出带有不少两性关系的暗示，多以逗笑出之。同去的几个女生佯装看不懂，扭头朝着窗外。我这个坏人什么都看懂了，为他们的花灯大鼓其掌。小院里，有一种纯朴、粗犷而又是十分亲切的氛围。这样的感觉，坐在艺术剧院是找不到的。真想与这些质朴的人长期生活在一起。

我和发金离开村子时，雨下得更猛了。我们穿着雨衣，回望屋里的灯火，雨点打着睫毛，睁不开眼睛。我们转过身来，朝圆通山背后的公路走去。身边是茫茫雨夜，前边是城市盏盏灯火，不会迷路了。

5月12日

张友慧是我小学、中学时代的同班同学。她考在昆明工学院。近日功课紧，经常头疼。家里没有人能帮她去医院挂号，找到我帮忙。

去到医院我才知道，脑系科每天只发20至30个挂号牌。没想到省内脑袋有毛病的人会有那么多。很难挂号。我4点钟赶去医院，早有人在我前边躺在木椅上等了。抬起头来看看天色，丝毫也没有亮开的意思。

挨到11点，终于拿到就诊券，也就是一张二指大的纸片。

5月16日

在思想、言论、行动上严格地约束自己……最好连许多"小节"（个人生活和态度等）也注意到。但是，对其他同志的要求，除开原则问题和重大的政治问题以外，就不要过分严格，不要在"小节"上去吹毛求疵。（刘少奇：《论共产党员的修养》）

5月18日

《论唐人侠义故事》一文，张维骐先生看得很细，他连初稿写错的"出"字都帮着改正了。每一页上都有先生红笔的印迹。

"你很用功，"他说，"文字清通，很难得。结构也井然有序，一段与一段联系得很紧。同时，在语言上你也注意了适当的修饰。很精练。你也喜欢古典文学吧？"

论文通过了。张先生告诉我，照原样誊写就行了。另一位也请张老师辅导毕业论文的同学，悄悄向我跷起大拇指。他还必须多辛苦一些日子。

鼓励让人忘记疲乏。连日来，呕心沥血的耕作，终于种出一朵小花。张先生的评定，有如给这朵小花开具了合格证明。记得，有一天晚上，我在睡梦里也在念叨："唐人侠义故事！"

我对自己更有信心了。

5月20日

晚饭后，在映秋院水池边，洗去一身暑热，夹着书本向会泽院走去。

天色还早，没进教室，选了一片干净草地坐下。身旁是一棵石榴树，绽一树红花。花朵望着我，问："你也喜欢来这里？"我望着石榴花，多注视了一会，算是我的回答。摊开书本，正要读呢，草地上新冒出的小白花，枕着我打开的书页，也在问："老朋友，还记得我吗？"当然记得，你这与霜寒月色同时光临校园的小精灵，我掐下一朵，夹在日记本里。留不住夏天，总可以多留一些记忆吧，小白花可以作证。

三年级米思及走过来。他挨着我，也在草地上盘腿坐下。他拿起我面前的书本，一看是唐诗，眼里露出如见故人的笑意，用一种几百年前寒窗苦读的声音，晃着身子唱起诗来，他读《琵琶行》，吟哦咏叹的声调，颇能传达出"东船西舫悄无言，唯见江心秋月白"的韵味。到底是书香人家子弟。

5月24日

天气燠热，散步回来，得知一个噩耗：二年级周宝煊同学，八大河游泳淹死了。

他们班的同学都没有吃晚饭。周宝煊生前的小组长，一个瘦长脖子的女同学，伏在河埂上恸哭不绝，天快黑时，被同学搀扶回校。

整个晚自习时间，67级教室没有开灯，黑洞洞的，敞着半扇大门，任冷风出入。

周宝煊是独生子。他的表姐在宣威医院工作。学校打长途电话告知时，听筒里传来哭声，好一会没有说话。

宝煊的老母亲，独自住在鹤庆县城。

我与周宝煊接触不多。前些日子在壁报上读过他的诗和散文。作者很有才华，这是最突出的印象。尤其是他的散文，文笔老到，不像这个年纪写的。看得出来，他研习鲁迅作品颇有心得。我当时有这样的想法：有机会真想和他聊聊。可不等我们在一起交换意见，宝煊同学遽然离去了。他的生命是这样短促，就像黑板上的粉笔字，一抹就不见了。

天黑了，刘尧民主任来到我们教室。他望着大家，想说很多话，嘴唇动了动，沉痛地只有一句交代："我嘱咐你们，不要再到河里洗澡了。"前天，还有同学向他求教"玩水者死于水"典故。殊不知，仅隔一夜，求教的话，竟是一语成谶。

周宝煊是下午溺水的。上午，中文系全体师生上山种树。同学告诉我，烈日底下，宝煊捧起一棵小树苗放进土里，说："十年后，我们再来看看，那时，小树一定长高了。"仅隔数个小时，他的生命就结束了。

这篇日记，真希望是在说梦。跟昨天、前天一样，会泽院一片祥和，那些令人窒息的伤痛，只应隔在噩梦里。

5月29日

刘尧民先生讲《楚辞研究》。他布置了一个特别的作业：选出《离骚》中的一个段落，要求我们译为语体诗。郭译、余冠英译可以参考，但不能照搬。刘主任特别强调译作要别出心裁，具有独创性；同时，也须照顾到诗的音韵之美。说这些话的时候，他的下颏在不停地颤动，他用食指和拇指帮忙扶着，满眼是亲切的微笑。望着先生的表情，我们暂时忘记了作业的难度。

6月1日

暴雨骤至，理化大楼前的银桦树，折断了好几棵。晚饭钟声早已敲过，食堂仍冷冷清清的，学生都被雨水隔在教室、图书馆了。

学生食堂最爱吃的菜：蒸肉饼、清蒸鸡蛋、炒小瓜，外加烫到一百零一度的开水。

6月13日

64届，有一千多人毕业。下午，李广田校长在大课堂作报告。李校长的讲话，由"青春"这个话题谈起，他引用的唐诗给人印象很深："青春背我堂堂去，白发欺人故故生。"倏然失去的青春岁月，万千感悟，尽在诗句中。李校长在会上宣布：今年，将有百分之八十的同学出省工作。全场闻此轰动，两三分钟也平息不下来。有人喜，有人默不作声，低头抠指甲。

连着做了四天的毕业鉴定，王兰馨老师分在我们组。她坐在临窗的藤椅上，认真听，认真记。她给每一个同学都提了意见，中肯，诚恳，同学心服口服。面对未来的生活，充满了信心。

王老师和李广田校长就住在中文系东侧小楼上，中午找同学谈话，她都顾不得上楼回家了。王老师肠胃不好，每餐只能吃一个酒杯大小的馒头，有一次，竟晕倒在会议室里。

6月15日

学校近旁有一家青年理发室，为了照毕业相，很多同学都去做"封面设计"，我也糊里糊涂跟了去。

理发师二十来岁，很热情。拉了坐下，照常规推剪之后，他说："我帮你压一压，压了头发不会翘起来。"不待我开口，他抽出一根热烘烘的铁棒，往头发上裹去，只听"滋"的一声，头上直冒火烟，望着镜子里焦了的头发，真想一把推开他，又觉得人家态度那么殷切，我未免过于粗鲁了。再说，烙也烙焦了，总不能就在脑袋上顶着一个疤痕。胆战心惊的，忍了。望着镜子里的理发师，他的镇定与本人傻惊惊的表情形成对照。

洗头了。洗净了头发重新回到座椅上，心想，该还乔某人本来面目了。哪知理发师用食指抠出一大团发油，不等我开口，那一团东西早已揉进头发，一边说道："不加油，你的头发会冲起来的。"我端详着镜子里刺猬似的头发，自认晦气，怨气也只得咽了。这位老兄也够尽心的，每一根发丝上差不多都抹了油，顺手抄起电吹风，我说："不用不用不用！"歪着头还想躲，理发师说："不吹怎么行？头发梳不下去啊。"他总是有理。我在心头默默算了算，嘴皮子现出嗫嚅状，问："多少钱？"理发师甩出轻飘飘一句："六角五。"我说：

"钱没带够……""不要紧，以后来给。"他说。就这样，一次用光了三个月的理发费，坐在火剪下的种种惊吓还不包括在内。

站起身来，我认不出了镜子里的自己。出了店门，一路在人行道上低头狂奔，生怕遇见熟人。回到映秋院始觉安全，借了顶帽子戴上，照毕业相时也没取下。

6月21日

有一天，我从校园草地走过，随手摘了一朵恋着月光开放的小白花夹在书页里。过了一些日子，就在我忘记它时，花朵干萎了，褪去淡红，换成紫色。昔日的容颜，全然不见了。

小白花，中文系同学给它取了好几个名字，有的叫星星花，有的叫月光花。更有一位浪漫诗人，因花的朴素清雅，尊为"乡姑娘"。这位诗人在农村住过一段时间，也在水田里插过秧，和农村女孩对过山歌，"乡姑娘"，应是十分亲切的称呼。

我自己也想给小花取一个名字，无奈文思呆笨，找不到满意的名号。课余时间，我也走访过附近一些学校，这些学校也有草地，却见不到这种与月光同时开放的小白花。学校的小白花，与会泽院学子特别有缘，与中文系学生特别有缘，就叫它"学生花"，也不知中意否？

傍晚，我又路过草地，这里那里的小白花对我频频点头，她们首肯了。

7月2日

读了几篇小说，有三篇是契诃夫的。我有些为自己惋惜，应该像中学时代那样，坚持读这位医生的作品就好了。这些年，时文读得太多了。契诃夫的书，过去，我有九本，保管不周，也不知被哪些老兄借去不还，至今，书架上只剩四本了。以后，不管去到什么地方，不管见到的书有多破，我都要买了来，让契诃夫家族在我的书架上团聚。人类的文学史自有了契诃夫，短篇小说这才有了分量，有了光芒，有了更多的读者。进大学后，学俄语我很卖力，潜台词就是想走近契诃夫，有那么一天能读他的原著。

7月3日

人的眼睛不光是角膜、晶体、血肉、神经组成的生理的眼睛，更重要的是，眼睛的构件中还有一个要件：德性。有什么样的德性，就有什么样的眼光。

7月4日

我和几个同学买了一束月菊花、玉兰花，去医院看望王兰馨先生。她住在"五好病房"。房间清爽，花瓶里插满了粉嫩的鲜花。

王老师对我们说了很多话。我和我的同学深觉不安。来时，总支书记交代我们：不宜让王老师多说话，要让老师静养。我们挤坐在病房不多的椅子上，深感自己的过错，却又不会说出安慰的话，反倒让王老师说了很多话，就像在给我们上辅导课一样。王老师躺在病床上，还在操心两位同学的毕业论文，她说，她一定要赶着看完，让同学早日定稿。

回到学校，同学迎了上来，问："王先生快好了吧？能不能吃东西了？"

7月9日

下晚自习时，雷声大作，下雨了。我借了两把伞，送刘尧民先生回家。刘老师给我们上辅导课，出门时忘了带伞，不料真的和大雨遇上了。

刘老师家住北院。一路风横雨扫，衣裳下襟都淋湿了。

"走，到家去坐坐。"刘主任说，伸手要来拉我的袖子。

"晏了，主任，"我说，"你快歇着吧，我回去了。"

人生有幸，陪着刘尧民先生在风雨中走了这样一段夜路。同学告诉我，刘尧民先生没有留过学，也没有名师传授，他是滇东北的才子，完全出自家学。熊庆来任校长时，给两位教授出书，一位是刘文典，一位就是刘尧民。先生的《词与音乐》立一家之言，一直是学子的案头书。

滇东北才人，自刘尧民先生起，立下了一个标杆。

7月15日

心神不宁，书也看不进去。

同学说，我多半会留校。内心胀满了不被理解的苦闷。不错，云大环境好，藏书也多。不过，此地宜求学，不宜久居。久了，人会变形。再说，我这个人也不是教书的材料。本人喜动不喜静。那些咂旱烟、披蓑衣的人群更适合我。和他们在一起，内心更有亲切感。在我看来，投身到农村山野，那才是有色彩、有声音、有热力的人生。

二十多年了，生活天地囿于黑板大小。该看看外边的世界了。

7月19日

毕业生体检。本人每一个零件都合乎标准。体检前，李广田校长对大家说：谁要是身体不好，就留在学校养病，费用由国家负责，待身体恢复健康，再由学校分配工作——好也罢，歹也罢，你都不会被抛弃。这种感觉真好。

7月18日

严沧浪"第一义之悟""透彻之悟"我反复看了两遍，不很懂，请教了张文勋老师，他引导我在文字中找出一条正道，眼前的翳障拨开了，这才有了写日记的兴致。

何谓安为人正直爽切，是我的畏友。他听说我还没有读过刘真的小说《长长的流水》，惋惜得狠擂了我一拳，说："快去看。你要是读了，你写的《小九》就会塞进字纸篓里去。"不解气，他又说："你这篇东西没写好。有拼凑的痕迹。我糊里糊涂，做梦似的看完了。我猜想，编辑怕是没稿子了才会用。"他的批评，句句打中要害，我唯有惭愧和敬服。《小九》是去年写的，在编辑部压了一年，最近勉强发出来。

难堪之后是清醒。写作的艰苦，恰在于避开胡编乱造，后者是技穷的表现。好友痛切的批评，我得谨记。

7月21日

一、二、三年级劳动。资料室归毕业班使用。不过，也没有几个人进去，眼看学期结束，大部分人的论文也已交卷，资料室冷冷清清的，一个人独霸一张长条桌也没问题。

进入大学，应该说，我们有两个教室，一个在会泽院，另一个就是中文系资料室。在这里看书，在这里完成作业，在这里涂写一页页自得其乐的句子，功不可没。在教室上课，意马心猿，遇到不喜欢的课，心还会逃出教室。亲爱的资料室就不同了，这里是一个文字与心血交响的地方。在这里多坐一会，总会在生命中留下一些痕迹。

南窗面对西山。阳光下，碧波上的山色，青黛氤氲，正是睡美人身上散发的气象。读四年书，也不知朝睡美人张望过多少回。此刻，恰好有一片白云飘了过来，衔在睡美人嘴边，也真像一位沉静的少女，嘴角上轻轻咬着一朵雪白的栀子花。

中文系资料室，设在图书馆三楼。这个高度，正好避开城市的很多障碍物，让我们一眼看到西山。西山有昆明的守护神——睡美人。这样的张望该结束了。明年，坐在窗下的学友，也会像我们一样，远远地向睡美人瞩问吗？

7月27日

106教室在会泽院东侧，朝南。全班同学聚到这里，检查毕业晚会节目。排在前边的是大合唱。教室空，不怕吵着谁，每个人都放开声气吼，先唱《毕业歌》,"巨浪,巨浪",几个浪打得真猛,指挥用力也猛,险些从椅子上摔下来。我们的"三句半"也不错,同学一半是夸奖,一半是鼓励,帮我们鼓掌。不过,最成功的还是昆钰表演的口技,昆钰学公鸡叫,学母鸡叫,伸长了胳膊,张开巴掌拍大腿,挣长脖子,"喔喔喔"一声长啼,引得青云街居民养的雄鸡,也相跟着打鸣。口技表演完了就是诗朗诵,单人的,小组的,站齐了,一人一句或总起来念几句。我的这些同学中,隐藏着多少天才啊,他们写出了多少妙句啊,单是听听这些动人心魄的话语,你也会同意:这四年大学,确实没有白读。

7月28日

主题晚会"祖国的需要就是我的志愿"在至公堂举行。李广田校长、刘尧民主任以及系上的老先生都来了。何谓安的叔叔是宁波人,流落昆明多年,靠补鞋为生。他代表学生家长讲完话,校长、系主任都迎上前去和他握手,搀着他坐在前排皮椅子上。

演出的节目侧重于表决心。不过,也有一些好玩的节目让观众笑倒在椅子上。老殷和昆钰的口技自不必说,二年级同学演出的蜡烛舞优美极了,灯光一灭,舞者手上的点点烛光幻化出一个童话境界,她们的笑脸和舞姿,在烛影里婀娜闪动;三年级同学的歌舞表演《笑出一个小酒窝》也不错,一首诙谐、热烈的村歌。三年级还有一个对口快板《猜花》,编排新颖,表演者用五分之四的时间,历数花的特征,转到"胸前戴朵大红花,你说是朵哪样花"时,也不觉稀奇,结尾时,几个女同学跨前一步,齐声说道:"愿毕业班同学早日戴上它"——真有些出人意料,掌声响了。

毕业晚会,也是友情的聚会。没有低年级同学相助,单靠我们的"三句半",这个会就难开了。

8月8日

中国、朝鲜、古巴发表政府声明，支持越南人民的抗美斗争。学校还准备上街游行，我们找来报纸，找来《人民画报》，准备编写活报剧上街演出。

活报剧差一个女演员，从一年级借得一个女生，出演女秘书。这位女同学长得真漂亮，听说，正在和民专一个同学谈恋爱，害得她这学期又得补考。她是缅甸富商女儿，向往红色中国，偷偷跑了出来。民专那位篮球中锋向她求爱时，姑娘问：" 一般来说，国内同学都不愿意接近华侨，尤其是女同学，你怎么会喜欢我？"对方低着头，玩着指甲，说："华侨女同学爱清洁，国内同学不讲卫生。"她居然也同意了，答应在省图书馆与他定期约会。

——传闻也像一种"活报剧"，无须编排，天天有人上演。

8月9日

前天，首都有五十万人游行。昨天，又有一百万人游行。我们学校也出动了，我参加民兵队伍，扛一只没有撞针的步枪，身上斜挂着黄布子弹带，翘起下巴在大街上行走。没扛枪的同学，手里举一面三角纸旗，旗上用毛笔写着："胜利必定属于英雄的越南人民！""对越南民主共和国的侵犯就是对中国的侵犯！"口号声此起彼伏，喉咙都吼哑了。

夜间，昆明工学院又在演习。他们发射的信号弹，一会儿把我们的窗子映成绿的，一会儿又照成红的。不一会，枪声骤起，像是机关枪的连发声，一阵阵从虹山背后传来，听得人心跳。工学院到底比我们阔气，演习也可以放真枪，不像我们，比画一下就回来了。

8月12日

闲在映秋院等候分配。正是无事可做的时候，我和老高，还有几个不认识的外系同学，被人事处召了去，帮助清理云大旧档案。这些案卷的主人均已故去，要求我们再查一遍，如无新的发现，材料全部销毁。烧材料的时候要求有两个人在场，不得单独处理。

档案袋积满灰尘。掂在手上，我的感受是：每一份材料都有重量，都是一部人生的悲喜剧。在档案室坐了一整天，看得饶有兴味。就像读传记文章一样，一个上午，一个下午，轻轻松松过去了。生物系有一位气象学家，他是孙中山领进同盟会的，此公填写"社会关系"时，竟写上蒋介石的名字。跟着又补上一句："蒋介石，流氓头子。""与本人社会关系"一栏，这位先生写的是："在日本时，蒋介石曾向我借过三百元钱，至今未还。"看到这里，弥漫着尘灰气息的屋子里，不想笑都不行。

快下班时，交给我一个厚厚的档案袋，封皮上写着三个字："刘文典。"这是我明天的工作量。

8月13日

从照片上看，老人怕有七十岁了，眼神很厉害，仿佛什么事情都知道。深陷的双颊，突出的颧骨，看去像个日本人。

他就是一级教授刘文典。六年前去世了。

刘文典是刘申叔、陈独秀的学生。留学日本时，又拜章太炎为师。二十岁左右，名满大江南北；二十二岁时，在孙中山临时总统府任秘书；二十七岁，任安徽大学校长。蒋介石来校视察，问："你就是刘文典？"回话："你就是蒋介石？"后遭蒋囚禁。经蔡元培、胡适保释出狱。曾与美国驻华大使司徒雷登合办燕京大学。刘文典曾说，他的骈文和校勘学，自可传三五百年。研究庄子的，天下只有一个半人，一个是他，另外半个在日本——这话，也是刘文典自己说的。

翻阅刘文典在小组会上的发言，我有这样的感觉：这是一个直率的老头，他勇于用自己的方式表露看法。譬如，他曾当面对周总理说："你在万隆会议上发表的求同存异观点，是辩证法的结晶，比古代的庄子、荀子还了不起。"刘文典还说："中国只要坚持独立自主的外交，就可使苏、美仰承我的鼻息。"

早在20世纪40年代末，刘文典本有机会去美国教书，他没有去，他说，他喜欢云南，喜欢云南的滇戏。他的家里悬挂着一副对联，上联是杜甫的一句诗："且有文章惊海内"。下联是刘文典自己撰写的："为听丝竹驻滇南"。中文系每次开会，他都准时到会，从不拖沓。逢到国庆节这天，年纪大了，不能上街游行，他总是换一身干净衣裳，和夫人一起，带着欣慰的神情向游行队伍微笑。1956年，云大配电室更换电杆，稍有倾斜的都换了。刘文典感叹地对朋友说："要在从前，倒了，砸着人了，停电了，哪个管？现在，一不稳就换了，又粗又结实，大象脚杆一样。"

看了一天的档案材料，随手记下这些。

8月14日

人事处的干部说，交给我们查阅的材料，全是"没用的"，档案室小，堆不下了，清理后尽可销毁。昨天，望着摊在桌上的物件，我迟迟没有站起身来，很想留下两样东西：一件是刘文典的黑白照片，两寸大小，清晰异常；另一件是刘文典的私人笔记，蓝壳封面，钢笔字迹，写有旧体诗，看得出来，有的是定稿，有的是未定稿。另外，也有一些琐碎的私人记事。刘文典去世那年，我在十四中读高一，进大学后，听到不少传闻，却没有读过他的书。直觉告诉我，这些材料丢到火里有些可惜。我不敢说出口。正纠结呢，人事处的女干部走来，把桌上的材料全都收走，叫来两个干事，楼下烧了。

胆子太小了，想做一次小贼，终未做成。

8月15日

周总理给北京高校毕业生做报告，题目是《革命与劳动》，讲了三个小时。我们听的是录音。总理说，今年，全国有20万大学毕业生，为了堵塞修正主义在我国产生的可能性，中央决定：百分之五十的毕业生要去到农村，与农民同吃同住同劳动，进行为期一年的劳动锻炼。

8月19日

许钦文先生的小说集《故乡》重版，仍用陶元庆初版时做的"大红袍"封面，别致，美。

许钦文说，《故乡》是他二十多岁时的"学生作文"，行文简朴，有鲁迅风。《小狗的厄运》之类名作，时间恐难将其消融。它们均是"乡土"派文学的代表作。

许钦文住在杭州西子湖畔。他的二儿子许品云，在我们系读书。本当一起毕业的，老兄总是留级，这学期还在一年级。他有时也很苦恼，只是一打起桥牌来，什么都忘了。

8月21日

传来好消息：王开莲老师考取王力研究生。她是我们的班主任，很快就要动身。我和几个同学一起，帮王老师清理书籍，装箱打包。旧报纸挑到文化巷废品收购站，沉甸甸的，压的扁担响，只卖得十五元钱，交给王老师时，她说："不少了。"

何谓安也接到通知，赶到高教部报到。据称将派往非洲工作。今晨，我们在昆明站为他送行。抚养何谓安二十多年，当了一辈子鞋匠的老人，也来到月台上。"叔叔，你回去了。"这句含泪的话，何谓安也不知说了多少遍。叔叔终年坐在矮凳上帮人缝补鞋子，背驼了，腰弓了，和我们一起站在月台上，他说不出什么，可就是不愿离开。

前些日子，何谓安对我说过，哪怕是让他教中学，他也要拿下西班牙语。他的愿望，不用教中学也能实现了。

8月23日

今年还有夏天，没有了，夏天被雨水淹没了。每一个日子都泡得湿淋淋的，翻开日历，几乎尽是冻云暗淡的天气。

省运动会在拓东体育场开幕。恰在今天，晴开了。历书上说是初秋，确确实实是夏天的阳光在照耀啊。大自然似乎也觉察到了自己的过失，开始在秋天里补夏天了。

弟弟参加红河足球队，来到了昆明。我早早去到体育场，在运动员坐的席位上找到他，给了他两块钱，这钱原是准备交伙食费的。

运动员跟着红旗，列队通过检阅台。我不看别的，一眼就找到了我家小毛。他昂首挺胸，操着正步走在队列里。那一刻，我想到了远在长虹桥的老爹老妈，能把我的眼睛换成两位老人的眼睛该多好啊。这一幕，父母会流泪的。那是欣悦的泪。

8月27日

走出会泽院，石槛上遇见弟弟。他的衣服洗了，穿件借来的宽袖口黄卡其夹克，胸前别一枚运动会纪念章，映着落日，闪闪发光。甩手，迈步，依然像在跑道上那么精神。

小毛还不知道夜翠湖是怎么回事，我们在水边选了一张石椅子坐下，天晚了，有两样东西足可品味：水底的灯火以及被柳絮隔碎了的明月。抚椅长谈，小毛告诉我，他们看了电影《野猪林》。他特别喜欢鲁智深，不喜欢林冲，弟弟激动地从椅子上跳起来，挥着手，吵架似的怒斥说："林冲的性格没塑造好。这个家伙满脑子只想着自己，只想着他的安乐窝，说什么也不愿上梁山……这种人我最恨了。"

游人最多的时候，我们离开翠湖。两个人喝了一瓶冰汽水，吃了二两花生糖就出来了。我送他去到护国路车站，刚到站牌下，公共汽车的灯光就在街口闪现了。

8月29日

红河队踢得亚军，0:2输给昆明。弟弟踢前卫，足球场上的小精灵。运动员奖得一个带勋条的银奖牌。小家伙舍不得戴，用干净手帕包起来，单独放在一个包里。

状元楼骑在金汁河上，河边有一个住宅区，名叫路工新村。这是我和弟弟度过童年的地方。七个年头了，我带小毛旧地重游，想看看我们家原来居住的平房，转来转去，怎么也找不到了。母校也变了样，没有一扇窗子是旧的，学校的教室、办公室也挪了位置。我们当年绕着转椅捉迷藏的地方，栽起一排桃树，碎碎的树影铺了一地。不过，也没有完全失望，在一处矮墙上，见到了当年老师用排笔刷下的六个大字："爱祖国爱人民"。我们的个子长得快有标语高了，大字的红色还没褪去。

弟弟离开路工新村时，毕竟还小，一路的慨叹，数我最多。

8月30日

初中时，读屠格涅夫的《前夜》，从此记住了主人公的名字：英沙洛夫和爱琳娜。这些年，杂七杂八又读了一些书，不要说书中人物的名字，就是书名都想不起来了。名著中的人物，能够进入人的血液，想忘也忘不了。英沙洛夫忧郁的面容，不时浮现心头。我想，这就是俄罗斯文学的魅力。

近日，再读《前夜》。仍然像初读那么新鲜，更加敬重屠格涅夫了。包括《猎人笔记》在内，诗意的抒情美真让人着迷。读屠格涅夫的作品，就像夏日黄昏，在橡树林里散步，光声引着星光出现在天际，那一刻，你唯一能做的，就是屏声静气地享受了。

9月14日

老任学过金融，有经济头脑。闲聊时他告诉我，云南准备修四条铁路，国庆节有很多新产品供应，现在的剩余物资要不赶着卖完，以后就不会有人看上眼了。

老任原先就职于人民银行，与女英雄徐学惠很熟。老任告诉我，徐学惠曾去苏联装过假肢，住过一段时间。她从苏联回来后，学了很多洋脾气：烫头发，衣服上洒香水，穿半高跟鞋。上街的时候，有事无事都要戴美容手。经过党组织的革命化教育，徐学惠有了改变。平时不论是在机关或是出去做报告，她都是一身旧衣裳、旧皮鞋。她喜欢喝茶，现在只喝白开水。吃菜也只吃普通菜，只买一角钱的。老任说，他最少也要买一角五的。清晨，单位上的同事还在睡梦中，徐学惠早早醒来，在冷风里跑步、做操。值勤的战士见了，小声夸奖说："小徐又在弯腰了。"

9月15日

5点钟，一千多名64级学生，齐聚篮球场照毕业相。李广田校长、寸树声副校长、学校的"五十一"位教授，差不多都来了。我身边有两个同学喁喁低语："呵，李校长的白头发，比我们进校时多了。"

今年的毕业生人数，超过往届，凳子上站了五排还不够，席地又坐了一排。照相机转动的时候，镜头指向哪里，哪里最安静。十块篮球场联成的大球场，竟没有一点儿声响。事后想想，此刻的静穆，包含有多少珍重啊。

理科学生最先公布分配名单：上海、杭州、北京……举凡中国地图上能标出的城镇，都有云南大学分去的学生，有我们这些身体健康、蓝布衣上打着补丁的学生。文科的方案还没有出来，政治系的同学引"九评"的话回答我："泥牛入海无消息。"

10月23日

夜间醒来多次，生怕睡过。挨到天亮时分，到底扛不住，兀自呼呼睡去。要不是被历史系徐成芳拍窗叫醒，误事喽。

学校派车送往北站。临上火车前，集队宣读呈云大党委信，"和农民一起吃大苦耐大劳"等语写在信上。我们签了名。

行李填满车厢座位,大家斜倚而立。川医分来昆明的大学生二十多人,女生居多。一路上笑闹不绝,引得满车厢人都朝她们张望。"三个女人一台戏",何况学医的女生又是那么多。

过了宜良就是羊街,到站了。照顾我们,火车多停两分钟。生产队派马车来接。我们这支队伍全称"宜良大学生劳动实习队",领队干部姓张,教育厅派来的。张同志先到一步,对我们交代了注意事项。他说,住在农民家里,开初,他们不一定欢迎,我们要做好思想准备。还说,为了减少麻烦,有老大妈问结婚没有。就说,媳妇都有了。

云大、省话剧团、医学院同学,分住墩子村。墩子村位于南盘江畔,村道直通火车站。我们这些大学生进到村里,不管见到什么都觉得新鲜。见到猪娃也要抱起来,拍着抚弄一番。矮泥墙里伸出的树枝挂着几个红果,女生跳起来嚷嚷:"石榴,石榴!木本科的!"

我住村头没有围墙的大院,不用说,主人是实打实贫农,姓陈,名文洪,家里就妻子和一个刚出生就带兔唇的女孩。老陈二十七八岁,麻子,右胳膊吊在一条脏兮兮的白布纱带上。前些日子七队分马肉,他去赴宴,回家时已是月黑夜,村口窄巷里,被人恶砍一镰刀,至今仍是悬案。

楼上堆豆糠,挨着隔开房间的板壁打地铺。矮窗面对院子。干爽,也有光。缺点是楼板干裂,缝缝也大了些,楼下一烧火,柴烟全冒上来,熏得眼泪汪汪。

10月24日

半夜,老鼠房梁打架,吱吱乱叫,惊醒了。"嘭"的一声,战败者跌下来,摔在我的被子上,软软的,仍在挣扎蠕动。平生最怕老鼠,那一刻,肌肉发紧,连忙拉上被子,蒙得严严实实的,再睡。

墩子村一千多户人家,分为上、中、下三个部分。我住下墩子,属第八生产队。晚饭后，我和八队社员一起，挑谷子去碾房。连日阴雨，谷垛里的稻穗，快捂出芽了。

挑了几趟，夜色中雨丝密了，我们坐在谷箩上闲聊。袁队长讲得最多，他说，新中国刚成立那些年，画报上见到拖拉机。听说，拖拉机可以耕地，心想怕是下辈子的事情。到了今年，村子团转全是机器犁地，翻起垡子，拖拉机来回拖着铁耙梳理，泥块碎成鸡蛋大小。十个全劳力也干不赢拖拉机。

队长见我们听得入神，他也动了兴致，跟着又给我们讲起村里的水利。村庄紧靠南盘江，往年发大水，墩子被围在黄水里，一漂一漂的；去年，政府拨款，筑起一道六七里长的青石大坝，农民称之为"老水龙"。一下就把洪水挡了回去，还从水洼里抢出一百多亩稻田，种下的蚕豆都快冒出小绿扇了。

对谈愉快，雨歇了，我挑起空箩筐，哼着小曲，走出了磨坊。

10月25日
藕好吃，掏藕不容易。这个道理，到了墩子村才懂得。

第一步，先得抽干塘水；第二步，扫清障碍，拔除带刺的荷梗；末了，还得躬下腰身，触到污泥，一捧一捧，掏起稀泥浆，摔到地埂上。脚探，手摸，终于在泥水深处，找到了圆滚滚的宝贝，兴奋得更加伸长了胳膊，也更加真切地闻到塘泥臭味。不过，这些都不重要。小小心心插下藕铲，往深里钻，约莫两尺，这才触到藕芽。追着它，掀开污黑的浆泥，露出藕节了，一筒连一筒，平卧泥层底下。轻一些，再轻一些，动作万不可粗鲁，折断了等于把另一半丢弃。须知，肥嫩的藕筒，头头尾尾，非得整体顺出。

忙到这个份上，掏藕人的眉毛尖、鼻子尖，不知不觉，也沾满污泥。浑身泥泥水水，我把自个也掏成藕了。

10月26日
一双手过于娇嫩，哪像男子汉。捧谷子时，也会被稻尖欺负，戳得生疼。

和社员在一起的时候，真不好意思露出手来。社员的手巴掌厚实有力，累累老茧，就像累累勋章，阳光和土地赠给的勋章。

一定要让自己的手来一个变化。

10月27日

住在社员家里，每月交12元伙食费，不知别的同学如何。我的日子还是比较艰苦的，每顿饭的基本菜蔬就是盐巴和辣子。另有一碗甜面酱，月头吃到月尾，也不见撤换的意思。快一个月了，房东都在同村亲戚家做客，女主人每天返回做一甑饭。本人胃口奇好，米汤泡饭，照样吃得稀里糊噜的。

来到农村，生活关、劳动关最为重要。我得挺住。

墩子村西头，有一块田，农民名之"大雨田"。我们往返挑了一天谷草。农民捆稻草，谷垛前顶多踩出三个脚印；不一会工夫，刮大风似的，整整一个草堆就飞进他的篾条绳里，系得紧紧的。他们挑三转我挑一转，手慌脚乱绕着谷垛兜圈子。抱起谷草，一把一把顺在挑绳上，抹着鼻尖上的汗珠四处一看，空空旷旷的野地里，只剩下我和一垛垛岗楼似的草堆。

10月29日

墩子村，驻扎一百多号大学生。来自全国名校。所学专业也五花八门，学医，学画，学罐头加工，学机械制造。最有意思的是学戏剧表演的，他们是上海戏剧学院的，生旦净末丑，一下分来五个毕业生：周立庆、吴江影、李纪慈、熊威克、邹赫威。彼此相隔一个院子，出工时，走在村道上，不小心还会锄头碰着锄头。这些同学，个个都是语言模仿天才，傍晚串门，常听他们蹩脚生硬的昆明腔和路人打招呼："大孃，可请饭咯？"听了，总想悄悄一笑。

我所在的第八生产队，四个人全是云大的。专业也不一样。郭慧光生物系毕业，毕业论文题目《昆明地区春末夏初开花植物的物候》。他告诉我，持续研究三十年，在各类植物的开花期上求出平均曲线，就可以准确预报下个月、下季度，甚至是昆明全年的气候。来到宜良乡下，出了门他喜欢低头走路，搜集植物标本成了他的大乐趣。中午，队长派我们挖红薯，藤蔓上独独开出一朵淡蓝色小花，形状略比喇叭花小一圈。郭慧光见了，如获至宝，他取下草帽，小小心心盖在花朵上。草帽边还压了些土块，刮风也吹不跑。郭慧光说，以前，他只在植物学教科书上，见到过油墨印的图谱。今天，总算见到了真的红薯花。

我的另外两个伙伴，一个名叫钟戴华，数学系出来的；一个名叫何作诗，物理系学生。他俩分在学校公共政治课教研室教书。老钟是四川人，农民说他"脑子很空"。"空"是宜良方言，聪明、灵动的意思。前天晚间，统计干部补贴工分，会计打算盘，老钟靠在墙脚，转着眼睛算。老钟算出来了，会计的手指头还粘在算盘珠上。

我们几个人相处甚是融洽。晚饭后，逛羊街。回村时嗑着葵花子，漫步在笔直的乡村大道上，指点着远近灯火。快近村时，杨树尖上有月牙相迎。

11月1日

打开日记本，有多少趣事奔来笔下啊。

早晨，老铜坟挑草。二十多副担子摆满长堤。一行人刚过偏坡地，雨来了，雨脚斜斜的，比插竹篱笆还密。

大雨惊散了挑草人。我和小巧、啷瓜、长生几个小家伙，顶着草把，蹲在谷垛下避雨。雨越下越大，有些抵挡不住，长生直叫肚子饿。看见稻草他就会想起面条，恨不得也能塞在嘴里。小巧说，多披两把稻草往家里跑吧。啷瓜不同意，他说："两把草，够人家煮一天的饭了。"几个人里边，我年纪最大，娃娃们等着拿主意。看着茫茫大雨，真不知会下到何时。我意已决，站起身来，甩丢遮雨的草把，说："走吧。"钻在草窝深处的孩子应声跳了出来，喊着："冲啊！抓住啊！"冒雨朝村里疯跑，踢得脚下的泥浆，弹丸似的射得好远。

小巧是个懂事的孩子，他一路跑，一路撸得满满一箩乱草，说是背回家去垫猪圈呢。路滑，时时当心跌跤。我把他的背箩接过来，由他带路，一直送到他的家门口。歇下背箩时，小巧没说"谢谢"，他扭绞着衣裳角上的雨水问我："咯要给你找顶篾帽？"他没说出的一句话是："你身上没有一丝棉纱是干的了。"我笑笑，转身离去。

日记本搁在胸口，平躺在地铺上写字，怪累的，就记这么多吧。

11月2日

普兴才长得粗实壮武，二十一二岁，已是两个孩子的爹。他家养有一条黑狗，凶且恶。村里娃娃撺唆黑狗，追着咬死邻人两只鸡。鸡的主人是一位小脚老奶，倒提鸡脚，满村哭诉申告："我的鸡呀，我的下蛋老母鸡呀！"引得一群光肚皮娃娃跟在身后看热闹。一行人来到普兴才家门口，老人将死鸡扔在门槛边，抽抽噎噎回去了。这时，恰逢普兴才挑草回来，他一手叉腰，一手抖着衣襟扇凉，一双洞察世事的目光，在调皮娃娃身上扫来扫去，恶狠狠骂出一句："日你妈的，哪个唆我的狗？"捏紧拳头，咬牙切齿。村里的捣蛋鬼，吓得一个劲地撸起袖口擦鼻子。尽管他们的鼻尖亮得就像小猫舔过一样干净。我们队的老保管张大爹，正坐在草垛尖上扎顶，他笑着打趣说："算啦算啦，鸡就在你家门口，回去烧锅涨水，喝不了半斤就喝二两得啦！"张大爹的话，逗笑一大堆人。

11月3日

平时，村巷里的道路硬邦邦的，一沾雨水，立马糊起泥浆，行走时，人的姿势自是不同：一跳一跳的，挑选凸起的石板踩。

在烂泥路上挑草，我有一套对付的办法：卷高裤脚，用大脚拇指抠紧地面，挑了几个来回也没有滑倒。雨停了，路晾干了，裤管忘了放下，暴露出自家的小腿肚。休息时，坐在田埂上，会计说："放下裤脚嘛，看戳成什么样子了。"小二爷在一旁咂着烟锅,他偏头一望,眯笑眯笑的,大有深意补上一句:"也该晒晒、戳戳了。"

11月4日

早年间,四个轿夫抬官轿,轿里坐着县太爷,他们吭哧吭哧忙着赶路。县官问:"你们都是属什么的?"轿夫聪明,不回答。反问道:"老爷属什么?"县官说:"我属虎。"轿夫说:"我们四个也属虎。"其中一个叹了口气,愤愤说道:"怪事情,你属虎,我们也属虎,凭什么我们就该抬着你?"县官捻着虾米胡子,自得地说:"有抬麂子、山羊的虎,也有抬猪抬狗的虎。"轿夫说:"明白了,我们这些下人,就是抬猪抬狗的虎。"

"抬",宜良方言,除了字典上的解释,也含有"吃"与"叼"的意思——小二爷早年当过轿夫,这是他讲的故事。

11月5日

清晨往万年塘送肥料,四十来斤重的担子,压得龇牙咧嘴的。生产队的半大娃娃,闪着扁担,甩团了手地在田埂上飞跑。

不光我这么狼狈,我的同学也好不到哪里去。稻子收完,稻草堆在田头,码成草垛,远远一看,岗楼似的耸立。社员来到田间,一副挑绳一条扁担就能把一个草垛挑走。我和我的同学,两个人合挑一垛,忙得汗流浃背的,半天挑不走两堆。队长笑笑,改派我们到"半夜沟"挑土。相传在1958年,半夜间一声哨响,村里的老人、儿童、妇女,全都聚到河边突击挖沟,自此,"半夜沟"得名。

休息时,绕到"老水龙"参观。"老水龙"是一道长长的青石大坝。横挡在南盘江转弯处,顶住了汹涌直扑的江水。社员告诉我,这座大坝是新筑的,国家拨下十多万元巨款帮衬。往年,一到七八月间发大水,遍野黄汤,村庄漂在漩涡里,村民难以安寝,家家户户忙着编草席防洪。这些劳务,如今都省去了。

11月6日

老钟进城办事，回村时，火车站附近，手腕上的法国表丢了。天还没亮，他捏亮电筒跑来叫我，我又喊醒老缪、老孙，几个人陪着他寻找。出村时星宿还密，狗在远处吠叫。天色蒙蒙亮，一行人赶到羊街火车站，每根枕木下边的石子都查看一遍，毫无结果。天色亮开时，老钟到底失去耐性，他快走一步，说："不找了，走，喝舍财酒去！"这天正逢羊街赶集，时候还早了些，太阳只爬到杨树腰上，街边生意人，还在扎摆摊的凉棚，山区卖松球、松毛疙瘩的农民来得早，路边歇下背篓，等着开市。我们几个找表的人，来到邮电所，在这里可以看到一些旧报纸。正是从被人闲置的报纸上，看到了我国原子弹爆炸的大照片，读到了周总理率领代表团访问苏联的消息。之后，信贷社的小段邀请我们去到他住的楼上喝茶。待我们出来时，街上已成闹市。肉案前挤的人，怕能把案板抬起来。饭馆门前，烤鸭油烟飘满半条街，鸭子很肥，一刀切下去，油汁乱溅。"二爷有酒力，再喝一碗。"劝酒声传到街上。

老钟打头，我们墙角边占下一桌。

11月7日

墩子村一百多号大学生，分散了住到社员家里。我们这个院子就住了五个。社员心好，让我们住在楼上。

隔一层板壁，右侧是师院数学系学生，他俩在楼下大妈家搭伙。前天，大妈悄悄向我打听，问他们喜欢吃什么菜，怕不怕辣子。今晌，一位同学收工回来，发现他的一双脏布鞋不见了，大妈帮他洗干净晒在瓦沟上。同学吃过中饭，临出门时，大妈在一旁一再叮嘱："裤脚卷高些，小心绊倒了。"听口气，就像在嘱告家里的笨人，我在一旁笑了。

11月11

一连几天都在挖沟。社员说，是在做"夫"。

王丕友任贫农组长。三十来岁，留学生头，发尖几乎搭到鼻子尖。看人时，总是斜着眼睛，露出疑惑的样子。他只在哈哈大笑时，多少有一些农民的质朴。晌午，我们在沟边闲谈，我讲电气化的好处，他不以为然，反驳说："电灯再好，拿不出钱，你还不是干望着？工人帮你扭一颗螺丝钉，老农民苦死也赔不赢人家。"我说尿素肥效高，他说，尿素六角钱一斤。六角钱，够买好几斤米了。谈话时，化肥"过磷酸钙"，他偏要说成"过年的酸菜"，语多不屑之意。

我和他谈不拢。农民讲究实际，我说出的道理空气一样稀薄，他听不进去。

11月13日

谷子收上场，晒干，簸净，咬在嘴里，颗颗发响，该交公粮了。粮库设在羊街东头，离村六七里地。

好天气。太阳将四围青山晒出蓝烟子。人的影子映在地上，浸进地里去似的黑。就在这样一个日子里，我们四个大学生，跟着一驾装满粮食的马车，跟着十多个壮劳力，挑着谷子往乡上交公粮。我这一挑，重五十来公斤，从墩子村到粮库，闪着扁担跑了两趟。忙，忘了戴草帽，竟不觉头晕。

11月15日

每天清晨，他起身第一件事就是井台挑水。哪怕水缸还是满的，他也要倒空了，重新再去挑。望着缸口新新鲜鲜的水气，这才满意地搓着手，喊醒女儿上学。

大爹是闲不住的人。一闲下来，一双手没有地方放，总会觉得别扭。

劳作一天，星宿为晚归的社员点亮了引路的灯盏，树巢里的鸟儿也停止噪叫，火塘也累得缩小了光焰。这时，大爹还不休息，他就着炭火的余光，在搓草绳，那是准备交给队上编草席用的。

他的一双手，岩石一样粗粝，树根一般遒劲。女儿的花衣裳，老伴的银手镯，家里的铺笼箱柜，都是这双大手苦出来的。

11月16日

村头有一小巷，雨天烂滑。队长派工，要求挑沙平整。他问："工分咋个算？"队长："按日工算。"

他赶到村东头挑来细沙，蹲在江边挑选垫路的鹅卵石，备足石料，动手铺路了。挥动铁铲，汗水和砂石一起擂了出去。他干得很辛苦，苦得像个劳模。众人皆惊讶这个精于算计的人。

原来，他家就住在巷子里。泥路紧贴门槛。他的孩子雨天滑过跤，他媳妇池塘边洗菜回家，常把泥浆带进厨房。派他干这活，正合孤意。

验工时发现问题。他经心经意修整的，只有半条路：从池塘边通向家门口。小巷的另外半截烂泥路，家里人可以避开走，他撒下不管了。

村民不平："自私的家伙，扣一半工分。"

他不服气，说："谁敢扣？按劳取酬你们学过没有？"

记工员说："你只顾自家门前，错了！"

听到这声批评，他冷冷一笑："生产队的马车不从我家门前过？"

他横竖有理，这个自私的家伙。

11月17日

见了面，我们叫他张大爹。私底下，几个大学生交谈起来，称他"老保管"。尊敬和信任，尽在这声称呼里。

全家六口人，由他和老伴主事。有四个孩子，老大参军，老黑、老白、小囡，还在村小读书。隔壁邻居，时或听见张大爹这么吓唬孩子："鬼跳！老子有你大那会，早就帮人卖工了。"

老保管不识字，队长、会计写张白条子，三十、二十来领钱，每一回他都在诚心嘱告："我不识字呀，你们千万不要蒙我。"旧社会，他吃过很多苦。那些年，他的全部家当就是手里的扁担和挑绳，外加一顶锥栗叶篾帽。如今，扁担还保存得好好的，梨木，酱红色，我掂在手上，沉沉的。木纹生亮，也许是岁月和汗水凝成的。

张大爹喜欢在嘴里叼一根小烟杆，说话风趣，办事稳重，我要是画家，真想把他画下来。

11月18日

与同学相约，赶羊街。买了双帆布面胶鞋，4元4角8分。

跳蚤忌潮，楼板上勤洒水是个好办法。

晚间在王丕有家做客。主人以甘蔗相待。一边啃甘蔗一边夸他家的房子盖得好。怕是全村最规整的房屋了，清爽，敞亮。其实也就是泥墙平顶的土掌房。主人勤于收捡，院子、柴房、堂屋，井井有条。

11月19日

老寸会捉跳蚤，每战必捷，从不落空。和他同宿舍的学友告诉我，夜间，常见这位白族小伙，揿亮电筒在被窝里找跳蚤，一次总能逮住五六个。这个数字，本人甚是羡慕。

老寸捉跳蚤还有理论，他说："经我研究，跳蚤特性有三：一、怕光；二、小的比大的咬得凶；三、跳蚤叮人颇有谋略，先是轻咬一口，算是试探性进攻，瞅准了，重夹一嘴即腾云而去。根据上述特点，你就得注意。比如，发现身上的痒疼部位，出击必须果断，猛按不放。同时，还得腾出手指沾湿口水，从衣裳底下暗暗潜入，慢慢移动，渐进现场时，沾有口水的手指左右横扫，当场即可擒获小贼。"

以话引话，四川人钟戴华比较谦虚，他说，钟某不才，翻查图书目录的方法愿意公开。事情是这样的：傍晚，他在楼上看书，有一小似微尘的飞行动物倏地纵进书页，钟娃子眼明手快，嚓地合紧书本，待要翻开破案，又忘了刚才看到第几页。灵机一动，有了主意：先查目录。一查，找到了，刚才正看到第三章开头。

老钟是个风趣的人，他的"经验"，赢得我们一阵哈哈。

11月20日

听说要办夜校，村里的孩子全来了。有一个胖男孩，报名时生怕漏下，一再提醒说："我叫肖小五，属鼠的。"住在隔壁的老四只有七岁，他爹还没顾得上给他取名字，报名时硬把他哥的名号拿来顶着，"你叫哪样名字？""普兴有！""普兴有是你哥哥的名字呀！""不管，我也是普兴有。"小家伙揪紧了我的衣裳角落，不见笔尖落下他不松手。

晚饭时分，老四，也就是夜校初级班学生普兴有，端了个小板凳，坐在门槛边，在门坊上铺了一张纸，手里攥着半截铅笔，认真地涂写着什么。他哥走来喊他吃饭，这个冒名顶替的学生，大不乐意地摇着肩头："莫叫我，我在写字！"神情专注极了。

11月22日

邻家小囡，七岁，颇淘气，妈妈抡起挑水绳揍她。小囡无奈，跳脚哭喊："大学生，大学生，快来拉拉我！"我们和社员的关系，由此可见一斑。

11月23日

方从喜，三十岁挨边，下墩子村民。他在自家菜地干活，惯用宽口大板锄。他说，这把锄头，是"大跃进"那年挖英雄沟，半路上拾得的。方从喜另有一把锄头，村人名之为"二两锄"，顾名思义，也就是二两重的一把花锄，且锄头楔子动不动就会"咳嗽"，松脱了。派往生产队菜地干活，他扛的就是这把"二两锄"。有人批评说：老方呀，你这是旧社会打短工的锄头。听了，他也不生气,瘪嘴一笑,沉默不语。方从喜平时话不多,凡事做冷眼观。实在忍不住了,节骨眼上,也会凑上几句。前些天,老普开罪了队长,惹得队长大为光火,站在晒场上,"金瓜葫芦"骂了一大堆,老方在一旁看不下去,他冷冷插进来,数道老普说:"老普呀,你也不好好看看,队长忙了一天,你还让他站着骂,还不快些抬个草墩来,请队长坐着骂,哪有站着办公的道理啊。"一席话,说得生产队长鼓起眼睛,半晌出不得声。

11月25日

与郭慧光进城,宜良西浦温泉泡澡。我和老郭不洗小池,选大池入浴,水宽,有纵横游泳的感觉。浴池水汽蒸腾,多日积下的汗垢,尽随暖流而去。

温泉的设施还比较简陋。泉底铺有方形石板,瓦屋的木柱脚,落在石墩上,多被热泉蚀啮,有倾斜之虞。人在池底走动时搅起的藻类碎屑,小鱼似的身边触碰,也不觉烦腻,大家都习惯了。

远近几个村的农民,晚间免票进入温泉。

回到墩子村时,老水牛早已拢槽,小河里的鸭子进到鸭棚,嘎嘎欢叫。听声音,像一群快活的胖子仰天大笑。

11月26日

宜良年平均气温,比昆明高一度,霜降期也短,小春作物比昆明好。坝子宽阔,目测距离:南北约三十里,东西十里。上古时期,这里曾是河漫滩形成的河湾湖;水退后,泥沙淤积,土质多为胶泥地、沙土地。我们上山砍柴时,时或可在半山坡土层中见到夹杂的螺蛳壳。这样的土壤最适宜稻谷生长,又得南盘江灌溉,宜良遂为滇中粮仓。七八月间来到宜良,田畴间稻谷铺天接云的景象,想想都觉得美。

11月27日

从早到夜,冷风冷雨。写日记时,瓦檐还在用它滴答滴答的雨珠和石阶谈着心，就那么几个词语，絮叨了一整天。

看得出来，袁克林和我的房东是好朋友。雨天出不了工，他带着斧、锛、刨、尺、墨斗，来到陈文洪家，帮他做大床。一棵有节疤的拱背松木柱，袁克林挥斧砍削，斫木声里，退去刨花木屑，眼前出现了一根方方正正的木枋，光洁平滑，有棱有角，这是大床的横枋。碍眼之物，转瞬间成了有用之材。袁克林善用斧子，斧口带着风声，砍得飞快，每一下都能斫在墨线上，拉锯也只能锯得这么准。我猜想他的老辈怕也是个木匠，一辈子与刨花打交道。哪知错了。袁克林说，1958年，村里派他到木工厂干活，学着造风箱。做风箱不难，过不两个街子，自家也成了好木匠。

晚间，枕上听雨，喝光了半瓶苞谷酒，醉晕晕的，倒在床上昏昏睡去，醒来时吐了一大摊，狼狈至极。以后再不干这种傻事了，很不好。

11月29日

同是一个村子的人，经过土改、合作社、公社化运动，乡村的贫与富，对比仍是这么鲜明。

串门时，我去过两座院子。队长住的大院，也有好几户人家，不管走进哪家，随便端出个草墩都是新的。这个院子里，家家养有大肥猪，一到街子天，铁锅油烟子冒。门枋里出来的大人娃娃，穿戴整整齐齐，妇女在单衫外边还罩着花棉袄。再到村子北头、小二爷住的院子看看，同样也是土改时分得的三合院，住有六七家人，家家穷得叮当响。小二爷一家住左首两间房，夜间不点灯，没钱打水火油，全家围坐在黑地里，女主人小二婶摸黑搓草绳子。就在他家对门，住着李士诚一家，一楼一底，李士诚双目失明，他每天上上下下的楼梯早已朽烂，空一档实一档，摸黑爬楼。李士诚全家四口，屋里床板都没有一副，铺的是草席，盖的是破棉絮，地铺床头，不见箱柜，码着一堆整整齐齐的土坯。

如今，地主早就斗倒了，李士诚们的生活，怎么还是这样艰难？

11月30日

晏家木，不到五十岁，体弱力单，看去已显苍老。他嘴笨，不会说话，"我们的领导毛主席"这句话，他总是说成："我们领导毛主席"。讲完了，还不知是错，弄不好还会跟着再来一遍。他白天放牛，晚间独坐席棚守场，守一夜可得两个工分。场上堆着准备入仓的粮食。夜里，我去席棚看过他，老人双手抱膝，身边有一盏没有煤油的马灯。我帮他遗憾，他反倒安慰说，有耳朵就够了，耳朵最重要。半夜三更，仓上掉一根稻草他都听得见。

12月2日

清晨，站在豆花田田的地埂上，读《新城游北山记》，背熟了才开始回村。

冬日起雾，村人称之是"扯海罩"。雾气寒冷，看守打谷场的李士诚，仅披一领棕蓑衣，穿一条破短裤，哆哆嗦嗦站在路边，手里捧着一个鸡蛋。他说，这是老黑家的鸡下的野蛋，要我帮着带回去交给主人。我接过鸡蛋时，还能感觉到他手窝里的热气，他把鸡蛋握热了。

李士诚双目失明，眼里糊满了翳障。常见他瞽着白眼，笑得憨憨的。

12月3日

队上有三百多只鸭子，交给张大爹一家包放。全家动手，做鸭鞭，搭鸭棚。大妈省下口粮，大爹挑着谷箩，集市上买来五六斗苞谷，老黑老白哥俩下到河底捉泥鳅，帮着给鸭子喂食。当年，鸭子超产八十多斤，超出部分，净归自家所有。那天，老伴端出鲤鱼金边大瓷碗，盛满了炒得肥嫩的鸭肉。张大爹赶早打来三斤酒，请来左邻右舍，小方桌围得满满的，醉话，喜庆话，说得好不欢畅。

12月8日

出村接钟戴华。跨过搭鸭棚的石板桥，天已擦黑，落日描出火红的光晕，色调正一分一分淡下去。远山呈深黛色，天心堆出一片苍蓝，斜向天边的色调渐渐减弱，浅碧中透出橘红。

老钟去羊街看病，我们在枣树林相遇。经医生检查，无大碍，钟娃子放心了。一路有云大同学相陪，走夜路也不觉得孤单了。羊街车站通向墩子村的乡村大道，平直辽远，此刻，全落在夜色里。道路两边，白蝴蝶似的蚕豆花，吸饱了白昼的阳光，夜风中释放出浓郁的气息。路长，田地也长，豆花的香气更长，有一种醺醺醉人的感觉。

12月9日

用老钟的相机，给张大爹拍了一张照。就在他家里。张大爹坐在草墩上，双手抱膝，叼着那杆一刻也不离身的竹烟锅，在他带笑不笑的时刻，我摁下了快门。张大爹五十多岁了，他说，连上今天这一次，这辈子，他只照过两回相。上一次是在三十多年前，他被人卖到矿山，矿主怕他逃跑，扭着照过一张。他说，这张照片他当然看不到，记忆中，矿警按着他的肩膀坐下来的感觉倒是不曾忘记。张大爹是个性情乐和的人，老伴和他吵嘴，吵着吵着，也会被他逗笑。

12月10日

清晨天还阴，中午，小南风驱散铅云，风也歇了，天气暖暖和和，圈里的猪崽甩着尾巴，出来晒太阳了。

我们端着脸盆，蹲在南盘江边洗衣裳。漂洗干净，晾在刺蓬上，等着江风吹干。河对岸就是山脚，山边上的村子，笼在紫灰色的枣林烟雾里，有一种雾气托着村子飞升的感觉。

江边风大，不一会，晾晒的衣物已是半干，该撤退了。走在田埂上，金黄的菜花一直扑打裤脚。

晚间开会。不记了，灯油快干了。

12月12日

串门。上、下墩子每一户农家的楼板上，差不多都围有细篾编成的囤箩，身量比我还高，两米有余，粗处三个人张开手臂围不过来。人口多的人家，两个、三个囤箩不等。楼上干爽通风，囤箩紧靠猫洞，堆放在这里，谷子不会发霉。

秋粮上场，分谷子了。我卷起裤脚，光着脚丫，站在抵齐房梁的稻谷堆里，端起深兜大撮箕，往磅秤上端粮食。雾气腾腾的稻糠灰里，会计拨响算盘，威严地报着数："六十斤！""七十斤！"粗嗓门盖过喧哗的人声。

这两年风调雨顺，宜良农家的囤箩，听说没有空过。

12月13日

与郭慧光相约，游东山陡坡寺。

我们提一手帕煮红薯做干粮，打早出发。渡过南盘江，从石家渡村边绕过，山路渐次升高，山塘里蓄存的栽秧水，似镶嵌山间的镜子，越发增添了峰峦的明秀。

一路打探，中午赶到陡坡寺脚。寺如其名，依崖而建，廊檐屋脊，尽得仰观。

我和老郭早已是热汗淋漓，脚筋也酸了。进寺之前，坐在风雨剥蚀的条凳上，解开手帕，先以红薯补充一下体力。

陡坡寺，一个放眼宜良坝子的好地方。坝子的东西南北，尽收眼底。南盘江从田畴间摆着身子流过，有的弯子像张弓，有的弯子兜得远一些，却又给你一种随时都会绷直了身子的感觉。原来，它是一个有主见、有性格的活物。

山墙外，嗅见了蜡梅花的香气，我们拾级而上，与一位看守山林的老人打过招呼，找到了生满铁锈的山门。寺门虚掩，吱呀一声，进到了荒废的石板庭院。也不知寺庙破败了几许年，石香炉里长满野草，阶沿上蔓生着厚厚的青苔，窗棂被人盗走，廊庑睁着黑洞洞的眼睛。寺院早已无人看守，唯剩墙角蜡梅，馨香依旧，向人依旧。山风掠过，花的香气，只有野草山石可以尽享了。

回村时，炊烟正好捧到落日，伏在枕上，写下这页日记。

12月14日

板锄换成条锄，挖老板田。开头几天，手掌磨出血泡，胳膊酸得抬不起来。咬紧牙关苦熬过一个街子，渐渐也习惯了。挖田时我们真羡慕老白，一个二十郎当小伙子，他弓着腰，一个草墩大小的土堡，用锄尖轻轻一钩就翻了起来。我和老郭力气太弱了，我们俩约齐了翻一个堡子，锄尖撬进裂缝。叫着："一二三！"合力用劲，哪知锄尖一滑，两个人一屁股跌坐地上，老郭和我相顾大笑，社员拄着锄头把笑。小存家妈说："你们大学生真守纪律，连掼跤都约齐了。"

12月15日

晚饭时候，老林儿子得了急症，手脚抽搐，眼睛白翻白翻的，眼看只有出气的份了。当妈的拍着草席，哭声吓人。

郭慧光一路紧跑，赶到上墩子，向医学院同学求援。川医毕业的大吴，刚刚挖老板田回来，歇下锄头，正准备洗脸，听郭慧光这么一说，他叫上同学，背上药箱，带上听诊器，门槛都顾不得进就赶来了。

我们进到老林家时，孩子已处于昏迷状态。妈妈的哭声更为凄痛。大吴俯身床上，把孩子的口腔和鼻子都含在自己嘴里，吸气，吐气，帮病孩恢复呼吸。他在做这些动作的时候，一屋子人柱子似的沉默着，只是脖子伸得更长、眼睛睁得更圆而已。大吴额头上满是汗水，身边的同学掏出手帕帮他擦拭。我们站在一旁，暗暗地帮着大吴使力。过了二十多分钟，孩子哇地哭出声来，大吴的脸上，第一次露出笑意，我们也跟着嘘了一口气。大吴直起身子，对身边的同学指了指，意思是："打针。"立即有一位短发女同学，拿着注射器站上前来。

  针是打了，危机还没有解除。大吴跨上自行车，他一手掌着扶手，一手抱着病孩，在我们焦急的注视下，他骑车出了村，向县医院奔去。一路上，不时还得低下头来，给孩子做人工呼吸。田埂又窄，收工回村的人见了，慌着闪在路边让道。一位村民回来报告说："你们的大吴一只眼睛望着娃娃，一只眼睛望着车辘辘前边的小路。"

  中夜，大吴医生推着自行车回村。他告诉我们：孩子得救了。

12月17日

  李士诚一家，土改那年，日子确实好过。孩子还没出生，家里就他和妻子，分得田地不说，还分得房子，分得皮箱桌椅，分得铜炊锅，分得犁耙锄头，分得镰刀扁担。扁担是红木的，如今，家里只剩这条扁担了。进入靠工分吃饭年代，幼小的孩子陆续来到世上，本人双目失明，挣得的工分不如一个半劳力，老伴又多病，渐渐地，生活陷入困境。怎么办呢？出路就是卖东西。这样，土改时分得的物件，零零碎碎又搬了出去。铜炊锅、箱子、犁耙，包括一口大石缸，重新转到新主人名下。他们依然守着善良和贫穷过日子。走进他的家门，唯见土改分得的红木扁担靠在墙角，似乎在说，这里依然是"一无所有"。

  李士诚一类人家，村里还有好多户。疾病，孩子小，再加上队干部的私心和专横，仍让他们没有好果子吃。

12月18日

公余粮完成得好，国家发给奖励布票，不论大人小孩，每人一丈一尺。条件好的人家，手里有钱，他们早已瞄准了供销社柜台里的灯芯绒、电光卡其；条件差的人家，就只能在自家的布票上动心思了。李士诚的老伴，我们叫她"小火家妈"，偷偷去到街子上，把自家的布票卖了一半，回来，四角钱一尺的粗蓝布买了一丈三尺。靠坐在门槛上，给老伴缝衣裳。李士诚白天黑夜都在给生产队看守打谷场。天冷了，他总是穿一条薄短裤，冻得起鸡皮疙瘩。有了布票换来的衣料，寒流再一次袭来时，兴许能穿上厚布衣裤了。

12月22日

晚间，给两个娃娃上完识字课，往回走的路上，半明半暗的月亮地里，遇见九队的青年社员袁家流。他邀我进屋坐坐，应了。

袁家流爱唱花灯，房间很窄，墙上挂着月琴、笛子。一张床占去二分之一的空间。帐子发黑，堆在桌上的书籍也是黑的，叫人不敢触摸，稍一翻动，指尖似乎就会粘上腻腻的油污。桌上只有一件东西还能色彩鲜明地攫住视线，一个带璎珞的缎子笔筒，黑丝线在金缎上挑出一行小字："十月蜡梅岭上开"。调过来看看，果真绣着一枝蜡梅花，碎金似的花骨朵，看去十分古雅。

按照墩子村的习惯，主人用风干红薯招待客人。也不知是我的哪句话触动了小伙子的心事，他愤愤不已对我说："这个村子非得好好纠正一下，太不像话了。"我停下了削红薯的小刀，鼓励他说下去。"你譬如买办婚姻，娶媳妇最少得四五百块钱，哪个拿得出来？"屋对门有人在拉胡琴，琴声幽怨，似"病中吟"。袁家流下巴朝外点了点那个看不见的琴师："你咯认得这个小潘？跟我一样，也是二十五六了，他家在马房帮他定下一门亲事，女方提出少了一百块钱、一头肥猪、两石谷子、四套衣裳不进门。四套衣裳，一套要灯芯绒，一套要直贡呢，一套要毛线衣，还有一套是落红花的夏布衣裳，准备五黄六月耍县城穿的。我说，又不是做生意，怎么能这么讨价？村里的老人说，你养一头猪也得百把块钱呢。我说，你拿姑娘和猪打比方？他们说不赢我，不过，烂规矩还是不变。小潘没有办法，东借西借，差了一屁股账。我在一旁看了寒心，小潘借的谷子、借的几百块钱，尽是加五加六高利贷，够他赔几年的。"

话说得深入，黄豆粒大小的灯焰也暗了，袁家流起身给灯盏添满了油，接着又跟我讲了好多村里戳眼睛的事情。

12月23日

识字班在磨坊上课，来的大多是男孩子，秩序很乱，"人民公社"的"社"字还没教完，告状声蜂拥而至："老师，他爬柱子！""老师，他踩我的脚！"吼声震人耳朵。今晚，我和老郭改变策略，决定送字上门。我俩轮流去小火家上课。小火今年九岁，一天书也没读过。第一课，教她如何捏铅笔，教她写爹妈的名字。她学得很快，很用心，坚持半年，达到小学三年级水平是可以的。

12月25日

挖老板田。每人十六丈，用皮尺量出工作面。老黑的哥哥是大力士，传说他一天能挖四十丈。他不像我们，高高扬起锄头，嗨哟着，弄出唱川江号子似的响动。小伙子不屑如此，他弓着腰，锄尖顺着裂缝往怀里一带，草墩大小的土垡扑通一下翻起来。那一刻，你会感觉到脚下的地皮打战战。

12月26日

28日开联欢晚会，同伙撺唆，赶写"三句半"脚本。化学系毕业的缪文瑞约我和他一起说相声《聋子打岔》，答应了。周立庆指导我们排练节目。他毕业于上海戏剧学院，分来省话剧团工作。目前，和我们一样，每个月领取46元实习工资。周立庆相貌堂堂，哼啊哈的，声音特别洪亮。到底是学表演的，说话总带一点艺术口音，动听悦人，村里的放牛老倌从院子外边经过，听见他的语声，也会停下来，翘起白胡子望着他笑，一时忘了吆牛。

12月28日

徐成芳进城修汽灯，天晚了才回来。

夜间霜大，响晴。就在村头大院里，我们搬来土基搭成舞台，又抱来十多床草席张挂台上，大幕是几个人的毛毯连成的，颜色有灰有蓝有红。汽灯早已打亮，分挂舞台两边柱子上。村里还没通电，汽灯的白光亮得晃眼，就连小姑娘发辫上的化学丝也看得见。

村里的娃娃最积极，一大早，他们就端着草墩、扛着板凳前来占位子。娃娃是家庭的先遣部队。大人收工回来洗了脚、喂了猪，这才咂着烟锅踱进院子。秩序很乱，武装干事嘴里的铜哨几乎吹爆，吼了数十声"莫讲话了"，人群仍是嚷嚷一片。这种场面有些叫人担心：站上台去，怎么也吼不过众人啊。话剧团来的周立庆到底有经验，他说："不怕，我们要用热情稳住大家。"第一个节目是合唱，声音一起，大人娃娃立马安静下来。唱到"贫下中农一条心"时，接着又是"团结紧，团结紧"，坐在第一排的老大爷，烟锅等在嘴边，仰头望着台上，笑容像水纹似的漾开了。歌声，像是我们张开的手臂，一下将场上的观众揽在怀里。

话剧团同学演出的《审椅子》大获成功，土坯搭成的舞台，似乎也有了豪华光泽。我们的三句半、相声、蒙古舞，尽管也挣得不少掌声和笑声，在《审椅子》面前，我也不想多说一个字了。到底是上海戏剧学院毕业的，到底是昆明舞台上的明日之星，他们演得就像站在正规舞台上那么认真，一口半生不熟的昆明话，听去也颇带乡土味。李济慈演一个农家小媳妇，她端坐台上，捻针绱鞋底的动作，手指一扬，针尖从发间轻轻划过，墩子女人的生活场景，瞬间再现于众人面前。

演《审椅子》时，院门口有一个卖甘蔗小贩，他丢开靠在墙脚的甘蔗不管，顾自挤进人群，扬起脖子看戏。

12月29日

　　羊街东边二里地，有部队驻地，名哈拉村。昨晚演出十四个节目，挑出五个节目到哈拉村与部队联欢，我和老缪表演的相声也入选了。部队有正规舞台。一撩长衫走出边幕时，唯近台战士的笑脸还看得分明，中场以后，礼堂全落在朦朦光雾里。心头只慌乱了一会儿，观众的笑声鼓舞了我，笑声是相声演员热情的火种，没有笑声也就没有了信心。演出结束时，数学系的钟戴华迎上来向我跷大拇指，他说了一句令人感动的话："没想到，云南大学这些年埋没了一个相声演员。"卸完妆回村时，已是午夜。繁星满天，没有月亮，走得浑身疲倦，忽听狗吠，心头暗自一喜，村子就在面前了。

一个人的历史

(2017年2月9日)

地点：昆明金殿金博花园小区
谈话人：乔传藻、张庆国

一、我为什么出版自己的日记？

张庆国（以下简称张）：我从汤世杰老师那里听说，您出版了一本自己的日记，中学和大学写的，有不少人读后认为这个日记好，我就产生兴趣和疑问了。因为，日记出版，一般是名人、高官、大学者，比如胡适、蒋介石，比如卡夫卡出名以后的日记等，当然乔老师您也是作家，但跟我说的上面那些人相比，您还不是关系到一个国家的命运这样的历史人物，您怎么会想着出版一本自己的日记？这个动机是怎么产生的？

乔传藻（以下简称乔）：人老了，总得找点事情做做。像我这样一个教书先生，生命也像一条普通的小木船，见识过风浪，也经历过大江大河，粘在船帮上的水痕、苔藓、鱼鳞，是个人的，也是历史的，大历史的某些皱褶，说不定就隐身其间。这样，闲暇中我为自己找到了要做的事情，陆陆续续，淘检出这些文字，大有"自将磨洗认前朝"的兴叹。日记整理出来后，经家人帮忙，先是发表在"彩龙"网上。《都市时报》用整整一个版也刊登过一些。

张：网上点击率多少？

乔：人数最多时有26万。

张：那么多人在看啊？真想不到。

乔：我也感觉意外。

张：真令人高兴，这也说明，并非名人或者高官，那些决定一个时代和一个国家命运的人才有价值。一般人的人生经历，同样是世上最真实也最重要的。甚至最普通老百姓的日记，价值可能更高。设想一下，如果有一个进城打工的农民，把自己每天的经历如实记录下来，那可能会是一个非常重要的社会学档案。

乔：就是这个意思。

张：那么，我们就讨论第一个问题，尽管您的日记肯定会有价值，但一般人，是不会想到出版自己的日记的，博客上贴一下，也就算了。您怎么会想起来把自己的这个日记出版？因为，我知道肯定有很多人也写过日记，有些普通的老师啊，不管是大学老师还是作家或者什么人，或者一些科学家，他们也会有写日记的习惯，也可能多少年来一直到老都在写，但他们也就是写写而已，空闲时翻开看看，就完了，可是，您却把这个日记出版成书了，出版的动机是怎么来的？

乔：这些文字在"彩龙"网连载不久，一些不相识的朋友留言，希望能够成书出版，认为很有价值，有的留言还说，云南大学的学生都应该看看。这些反馈回来的意见，让我进一步理解了泰戈尔的几句话："一个人真切感受到的东西，只要他能让人们也感受到，对世人就不会是无足轻重的。"不过，要将这些文字印成书，我没有多少把握，幸得好友汤世杰、海惠鼎力相助，我那些墨迹已淡、写得曲曲弯弯的文字，这才有了今天的样子。

张：书名是怎么定的？

乔：出书的时候，最初我想叫《没用人日记》。

张：《没用人日记》？哈！有意思。

乔：在一些人眼里，文学是虚的，飘的，是无用之物。举办讲座，讲股票，讲成功学，海报贴出，应者云集，至于什么劳什子文学，则对不起了。此种现象，老汉早有不平之气。在我看来，文学之用，恰在于它的无用之用，说是《没用人日记》，确有自嘲与反讽的意思。

张：还是《映秋院日记》这个书名好，有诗意，安静，文雅。

二、不经意间接近历史真相

张：您这本书，其实是历史，一个人的历史，反映出了一个时代，记录了一段消失的人生和生活方式。

乔：大历史像一把划刀，置身其中，每个人身上，都会留下深浅不同的划痕。1960 年，我进入云大，运气好，正赶上调整、巩固、提高的年份。在云大校园里，平平静静读了四年书。不过，象牙塔里的人也是要吃饭的，闹饥荒那些日子，去学校农场劳动，就成了我们的必修课。

张：学校怎么会有农场？农场不是在很远的地方？

乔：我们有校内农场，也有校外农场。

张：校内农场？在哪里？

乔：现在的云大附中地段，那时是云南大学的 50 亩菜地，还有大片果园。工人告诉我，大路两旁的梨树，是李广田校长带领大家种的。李校长说，种梨树好，春天看花，秋天品尝果实。

张：不愧是作家，表述得真有诗意。您是哪年留校的？

乔：1964 年。这本日记，从 1957 年初中毕业编起。懵懵懂懂的，不经意之间，那些让天地变色的大事件，竟也留下划痕。譬如，日记中有这样一页：1958 年，昆明地区的一些中学生，肩着十字镐，偷偷跑到黄土坡撬银行的铁护栏，理由是"要为钢铁元帅筹集粮草"。这些匪夷所思的事件，搁到现在，某些专写荒诞剧的作家，恐怕怎么也荒诞不出来。

张：啊，真的是编不出来。

三、爱读书是写作的动力

张：乔老师，您是昆明人吗？

乔：我是宣威人。

张：宣威人怎么会在昆明十四中上学呢？

乔：父亲是道班工人，那时正在修昆洛公路，母亲和弟弟也去了，就我一个人留在昆明读书。

张：昆洛公路？

乔：昆明通往打洛的公路。

张：一个人在昆明怎么生活呢？

乔：吃住都在学校。

张：那时可以住校？

乔：可以。我写过一篇小文章，收在《文学的眼光》这本小书里，台湾出版的。书中有一篇短文《亲近文学》，北京读者师莺，50多岁，一个孩子的母亲，我们素不相识，她读后，固执地要在电话上找到文章的作者，挨晚时分，电话打到家里，接通了。

张：北京打来的啊？真是不容易。

乔：她说，她终于从人海中找到我，很高兴，我也十分感动。西方国家有一句谚语：母亲是我们在人世间所能见到的天使。这位为了孩子的成长遍求天下好文章的母亲，就是这样的天使。她说，她和孩子读了这篇文字，颇受触动，再难也要找到作者聊聊。

张：您写了些什么？

乔：我写幼时读书的情景。在文章中自问自答：用什么来拯救我们弱小的灵魂？感谢上苍，冥冥之中，让我接触到了伟大的中国文学。

张：哦，这一代人，都靠文学支撑心灵。

乔：20世纪50年代，父亲在远方筑路，一个月工资30多块钱。全家四口，母亲还没有工作,我独自在昆明读书。那时的省城,也是一个花花世界,红的黄的,晃花人眼睛的东西也不少,值得庆幸的是我没有迷茫,也没有走错路。

张: 因为有文学导航。

乔: 是的。《亲近文学》这篇小文章,写有这样一个细节:小学还没毕业,我住校了,每个月的生活费,除了吃饭,余下的顶多还可以买一张邮票、一块肥皂。置身闹市,无亲无友,奇怪的是本人还不闹情绪,日记本上写下的一句话可以作证:"我的心里是晴天。"我读的小学叫公路工程局职工子弟小学,我的同学中,不乏干部子弟。他们的父兄,有的当书记,有的当局长,最次的也是保卫科长。升入中学后,这些同学的情况却不很美妙,留级的,退学的,发酒疯被学校警告的,都有。读初三那年,消息传回工程局,他们的子女怎么了?领导派人调查来了,他们在昆三中校园找到我,问:你的同学,家境都比你好,你的父亲是一个普通工人,还不识字,母亲还没有正式工作,帮人洗衣服,你独自在昆明生活,能把自个管得好好的,你是怎么做到的?这个问题,一定让他们困惑过,热切期望回答的眼神,给我留下很深印象。记得,我是这么回答的:"我爱看书。"简简单单四个字,说尽了穷小子的全部秘密。

张: 真不容易啊,你的经历我很能理解,这就是历史,活生生的历史。在阅读中与伟大的灵魂沟通,人生自会找到方向,找到动力。

四、我从初中到大学天天写日记

张: 您写日记,是从哪个时候开始的?

乔: 第一次学写日记,是在1950年,我在昆明关上读初小,启蒙老师是张永春先生。张老师在一座倾圮的破庙里教我们,没有教材,他自己编写,自己刻印,张老师为我批改的一本寒假日记,好多年了,我一直收藏在身边。

张: 您还记得日记写些什么内容?

乔: 20多年前,上海少年儿童出版社向我约稿,问我有没有小时候写的作文，我说有。从那本毛笔直行书写的寒家日记里，顺着抄了几篇寄去，不久，稿子在"作家的童年日记"栏目刊出。我的第一篇大作是这样写的：早饭后，到井上挑水。挑完水，笼火做饭，挖地，帮对门的张大妈家做事。最后一句是："我今天就做了这些事，完了。"——标准的流水账。难得的是随后的日子没有停下来，寒假有多长，日记写多长，笔尖跟着日子走，写着写着，新的内容逐渐添加进来，捉蛐蛐、拔萝卜、坟地里躲猫猫这类趣事，多少都写到了。

张：很多人都写过日记，坚持下来的不多，一写几十年，更少。原因是：第一，像您刚才讲的，老重复，写着写着没劲。第二，写给自己看，没有别人欣赏，动力不足。但是，如果是为了写给别人看，又会导致虚假。渐渐地，也就不想写了。

乔：有道理。

张：不是完成老师布置的作业，你自己动笔写，是从什么时候开始的？

乔：进入昆三中，读初一。整理过去写的东西是为了出版，一旦印成书了，心情又很忐忑，有一种当众穿着裤衩，穿着背心，站在广场上的尴尬。毕竟，写的时候并没想要拿出来发表。

张：您的心情我能体会，日记我也写过，但写着写着，我就不想再写。我觉得，这个日记要拿给别人看，就要写得小心，要把自己塑造一下，但这样写，也就没有意思了。

乔：我问过自己，那些年，为什么你能坚持写下来？

张：对，为什么？

乔：果戈理有一句名言："你必须每天都写点什么，重要的是，让你的手适应你的思想。"果戈理的话，在我眼里就是金科玉律，穷学生笃信不疑。用现在的话来说，确确实实起到了"一句顶一万句"的作用。

张：最长的日记多少字？

乔：两三千字。

张：那么长，一个初中生写如此长的日记，那可是一篇正式的文章啊！

乔：1957年，我写过一篇比较长的日记，记我的同学，他的命运很是悲惨，升学压力，眼睁睁将他逼疯了。这页日记，随记随放，躺在日记本里，一躺60年，几乎被写日记的人淡忘了。

张：日记帮您恢复了记忆？

乔：唔，是这个意思。整理旧日文字，重新记起这位同学，他叫甘国裕，瘦瘦的，穿件袖子很短的青布对襟衣，毕业考三科不及格。那一年，教育局规定，考不上的，统统丢到社会上去。上晚自习时，甘国裕跳上课桌，挥舞着棍棒，大叫"刘玄德在此！"他疯了。

张：现在看来，应该是写得相当不错的文字了，不仅仅记录了一件事情，还有对生活的观察和表达，写出了一个不幸的人，一个悲惨、灰暗的故事。

乔：记录了一个不幸者的命运。

张：我不太清楚你们那个时代，我们这一辈长大时，写作文写日记，老师总要求你写出先进的思想，写出生活中光明的事物，写一个疯孩子，当然是不行的。在你们那个年代，幸好老师还没提出这样的要求，是吗？

乔：布道者的嘴脸，哪个年代都一样。侥幸的是，当年写日记的那个野孩子，还没经历过什么事情，政治湍流隔他还有一段距离，这个人还可以本着内心的一份真诚，自说自话留下一些真实的记录。譬如，1958年的日记里，记有这么一笔：晚自习时，全校师生在大礼堂集中，政教主任在台上宣布："今天，我们要逮捕一个学生，不，一个现行反革命！"话锋一转，礼堂哑静极了，一个姓朱的高三学生被带了出来，他的"罪行"有三条：一、吹捧大右派龙云，称龙云是民族旗帜；二、攻击我们的伟大盟友苏联，说苏联人不可靠；三、同情右派老师。"罪行"宣布完毕，两个挎小枪的公安人员大步走到台上，亮出手铐，当着全校师生的面，把这位同学带走。好多年了，金属手铐相碰相击的咔嗒声，一直留在我的心底。

五、读初中时尝试给报刊投稿

张：您投稿是从哪个时候开始的？

乔：读初中，1955 年。

张：初中？

乔：初一。晚自习时写了一篇散文，有两千多字，题名《奇迹》，文章的开头大体还记得：大树摇撼着，有的朝山谷倒去，才晌午时分，山野却像残冬的傍晚了。——记得，当时的《云南日报》副刊，是由省文联主办的，稿子抄好，装进信封，啪嗒一声丢进邮筒，算是寄出了。

张：您一个初中生怎么知道《云南日报》的文艺副刊？

乔：报上登着呢。

张：去报栏看？

乔：教务处门口，天天张贴《云南日报》。

张：哪条街您怎么写？

乔：不用写，就写《云南日报》副刊，不用贴邮票，信封剪一个角就行了。

张：是啊，昆明城太小，《云南日报》，邮局是知道的。

张：《奇迹》这个作品发出来了？

乔：过了两个多月，刊登在《云南日报·文艺生活》副刊上。用的是笔名白果。外婆是宣威上堡街人，后院有一棵老大的白果树，稿子署名时一下想起它。

张：接下来，还发过其他作品吗？

乔：翻过年，又是暑假，没钱回家，跑到翠湖省图书馆，找一张靠窗的桌子，看书，写作。暑假结束时，写了四篇稿子，挑出两篇给《边疆文艺》寄去。

张：也是在初中？

乔：还在昆三中读书。当时，柏鸿鹄任《边疆文艺》小说散文组组长，我给她寄去《蓝信封》《排球队员》两篇小说，我的笔画潦草，她找人把《蓝信封》用作家协会的稿笺重新誊过，推荐给《萌芽》杂志。

张：多好的编辑！多纯洁的年代！帮您把作品推荐给上海的刊物《萌芽》。

乔：《排球队员》有6000多字，发在《边疆文艺》1956年第12期。

张：您真可以！再次证明，坚持练笔确实是很有用的。

乔：刊物还没出来，天气凉了。一天，柏鸿鹄写信来，通知我到编辑部去，她替我预支了四十元稿费，交给我，说："冬天快到了，你该添件棉衣。"改革开放时期，时或还能见到她的名字，对我来说，柏鸿鹄三个字是很亲切的。她的名字像冬天里的新棉衣，有温暖的气息。

张：后来又发表什么东西？

乔：初中快毕业那年，又在《边疆文艺》上写了一篇儿童小说《河堤上的早晨》。毕业后，进了十四中，写得少了。

张：没想过当作家？

乔：不敢想。我感谢阅读。深入的阅读让我懂得了什么是真正的文学，什么是真正的作家。在这些作家作品面前，平凡如我辈者，唯有敬畏之心。学生时代，考虑得最多的是职业选择。我的同学最了解我，他们都知道，做一名新闻记者，是乔传藻的最高梦想。北大中文系毕业的郭超人，猫在西藏，写了不少山地报道，他的这份差使非常令人羡慕，那些年，就想做一个这样的人。

张：你们那个年代，大学同学里面，投稿的人多吧？

乔：多，中文系办公桌上，隔不上两天就会聚起一堆退稿信。同学中的创作风气十分浓厚。有一次，我在系办公室遇见李广田校长，他进门时，办事员正在发牢骚："天天都有这么一堆！"露出不耐烦的样子，李校长对她说："退稿很正常啊，我写稿子还被退回来呢。"这一幕，恰让我碰见，写进了当天的日记。

张：这么说，中文系是鼓励写作的？

乔：鼓励写作。校园里的文学风气，得力于李校长的倡导。

张：是啊，中国大学的中文系，长期以来都认为培养不出作家，其实是错的，不是培养不了作家，是不会培养，老师不会写，怎么培养？作家来教，就可以教出来。想当作家就要多写，多读。

附录：晚自习札记

1
语言是有气味的。
真话如芬芳的花朵,
假话似变味的酸菜。

语言是有颜色的,
真话如透明的水晶,
假话似浑浊的泡沫。

语言是有重量的,
真话如岩石栽地,
假话似浮柴轻烟。

2
白昼与黑夜的交替,在我的感觉中,真像眨眼睛那么快。倏忽之间,糊里糊涂又站到了白昼的边界上——黄昏时分。

一个日子,有如火车上的一节车厢。真的,我确确实实听到了时间离我而去的声音：轰隆轰隆，轰隆轰隆，不舍昼夜地驰骋在生命的单行线上。

3

"幸福别人有，我买不过来；痛苦自家有，我卖不出去"——这是一首藏族民歌。字句背后的无助与孤独，庶几可以触摸。那年，我和友人在藏区旅行，徒步苦旅大半天，看到的唯有草甸和远山，想要问路，耳畔只有风在答话。置身地球边沿的感觉，冷飕飕的，塞满人的胸臆。就在这时，前边提到的民歌词句，无端地兜上心头。老汉明白了：山水原来是有魂魄的。山水的魂魄，有时，就藏在当地的民歌里。

4

雷声，只能唤醒春草，不能唤醒石头。

5

人呐，在一些事情上，真得狠狠地骂骂自己。声音不用很大，只给灵魂听见就行了。这时，你会发现，躯体里躁动的那个家伙，立马老实下来，安静得就像蜷伏在火塘边的小猫。

6

某次，偕陈姓教授出差。老汉入睡速度之快，令他大为开眼，遂问缘由。我诳他说：文化大革命期间，本人严重失眠，工宣队罚我进山放羊，在一座荒圮破庙里，偶遇一位高僧，授我七字秘诀，念不三遍即可入梦。本是玩笑话，这位老兄却笃信不疑。备好茶作礼，坚请。虽再三申解，均无效。反疑诳语者自私。回来与家人言及此事，老伴评曰：尔等书呆子，竟这般好骗，怪不得屡屡上当。

7

谁说乡下人没有教堂,没有宏大的神殿,没有神秘的忏悔室。有,大着呢。早年间,遇到打大雷的日子,坐在茅草屋里也能感觉到雷神的震怒。这时,做长辈的就会提醒我们说:老天收人了,收那些对父母不孝,对师友不敬、对乡邻不善的败类。一辈传一辈,一村传一村,传说久了,闻雷思过竟成了乡村孩童的习惯。

乡俗也是一种文化。此种文化造就了云南人淳良的品性:敬畏自然,敬畏人文,敬畏生命。

8

忧虑是生命的锈斑。它只能减少人的活力,暗淡生命的光泽。忧虑的情绪很像传说中的"蛊",总是在暗夜里偷噬人的血浆。忧虑越重,吞噬越多。面对此种困境,重要的是改变一下思考问题的出发点。须知,从绝望的起点出发,往往也只能到达绝望的终点。为什么偏要往刺棵里钻呢?换一个角度,茶壶也就有把了。

9

一位哲人说:生命像一根线,你向什么方向拉,它就向什么方向延伸。所谓"向什么方向拉",就是说,你在某一方面投入的时间多、精力多,时间长了,好事坏事都会成"家"。须知,时间也是塑造生命的材料。

10

"朋"字的字形字义,若按新解,颇耐人寻味:没有两颗坦诚如明月的心,是不能成为真朋友的。

11

两千多年前,索福克勒斯写下过这样的名言:"只有在黄昏时分才能欣赏到白昼的壮丽。"记下这句话,是为了提醒自己:生命的白昼是最可宝贵的。暮年须学会欣赏,盛年要学会珍重。

12

叔本华说得好:我们很少想到自己所拥有的,却常常奢望自己所缺少的——看看我自己,看看周遭的一些熟人,差不多都犯这个毛病。现在明白了:过多的自怜只会消耗人的心志。平心而论,我等平民百姓也有令人羡慕的地方。总是在暗夜里检讨自家的失算和不足,在某种意义上,也等于是一种自戕。

13

无知者,话说得多。智者能人,话听得多——维吾尔族古典长诗《福乐智慧》第十九篇:月圆向国王论语言及其利益。

14

如果身体对他人有裨益,一个是舌头,一个是心——维吾尔族古典长诗《福乐智慧》第十六篇:月圆向国王论述幸福。

15

有一种饮料,传到中国时,译名"蝌蝌啃蜡"。繁华的上海街头,商家吹大号张彩旗起劲推销,顾客仍少有问津,不说别的,仅就"啃蜡"二字,就叫人反感。想想都恶心,谁还有品尝的兴趣。"蝌蝌啃蜡",着实被中国人冷落了很长时间。扭转此种局面的,归功于蒋彝先生。蒋彝,1903年出生于九江,旅美画家,诗人,游记作家。他的《波士顿游记》深受西方读者欢迎。蒋彝重新译就饮料名称，改译为"可口可乐"。高超的汉语水平，从此铸就了一个西方品牌。

16
人的心境也像电视画面。有的频道线条横飞，唯觉烦乱不堪；有的频道雪花点点，让人迷茫难辨；有的频道悬念丛丛，焦灼和担忧壅塞心胸。当然，就在这同一台电视机的躯体里，也存有祥和明丽的画面，关键就看你是怎样调试了。须知，总开关就在你的手里。仅仅属于你。

17
史蒂芬·霍金受病痛折磨多年。他在接受《卫报》记者采访时，有一段话是专门讨论死亡的："我不害怕死亡，但是我并不急着去死。我把大脑看成是一台电脑，当它的部件出现故障时，它就会停止工作。对于坏掉的电脑来说，没有天堂和来世，这些只是那些怕死的人编的童话故事。"到底是霍金，说得再透彻不过了。

18
与一个小男孩讨论死亡："老爷爷，你的头发怎么都白了？""爷爷年纪大了。""你怎么还不死呢？""爷爷爱看书，爱走路，死的就会慢一些。""死，你害怕吗？"望着孩子追问的眼神，老汉说："每天都有早晨中午，有黄昏黑夜。天黑了，你害怕么？"小男孩摇摇头。我也摇摇头：自自然然到来的事物，为什么要怕呢？

19
生命是一笔恒定的储蓄。不论什么人，从他呱呱坠地那天起，就开始支付了。

20

睡眠也是一种旅行。在梦境里漂泊的，是你的灵魂。

21

　　一桌美食，一袭华服，一片海景，一场快意的音乐会——带给你的感受，有时，会用一个词来形容：幸福。可你知道吗，还有一种感受，长久地充盈心间，引你向上，给你温暖，令人几欲起舞，几欲狂呼奔走。这就是：文学。文学的美感与人生的幸福感是相通的。正是因了这个缘故吧，自蛮荒时代开始，俚语，民谣，故事，就与人类结伴而行了。

22

　　瓜果放在冰箱保存，铜鼎放在博物馆橱窗保存。人的心性，岁月的气味、泥土味、汗味，又放到什么地方保存？很简单，可以放到文字中保存。方块字是最好的收藏箱。我想，正是因了这个缘故吧，至今，我们还能感受到李白庭院月光的存在；同样一个道理，明天的人们，也可以通过我们的文字，领略到我们这个世纪的阳光。

23

　　张岱《湖心亭看雪》，一百六十余字："三日大雪，湖中人鸟声俱绝。天与云与山与水，上下一白。湖上影子，惟见长堤一痕，湖心亭一点，与余舟一芥，舟中人两三粒而已。"文章短，仅就用字而言，却涵有大学问。譬如那个"粒"字，本是简单的副词，充其量，用来说明一粒米一粒沙就完了。张岱的散文，偏偏为这个小不点副词翻了案。在他的笔下，几乎被忽略了的字词，立马有了精神，"点"字，"芥"字，"粒"字，景活了，字也活了。有时，我会想，写文章的人，要是嫌弃这些平俗的小字眼，该用时不用，聪明的小精灵们，说不定会躲在字的背后，偷偷笑话我们。

24

报载：莫言翻出儿时读过的小人书，一本《岳飞枪挑小梁王》让他热泪盈眶。书页上印有童年的记忆。如今的孩子条件好多了，遗憾的是他们却没有时间阅读。周作人说过一句话："单读课本不叫读书。"我们的教育偏偏反着来，读课本就行了。这是很害人的。试想，二十年后、三十年后，如今的孩子，还会有莫言的心情，"热泪盈眶"地忆及一本书么？

25

于光远去世好几年了。他的经济理论，老汉一无所知。于光远有关写作的一番谈话，我倒是记下了。恭录如下：

> 20世纪50年代有个朋友对我说，一个人如果在中学生时代没有把文笔练好，以后就很难写出文字好的文章。这句话我之所以至今还记得，就是因为这个规律符合我的实际。（《随笔》，1992年第5期）

此语值得谨记。

26

王蒙谈阅读：我读的第一本书《小学模范作文选》，开篇文章《月夜》，第一句话是"皎洁的月儿升起在东方"。自此他明白了，人世间有一种光亮，不同于太阳，不同于灯光，只能用"皎洁"这个词来形容。学会细致地感受事物，准确地形容事物，确为儿童启蒙教育之大端。孩子在阅读时获得的教益，有时，也是从作品中的某一句话开始的。

27

"蟋蟀对着星光和小草叫了"，这是一个孩子写在作文本上的话。他写得很随意，就像在做造句练习，又像涂抹蜡笔画那么简单。这时，你要是说：

"小家伙，你知道吗？这也是对美的一种发现啊。"

孩子一定会眨巴着眼睛不说话。他不明白你讲些什么。

确实如此。孩子凭直觉写作，他所捕捉的意象，他所描绘的光色，是他敏感的心灵和外部世界碰撞时发出的第一个声音。在他独特的表述中，我们看到了孩子的文学才能。

然而，才能并不等于文学成就。缺乏持续的努力，才能之花也会在嬉戏中萎谢。

28

文学是人学。文学的解放，必然源于人学观念的解放。莫言写长篇小说《蛙》，他为自己树立的写作标尺是："把自己当罪人来写。"即"把好人当坏人来写，把坏人当好人来写。好人坏人都要当人来写。"他说：陀思妥耶夫斯基就是这么写作的。因此，他的《罪与罚》《卡拉马佐夫兄弟》才达到震撼读者灵魂的深刻。莫言的体悟，让人想起了欧洲的几位经典作家。记得，弗洛伊德和尼采，就曾公开宣称自己是"卡拉马佐夫的信徒"。卡夫卡也深受《卡拉马佐夫兄弟》的影响，卡夫卡说过："《卡拉马佐夫兄弟》教会了我如何描写人性之恶。"陀思妥耶夫斯基对世界文学的贡献，就在于他对小说家，提出了一个伟大的命题，也称陀思妥耶夫斯式命题，这就是：在一个人的身上，到底有多少个人？几经缠绕，又能将这个人的独特本质呈现给读者，这才是小说艺术的题中之义。

29

东翻翻，西看看，读了一些文章。这些作品的作者，有的生活在东半球，有的生活在西半球。即使是同一块土地上的，彼此之间也相隔百年，相隔数十年。他们的身世不同，才具也不同，奇怪的是，就像聚在一起发过公报一样，这些作家竟然都在诉说着同一个主题：人类在内心深处，应该怎样活着才能获得自由和美丽。描述心灵世界的种种景象，探索感情生活的种种秘密，成就了中外作家多少劳作。

30
　　你去过龙门吗？你从山脚下出发，沿着名叫"千步岩"陡坎，登上过龙门吗？
　　龙门凿在绝壁上。置身此境，真有站在云彩上的感觉：滇池小了，蓝天宽了。天外来风，一阵一阵掀动你的衣襟。
　　不过，龙门之行还不算完。近年，有一条新开的龙门隧道，工人从绝险处着手，又在绝壁之上打造出一片名叫"小石林"的风景。在这里，人类又一次将自己的想象力和创造力，推到了距离蓝天最近的位置。
　　绝壁不绝。只要你敢想敢做，你就能创造出属于自己的风景——这就是龙门隧道给我们的启示。